1929년생 오준임
그래도 꽃길이었어요

1929년생 오준임
그래도 꽃길이었어요

펴낸날   초판 1쇄 2022년 11월 5일

구술   오준임
글쓴이   김지영
그림   오준임
펴낸이   서용순
펴낸곳   이지출판

출판등록   1997년 9월 10일
등록번호   제300−2005−156호
주소   03131 서울시 종로구 율곡로6길 36 월드오피스텔 903호
대표전화   02−743−7661   팩스 02−743−7621
이메일   easy7661@naver.com
디자인   박성현
인쇄   ICAN
물류   (주)비앤북스

값 17,000원

ISBN 979−11−5555−189−9   03810

1929년생 **오준임**

그래도
꽃길이었지요

구술·그림 오준임　글 김지영

이지출판

내 안의 기억

인간의 기억은 어디까지 정확할까?

내 인생을 글로 쓰고 싶다는 큰딸과 마주 앉아 얘기를 시작했다. 어떤 기억은 어제처럼 선명한데, 어떤 기억은 가물가물 희미했다. 나는 항상 내일은 더 좋을 것이라는 마음으로 살았다. 살붙이들을 생각하면 나쁜 기억은 생각나지 않고 좋은 기억만 떠오른다. 시숙님, 형님, 남편, 내 자식들, 사촌들, 피를 나눈 살붙이들 모두 감사하다. 친정 부모님과 오빠들, 동생이 그립다. 제주도 여동생도 고맙다.

마을 사람들의 얼굴과 이름들을 떠올려 봐도 모두 감사하고 가슴이 먹먹해진다. 내 자식들의 태가 묻힌 강진군 성전면 명동 395번지… 골목의 돌멩이 하나, 풀 한 포기, 불어오는 바람, 빛나는 햇살 한 줌도 소중하다.

어떤 분은 내가 목이 마를 때 깨끗한 물을 떠먹여 주기도 했다. 어떤 분에게는 꼭 갚고 싶은 은혜를 입기도 했다. 어떤 분의 아낌없는 격려로 힘을 얻기도 했다. 골목골목에 찍혀 있을 마을 사람들의 발자국에는 소중한 사람들의 절절한 얘기들이 찍혀 있다. 꺼내 보다가 펑펑 눈물을 쏟을 수도 있고, 너무나 좋아서 손을 붙잡고 빙글빙글 춤을 출 수도 있을 것이다. 내가 준 것보다 받은 것이 더 많았다.

나와 같은 시기에 자식 낳고 일하던 사람들 대부분이 천국으로 주소를 옮겨 버렸다. 나도 그곳으로 갈 날이 얼마 남지 않았다. 내 기억 속에 지금껏 남아 있는 꽃같이 아름답고 향기로운 추억만 생각할 것이다. 사는 날 동안 나와 연결된 모든 이들이 항상 행복하고 평안하길… 하나님께 두 손 모아 날마다 기도할 것이다.

94년의 삶을 책 한 권 안에 펼친다는 것, 종이 위에 한 점을 찍은 것과 같다. 하나님은 언제나 날 지켜보셨고 옳은 곳으로 인도해 주셨다. 내 세포에 새겨진 부지런함과 양심의 푯대는 하나님이 태어날 때 내 몸속에 이식해 주셨기에 가능했다.

생의 고비마다 아는 만큼 나와 연결된 사람들을 사랑하고 돌봤다. 여러 사람의 도움과 사랑도 받았다. 그들의 관심과 보살핌이 지금의 나를 있게 했다. 사람은 말의 씨앗을 잘 심어야 한다고 생각했다. 혹시 나의 말실수로 마음의 상처를 받은 사람들이 있다면 이 지면을 통해 용서를 빌고 싶다. 자식 여덟을 기르면서도 나쁜 말은 입에 담지 않으려 노력했지만, 내가 생각지 못한 실수도 했을 것이다. 나는 부족한 사람이다.

돌아보니 지나온 세월이 하룻밤 꿈 같다. 세월은 그렇게 빠르게 흘러갔다. 내가 무언가를 이루었다고 할 수는 없다.

내 자식들은 나무처럼 풀처럼 살고 있다. 기업을 운영하는 자식도 없고, 소문나게 부자인 자식도 없지만, 주어진 자리에서 최선을 다하고 있어 보기 좋다. 무엇보다 가족끼리 화목하고 어렵고 힘든 이웃들을 외면하지 않은 것이 고맙다.

자식들에게 꼭 하고 싶은 말이 있다. 삶은 날씨처럼 맑은 날도 있고 흐린 날도 있다고. 하지만 모든 것은 다 지나간다. 기쁜 날은 기뻐하고, 슬픈 날은 그냥 울기도 하라고. 내게 주어진 대로 받아들이는 것이 삶이다. 뜨겁게 사랑하는 가족들의 이름을 불러본다.

남편 고 김정현, 자식들 제방, 지영, 재구, 재심, 재숙, 재두, 재오, 재금, 며느리, 김순심, 박수자, 박현숙, 양리샤, 사위들 김대권, 조상수, 배종열, 손주들 호국, 은희, 하은, 정훈, 은혜, 하영, 주영, 단원, 정원, 주형, 의현, 성진, 희진, 화해, 신희, 풀잎, 손주며느리 채희선, 윤혜정, 손주사위 이루, 증손주 영우, 영훈, 라온, 새온. 모두모두 사랑한다.

오 준 임

작가의 말

어머니의 일생을 듣고 쓰다

여기 한 시대를 치열하게 살아낸 어머니가 있습니다.
삶의 고통과 슬픔을 사랑으로 녹여 낸 절절한 기도가 있습니다.
한번 들어봐 주실래요?

2022년 가을

김 지 영

제2부　천둥 번개 여름비

제3부　옷깃 젖은 가을비

제4부   토닥토닥 겨울 눈

제5부　가족들의 한마디　292

제1부
보슬보슬 봄비

나의 고향

나는 1929년 11월 28일 영암군 학산면 신안정에서 태어났다. 아버지 성함은 오병숙, 어머니 성함은 김학임이다. 아버지와 어머니는 결혼하여 강진군 군동면 안풍 본가에서 살았다. 어머니가 첫 임신을 했을 때 아버지는 처가가 있는 영암으로 이사를 하셨는데, 그때 새로 집을 짓고 논과 밭을 사서 이사 오셨다고 한다.

내가 기억할 수 있는 것은 다섯 살 때부터다. 집 주변에는 논과 밭이 있고 마을 뒤편에 물 맑은 냇가가 있었다. 냇가로 친구들과 자주 놀러갔었다. 색이 고운 돌을 주워 돌상 위에 쭉 펼쳐 놓고 흙으로 떡을 만들었다. 풀로 밥을 하고 흙떡 위에 꽃을 얹어 장식했다. 떡과 밥을 차려 먹는 소꿉놀이였다.

부모님과 할아버지, 막내 고모, 큰오빠, 작은오빠, 막내 여동생, 이렇게 여덟 식구가 살았다. 기와집에 넓은 마당과 아래채가 있었다. 그 집에서 우리 사 남매가 태어났다.

툇마루에 나가면 깨끗하게 청소된 마당과 섬돌 아래 신발이 나란히 놓여 있었다. 담장을 따라 꽃밭에는 채송화, 봉숭아, 나팔꽃, 꽈리, 이름도 알 수 없는 꽃들이 봄부터 가을까지 피었다 지곤 했다.

봄에는 산과 들에서 캐온 나물이 밥과 반찬이 되었다. 여름에는 된장에 풋고추를 찍어 먹거나 소금에 절인 열무김치를 먹었다. 깻묵으로 죽을 써서 먹기도 했다. 어머니가 밥을 먹지 않으면 할아버지도 밥을 드시지 않았다. 어머니는 밥그릇에 삶은 나물을 담고 그 위에 죽을 덮었다. 할아버지의 눈을 속이기 위한 것이었다.

배가 고픈 우리가 부엌에 들어가 솥뚜껑을 열면 그곳에는 어김없이 따뜻한 물이 담겨 있었다. 어머니는 빈 솥에 물을 붓고 끓여 두었다. 오빠는 물 한잔을 먹어도 동생들을 챙기고 맨 나중에 마셨다. 큰오빠, 작은오빠는 항상 할아버지 곁에서 맴돌았다.

"개 같은 시상이여…"

아버지는 평소에는 한마디도 안 하시다가 술이 들어가면 마음에 있는 말을 꺼내곤 했다. 가을에 우리 논에서 수확한 곡식은 집으로 들어오지도 못하고 논에서 사라져 버렸다. 일제의 탄압이 점점 심해졌다. 늙고 쇠잔한 할아버지는 마당에 나와 하늘을 바라보는 것이 고작이었다. 우리가 굶지 않고 먹을 수 있는 것은 어머니 때문이었다. 어머니는 어디서 구해 오는지 양식을 가져왔고, 그것을 우리에게 먹이셨다.

일본 순사가 집으로 찾아왔다. 우리 남매는 집 모퉁이에 숨었다. 그들은 엄마가 숨겨 놓고 쓰시던 놋그릇과 수저를 찾아냈다. 그리고 할아버지, 아버지, 어머니를 마당에 무릎 꿇리더니 발길질과 무자비

한 폭행이 이어졌다. 할아버지와 부모님은 쓰러지셨고 미동도 하지 않았다. 그들이 떠나자 우리는 부모님 곁으로 달려갔다. 할아버지와 부모님은 깨어나셨지만, 온몸이 피투성이였다.

　다음 날 외할아버지가 한약을 들고 집으로 오셨다. 아버지는 안방에 할아버지는 사랑채에 누워 계시고, 어머니는 약을 달이면서 눈물을 훔치셨다. 그날의 기억이 아직도 생생하다.

아버지

아버지는 오 남매 가운데 외아들로 삼대 독자였다. 양반 집안의 아들로 어릴 때부터 글공부만 했다고 한다. 키가 크고 흰 피부에 눈이 부리부리하고 코가 오뚝했다. 윗입술 산이 뚜렷하고 입술이 붉었다. 아버지 외모는 어디에서도 눈에 띌 정도로 훤칠하셨다.

아버지는 거의 매일 외출을 했다. 저녁에 집으로 돌아올 때는 갈지자로 비틀거리며 대문을 들어섰다. 구겨진 앞섶, 대님에서 흘러나온 바짓가랑이가 나풀거렸다. 그것은 하루 이틀이 아니고 거의 매일 반복되곤 했다.

점잖으셨던 할아버지는 아들이 그렇게 세월을 보내도 큰 소리 한 번 내지 않으셨다.

"나라가 이 꼴이니, 저놈이라고 어쩔 수 없는 것이제잉…."

할아버지는 누워 이마에 손을 얹고 혼잣말을 하셨다. 어느 날 낯선 사람들이 집으로 찾아왔다. 아버지의 빚을 갚으라는 것이었다.

빚을 갚지 않으면 가족 가운데 한 사람을 볼모로 데려가겠다고 했다. 아버지가 진 빚이라며 고리대금업을 하는 일본 사람이 논 다섯 마지기 문서를 차지해 버렸다. 그것이 우리 집을 몰락의 길로 몰고 간 첫 번째 사건이었다.

"준임이 아부지, 정신 좀 차려라우."

말이 없던 어머니가 눈물로 호소했다. 아버지는 다시는 밖에 나가지 않겠다고 했지만, 약속은 며칠을 지키지 못했다. 그렇게 몇 년 사이에 나머지 논도 고리대금업을 하는 일본 사람에게 모두 넘어가고 말았다.

아들로 인해 가정이 무너지는 것을 보고 있던 할아버지는 자리에 누워 버리셨다. 할아버지가 돌아가실 무렵에는 그야말로 하루 한 끼 먹을 것도 궁했다. 며느리와 손주들을 자신보다 더 사랑하셨던 할아버지가 우리 곁을 떠났다. 할아버지는 고향 선산에도 못 가시고 마을 앞산에 묻히셨다.

아버지는 정갈하게 옷을 입으시고 아침 일찍 일어나 글을 읽고 시조를 읊었다. 붓글씨 쓰는 솜씨도 빼어났다. 아버지는 어떤 사람에게도 싫은 소리를 하지 않았다.

할아버지가 돌아가시고 얼마 되지 않아 방 아홉 칸 한옥의 집문서까지 고리대금업자에게 넘어가고 말았다. 어머니의 손때가 묻은 안방과 작은방, 툇마루, 광, 정지, 마당, 담장을 따라 가꾸어 놓은 꽃밭을 다시는 볼 수 없게 되었다. 내 나이 열두 살 때였다.

아버지가 망했다는 소식이 해주 오씨들이 모여 사는 강진 안풍까지 전해졌다. 아버지와 삼종 관계에 있던 아저씨가 집을 구해 주고, 이삿짐을 새집으로 옮겨 주었다. 강진읍에서 도암으로 넘어가는 산길목에 있는 집으로 산을 지켜 주는 조건이 붙어 있었다.

각자의 방에서 생활하던 우리 가족은 하루아침에 정처 없이 떠도는 신세가 되었다. 강진으로 이사 오고 넋이 나간 사람처럼 아버지는 아무것도 하지 않았다. 이마에 손을 올리고 종일 누워만 있었다. 어느 날 오빠가 저수지 둑에 흰쌀밥 세 그릇이 놓여 있다고 하자 어머니가 이렇게 말했다.

"제 음식 먹는다고 죄는 안 될 것잉께…"

누군가 산제를 지내고 간 음식을 오빠가 가져왔다. 어머니가 깨끗이 씻어 솥에 넣고 끓이셨다. 우린 끓인 밥을 맛있게 먹었다.

보고 싶은 어머니

어머니는 육 남매 가운데 셋째 딸이었다. 어머니는 보통 여자보다 키가 크고 눈은 작고 입술이 도톰했다. 외할아버지가 한약방을 운영하면서 풍수 일을 하셔서 어린 시절에는 넉넉하게 살았다고 한다.

어머니가 결혼할 당시 아버지는 글공부도 많이 하고 인물이 좋아 외할아버지의 눈에 든 사위였다고 한다. 어머니가 결혼하고 친정아버지가 사시는 영암으로 이사 올 때도 넉넉한 살림살이였단다. 일제의 수탈이 심해지면서 외갓집도 살림이 기울기 시작했다.

어머니는 목화 씨를 빼고 솜을 너른 반대기에 폈다. 넓은 나무 도마 위에 솜을 얹고 수숫대를 이용해 솜을 말았다. 그리고 물레에 잦아 실을 뽑았다. 계절에 따라 무명베, 삼베를 짜던 어머니는 해가 지고 캄캄할 때까지 베틀에서 내려오지 않았다. 무명베는 냇물에 깨끗이 빨아 냇가 돌밭이나 풀밭에 널었다. 날마다 빨고 널기를 반복하다 보면 어느 사이에 하얀 천이 되었다.

어머니는 영암군 독천장에서 조달이 물감을 사 오셨다. 그 시절엔 대부분 단색 옷을 입었는데, 무명천에 검은색과 파란색 물감을 들였다. 여름에는 삼베에 쪽물을 들여 입었다. 어머니는 가족들이 입을 모든 것을 손수 만들었다. 아버지가 의관을 갖추고 집을 나서면 옷태가 좋았다. 어머니는 아버지에게 듣기 싫은 말을 하지 않았다. 집 안에서 큰소리 나게 부모님이 싸우는 것을 보지 못했다. 배고픈 것만 빼면 참으로 행복한 가정이었다.

아버지는 술에 취해 집에 들어오면 몇 마디 하다가 그냥 잠이 드셨다. 어머니는 모든 집안일을 혼자 감당했다. 다행스러운 건 외갓집이 가까이 있었고, 외할아버지는 든든한 뒷배경이 되어 주었다.

일제 탄압이 개인의 삶에 깊이 뻗치면서 외할아버지의 한약방도 문을 닫았다. 논과 밭, 집이 일본 고리대금업자에게 넘어가는 동안 할아버지나 어머니는 아무런 손도 쓸 수 없었다. 어머니는 아버지를 원망하지 않았고, 자신에게 닥친 삶을 묵묵히 받아들였다. 아버지에게 나가서 돈 벌어 가족을 살려야 한다는 말을 한 번도 하지 않았다. 인간의 삶은 자기가 태어나 주어진 환경을 벗어날 수 없다. 특히 나라의 운명은 개인의 삶과 직결되어 있었다.

"너희들 배곯아서 어쩐다냐…."

어머니는 늘 자식들 걱정뿐이었다. '모진 이 세상 언제나 밝은 날이 오려나….' 희미한 호롱불 아래 앉아 옷을 만들며 어머니가 웅얼거리던 노랫소리가 귓가에 맴돈다. 어머니를 생각하면 가슴이 먹먹하다. 아버지에게 아무것도 바라지 않았던 어머니의 마음은 어떤 것이었을까? 어머니가 보고 싶다. 너무나 그립고 보고 싶다.

외갓집

외갓집에 가려고 정갈한 옷으로 갈아입었다. 대문 밖에서 오빠들과 만나 손을 잡고 마을을 벗어났다. 어머니에게 들키지 않고 집을 나선 것이 재미있기도 하고 불안하기도 했다.

외갓집은 우리 집에서 5리 정도 거리에 있었다. 길을 따라 걸으며 발에 차이는 돌멩이도 줍고 길가에 핀 꽃을 꺾기도 했다. 외갓집에 도착했을 때 등에 땀이 났다.

외갓집은 한길가와 담이 연결되어 있었다. 길가로 난 문을 열고 들어가면 말간 대청이 나왔다. 벽을 따라 양쪽에 한약이 담긴 나무 상자가 나란히 진열되어 있고, 천장에는 약을 담은 주머니가 주렁주렁 매달려 있었다. 한약방에는 특유의 약 냄새가 났다.

문을 밀고 들어선 우리를 보고 외할아버지가 반겨 주셨다. 외할아버지는 키가 크고 목소리도 우렁찼다. 외할아버지는 환자에게 침을 놓고 계셨다. 침을 다 놓고 우리를 불렀다. 외할아버지 무릎에 작은

오빠와 내가 앉았다. 언제 이렇게 컸냐며 내 볼을 따뜻한 손으로 어루만지셨다. 큰오빠는 우리에게 손짓을 해 외할아버지 무릎에 앉지 못하게 했다.

"너도 이리 오너라…."

외할아버지는 큰오빠를 불러 가까이 오게 했다.

"어린것이 속부터 깊어지면 어쩐디야…."

외할아버지가 큰오빠를 바라보는 눈에는 애정이 담뿍 담겨 있었다. 외할머니가 외삼촌을 업고 한약방에 나오셨다. 우리는 외할머니를 따라서 안채로 들어갔다. 외갓집 마당은 넓고 마당에는 앵두나무, 살구나무와 감나무가 여러 그루 있었다. 앵두가 빨갛게 익었다. 외할머니가 앵두를 따 먹으라고 했다. 나는 앵두를 따서 먹고 몇 개는 주머니에 담았다. 외할머니가 먹으라고 주신 떡은 숯불에 구워 쫀득쫀득했다.

큰오빠가 집에 가자고 재촉했다. 나는 더 놀고 싶었지만, 큰오빠의 말을 따를 수밖에 없었다. 외할아버지께 인사를 드리려고 한약방으로 갔다.

"이것 엄마 가져다 드려라."

외할아버지 주신 약봉지를 들고 우리 삼 남매는 외갓집을 나왔다. 아늑한 오후의 햇살이 쏟아지는 길을 따라 두 오빠랑 손을 잡고 걸었던 들길이 훤하게 떠오른다. 앵두가 주머니에서 터져 옷이 축축했다.

내 기억 속 외할머니는 외할아버지와 재혼하신 분이었다. 어머니가 결혼하시고 삼 년 되던 해 친외할머니는 몸이 아파서 돌아가셨다고 한다. 우리가 외갓집에 놀러갔을 때 항상 따뜻하게 대해 주셔서 친외할머니라고 생각했었다. 엄마를 닮았다는 친외할머니를 나는 기억하지 못한다.

재혼하신 외할머니가 낳은 외삼촌이 나이 들고 내가 결혼해 살던 이웃 면으로 이사를 왔다. 외갓집 사촌들을 만날 때마다 외할아버지의 훤칠한 키와 커다란 손이 생각난다. 한약 냄새가 나는 한약방과 빨갛게 익은 앵두가 눈앞에 어른거린다. 외갓집은 내 기억 창고 밑바닥에 켜켜이 쌓여 있다.

고모들

고모가 다섯 분이 계셨다. 첫째 고모는 보성군에서 살았다. 둘째 고모는 영암군 청년 굴, 셋째 고모는 영암군 구림, 넷째 고모는 영암군 금정에서 살았다. 막내 고모는 내가 어렸을 때 영암 학산면에서 결혼했다. 1930년 후반이었고, 가족들끼리 있을 때만 조선말을 했다. 친구들과 얘기할 때는 일본말을 했을 정도로 시절이 흉흉했던 때다.

이웃집 사람의 주선으로 막내 고모는 신랑의 얼굴도 못 보고 결혼 날짜가 정해졌다. 고모가 날 불렀다.

"준임아, 이것 엄마 갖다 드려라."

고모가 내게 내민 것은 얼굴에 바르는 화장품이었다. 세월이 많이 흘렀지만, 그때의 기억이 아직도 어제처럼 생생하다.

마당에 초례청이 차려졌다. 신랑이 대문을 들어서자 사람들이 술렁거렸다. 신랑은 키가 작고 코는 납작하고 눈은 떴는지 안 떴는지 모를 정도로 못생긴 남자였다. 고모는 울었고 나도 울었다.

막내 고모가 고모부를 따라 집을 떠나는 날이었다. 오빠들과 나는 동네 어귀까지 따라가 막내 고모가 마을을 떠나는 것을 지켜보았다. 흐린 하늘에서 눈이 내리기 시작했다. 눈발이 굵어졌고 고모의 모습은 눈에 묻혀 버렸다.

막내 고모부는 능변가였고, 박식했다. 유머가 풍부해 사람들을 웃기고 편하게 하는 재주가 있었다. 고모부를 처음 보고 실망했던 우리들의 편견은 어느새 사라져 버렸다. 고모부는 방학이 되면 오빠들을 집으로 데려가 서당에 보내 공부를 시키고 돌봐 주었다.

막내 고모 부부는 오 남매를 낳아 길렀다. 아들은 회사를 경영하는 CEO로 키웠고, 은행원, 공무원, 외손자는 내과 의사다. 중증 장애인들을 돌보는 손녀도 있다. 사회 각계각층에서 자신들의 몫을 잘 감당하고 있다. 고모부는 오래전 돌아가셨고, 막내 고모는 올해 103세다. 강원도 평창에서 아들딸의 효도를 받으며 행복하게 살고 있다.

아버지가 우리 집으로 들어온 뒤, 둘째 고모는 가을 추수가 끝나면 떡을 해서 우리 집에 찾아오곤 하셨다. 고모와 밤이 깊도록 얘기를 나누곤 했다. 우리 아버지도 잘생겼지만, 고모의 미모는 마을에 소문이 날 정도였단다. 하얀 얼굴에 눈이 크고 입술이 붉었으며, 숱 많은 검은 머릿결을 가지고 있었다. 키도 크고 몸매가 호리호리했다.

둘째 고모는 16세에 문벌 좋은 가문으로 시집을 가 남매를 낳고 살았단다. 남편이 결핵에 걸려 돌아가시고, 고모는 이십 대에 과부가 된 것이다. 어느 날 밤에 보쌈을 당했고, 아침에 눈을 뜨니 다른 마을이었다고 한다. 둘째 고모는 집으로 돌아가지 못하고 그 집에서 살게 되었다는 것이다.

새로운 가정에서 자식 셋을 낳았다. 고모 막내아들은 우리 큰아들보다 나이가 어렸다. 고모의 딸들이 우리 집에 자주 놀러왔다. 고모가 나이 들었을 때 들었는데, 처음 시집간 집에서 낳은 자녀들은 고위 공무원이 되었다고 한다.

다른 고모들과의 추억은 그리 많지 않다. 둘째 고모 자녀들과 각별하게 지냈다. 고모 둘째 딸은 성격이 명랑했다. 결혼하고 얼마 후 내가 사는 면으로 이사를 왔다. 동생이 큰아이를 임신하면서 우울증에 시달렸다. 입덧으로 밥을 잘 못 먹는다는 소식을 듣고 중학교 다니는 큰딸에게 반찬이랑 과일을 사서 보냈다.

제부는 시간만 나면 동생을 데리고 우리 집으로 놀러왔다. 동생이 아무리 짜증을 내도 다 받아주었다. 친동기간처럼 정이 들었다. 제부와 동생은 시장에서 옷가게를 운영하게 되었다. 가게가 번창하여 신혼 때 고생을 잊을 만큼 잘살게 되었다. 동생네가 강진군 병영면으로 이사해 자주 오고가며 살았다.

둘째 고모의 막내아들이 서울에 자리잡고 살면서 고모도 서울로 올라왔다. 고모를 찾아가면 나이를 먹었지만, 항상 예쁘고 정갈했다. 90세가 넘고 어느 날부터는 끼니에 베지밀 한 병이 식사가 되었단다. 하루에 담배 한 갑씩을 태운다고 했다. 고모는 언제 만나도 가슴이 짜르르했다. 늦게 낳은 아들과 며느리가 고모 나이 99세까지 집에서 모시고 효도했다. 둘째 고모, 막내 고모와 고종사촌들은 내 삶 가까이에 항상 있었다. 자손 모두 평안하길 기도한다.

오빠들과 여동생

큰오빠는 아버지를 빼닮았다. 또래들보다 머리 하나는 더 컸다. 피부가 희고 눈이 부리부리했다. 무엇을 하든 동생들부터 챙겼다. 큰오빠가 동생들에게 늘 하는 말이 있었다. 절대 술을 입에 대지 않을 것이라 했다. 술로 인해 가정이 풍비박산 난 것을 보았기 때문이리라, 큰오빠는 일본으로 떠나기 전까지 술을 마시지 않았다.

둘째 오빠는 보통 키에 아버지와 어머니를 반반씩 닮았다. 성격이 시원시원했다. 머리가 좋아서 다른 사람이 일 년 배울 것을 반년에 배웠다고 한다. 큰오빠와 작은오빠는 항상 손에 책을 들고 다녔다. 산에 나무를 하러 갈 때도 그랬다. 오빠들이 읽은 책은 동몽선습(童蒙先習)과 명심보감(明心寶鑑)이었다. 풀밭에 누워 한참 책을 읽고 나서 나무를 했다.

나는 어머니를 닮아 눈도 작고 얼굴이 넓적하고 입술도 두툼했다. 여자 얼굴치고 예쁘다고 할 수 없는 얼굴이었다. 하지만 오빠들은 내게 항상 예쁜 동생이라고 말했다. 입학할 나이가 한참 지나고 간이학교에 입학했다. 나보다 나이 어린 아이들이 대부분이었다. 아이들은 일본 글을 척척 읽고 썼다. 그러나 나는 공부가 하나도 머리에 들어오지 않았다. 창피한 생각이 들어 며칠 만에 스스로 학교에 가지 않았다. 그래서 글을 배우지 못했다.

막내 여동생은 할아버지를 많이 닮았다. 행동도 침착하고 생각이 깊었다. 간이학교에 다녔는데 공부를 잘했다. 학교를 졸업하고 간이학교에서 아이들을 가르쳤다.

우리 남매는 앞산으로 자주 놀러갔다. 산에 갈 때면 외갓집에서 보내 온 감초를 주머니에 넣고 다니며 입안에 넣고 씹었다. 감초의 단맛은 기분을 좋게 했다. 산들바람이 부는 언덕에서 따뜻한 햇볕을 받으며 오빠들이 들려주는 얘기를 들었다.

큰오빠는 인간이 지켜야 할 것 가운데 부모가 되어서 해야 할 일과 해서는 안 되는 일을 가르쳐 주었다. 친구 사이의 신의, 형제간의 우애, 이웃간의 예절, 결혼해 아이를 가지면 어떻게 태교를 해야 하는지 설명해 주었다. 오빠가 읽은 책 속에 다 들어 있다고 말해 주었다. 열 살이 조금 넘은 계집아이였지만 오빠가 들려준 그때 이야기는 내가 아이를 낳고 기르면서 한 번도 잊은 적이 없었다.

앉은 자리도 반듯한 곳에 앉고, 음식도 반듯한 것을 먹으며, 가장 중요한 것은 반듯한 생각을 해야 한다는 것이었다. 고단한 삶 속에서도 바르고 옳게 살아가려고 노력했다. 그것은 어린 시절 오빠가 들려준 얘기를 내 마음에 새겨 두었던 까닭인지도 모른다.

우리는 산골짝을 오르내리며 나무도 하고 산나물을 뜯고, 진달래

꽃도 한 바구니 따서 집으로 돌아왔다. 가진 것은 없었어도 마음만은 항상 부유했다. 오빠들과 같이 있으면 아무것도 부럽지 않았다. 지나가는 사람이 큰오빠를 보면,

"뉘 집 자슥인가 고놈 참 잘생겼네잉."

큰오빠를 보는 사람들은 항상 그런 말을 했다. 그런 큰오빠는 지금 내 곁에 없다. 6·25가 터지고 나서 두 오빠는 일본으로 건너갔고 다시는 만나지 못했다. 살아 있다면 올해 큰오빠 나이 100세, 둘째 오빠 나이 97세다.

역사의 소용돌이는 평범한 한 가정을 송두리째 흔들어 놓았다. 한 세기가 지났지만 오빠들을 만날 수 있는 길은 내게 없다. 죽었는지 살았는지 생사도 모른다. 가끔 꿈속에서 오빠들을 만나면 어린 시절 모습 그대로다. 오빠들의 주소를 몰라 소식도 전할 수가 없다. 천국에 있을 여동생을 생각하면 가슴이 아프다. 그립고 그리운 우리 두 오빠와 내 여동생…. 큰오빠 오영주, 둘째 오빠 오인기, 막냇동생 오길순, 큰조카 오정권.

친정 살붙이들을 생각하면 항상 마음이 아리다. 우리 사 남매가 함께 올랐던 그 언덕에 다시 한번 가 보고 싶다.

그리운 나의 친구들

바닷가 초동에는 또래 여자아이들이 여럿 있었다. 덕임, 순자, 연홍, 남실, 연남이랑 썰물 때 바닷가에 나가 조개와 게를 잡고 바지락과 맛조개를 잡았다. 명랑한 여자아이들의 웃음소리가 갯벌을 넘어 바닷물까지 밀려갔다.

친구들끼리 몰려다니면서 배고픔을 달랬다. 보리와 밀이 누릇누릇 익으면 베어 왔다. 산자락 둔덕에서 마른 나뭇가지를 주워 불을 피우고 익혀서 비벼 먹었다. 콩이 익어가는 가을에도 콩을 구워 먹곤 했었다.

양지바른 언덕에 따뜻한 봄 햇볕이 쏟아졌다. 산비탈에는 분홍 진달래가 지천으로 피고 논둑과 밭둑 비탈진 언덕에도 들풀들이 파릇했다. 연남이가 나물 캐러 가자고 나를 불렀다. 덕임이랑 남실이도 불러 들판으로 나갔다. 쑥이 널린 언덕에 앉아 나물을 캤다. 연남이가 내게 슬그머니 다가와 친구들 눈치 못 채게 찐 고구마를 살짝

건네주었다.

봄밤에 친구들과 쌀을 걷어 남실이 집에 모였다. 사람들이 모두 잠든 밤에 쌀밥을 지었다. 낮에 밭에서 해다 놓은 시금치, 파, 유채 어린순을 데쳤다. 쌀밥에 나물과 고추장을 넣어 비볐다. 친구들이 빙 둘러앉아 양푼에 서로의 수저를 부딪치며 비빔밥을 먹었다. 밥보다 나물이 더 많았지만, 혀끝에 착착 감기던 비빔밥 추렴,[1] 그때 먹었던 비빔밥은 세상에서 가장 맛있는 밥이었다.

내가 초동으로 이사 와서 처음 사귄 친구가 연남이었다. 누가 먼저 다가갔는지 모르지만, 하루에 한 번은 꼭 얼굴을 보는 사이였다. 연남이는 웃으면 양쪽 볼에 보조개가 쏙 들어갔다. 연남이 엄마는 기침을 심하게 했고, 몸이 막대기처럼 말랐다. 결핵 환자라는 소문이 자자했다. 결핵은 다른 사람에게 병을 옮긴다고 사람들이 그 집에 가기를 꺼렸다. 결핵에 뱀이 좋다고 하여 연남이 아버지는 뱀을 잡으러 다녔다. 연남이네 집 담장 모퉁이에는 뱀을 고아내는 항아리가 걸려 있었다. 뱀 항아리만 봐도 무서웠다. 연남이는 동생이 네 명이나 있었다. 엄마를 대신해 집안일을 했고, 늘 동생을 업고 다녔다.

여름이 다가왔다. 널빤지를 걸친 화장실에 구더기가 바글거렸다. 파리들이 장독대, 돼지우리, 닭장, 사람의 얼굴까지 달라붙었다. 밤이면

---

1) 여러 사람이 돈이나 곡식 따위를 얼마씩 내어 거두는 것, 또는 그렇게 하여 무엇을 사 먹는 일.

모기떼와 깔따구가 달려들어 사람들의 피를 빨았다. 아무리 해충이 극성을 부려도 우리는 달 밝은 날, 바다가 내려다보이는 언덕에 올라가 밤이 깊도록 놀았다.

어느 날 연남이 어머니가 죽었다고 동네 사람들이 상갓집으로 모여들었다. 나는 골목 끝에 있는 연남이 집으로 갔다. 안으로 들어가지 못하고 대문 밖에서 집 안을 들여다보았다. 마당에는 차일[2]이 쳐 있고 사람들이 왔다 갔다 했다. 그날 연남이를 보지 못하고 집으로 돌아왔다.

며칠 후 연남이를 만났지만 아무 말도 할 수 없었다. 가을이 되었고, 연남이 가족이 남평으로 이사 간다는 소식을 들었다. 이사 가기 전 연남이가 나를 찾아왔다. 우리는 손가락을 걸고 다시 만날 것을 약속했다. 그렇게 연남이와 헤어지고 한 번도 만나지 못했다. 연남이랑 헤어진 지 80년이 지났다. 나처럼 명이 길다면 살아 있을 텐데….

박연남, 보고 싶은 친구야! 살아 있다면 죽는 날까지 건강하게 살아라! 오늘 밤 꿈 속에서 한번 만나자!

2) 햇볕을 가리기 위하여 치는 포장.

여자정신대 근무령

　마을에 이병수라는 남자가 있었다. 결혼을 했고 삼십 대 중반쯤 된 그가 하루는 우리 집을 찾아왔다. 나라에서 12~40세까지 결혼하지 않은 여자들에게 정신대 근무령이 내려졌다는 것이다. 그래서 날마다 훈련을 받아야 한다는 것이었다. 이에 대한 불응은 국가총동원법을 어기는 것으로 징역형을 살 수 있다고 했다.

　아침을 먹고 마을 회관 앞으로 갔다. 동네 회관 앞에 모인 여자들이 열 명이 넘었다. 나도 그 속에 끼었다. 이병수는 일장기를 흔들며 앞장서서 걸었다. 우리는 이병수가 하는 말을 따라 외치며 직각으로 팔을 흔들며 걸었다.

　"헤이다이상 기레이네."

　초동에서 학림까지는 2킬로미터 거리였다. 이병수가 외치는 구호는 여러 가지였는데 내 기억 속에 남아 있는 것은 "헤이다이상 기레이네"뿐이다. 이 구호가 무슨 뜻인지도 몰랐다.

구호를 외치면서 초동에서 학림까지 걸어갔다가 다시 마을로 되돌아왔다. 동네에서 훈련을 받은 여자들이 한 달에 한 번 강진읍에 있는 국민학교 운동장에 모였다. 면 단위로 깃발이 세워지고 자기가 속한 기를 따라 여자들이 줄을 맞춰 서 있었다. 국민학교 운동장에는 늘씬하고 예쁜 여자들로 가득 찼다. 운동장 구령대에 남자가 올라서서 연설을 시작했다.

"여기 모인 여러분은 애국자다. 여러분은 최후의 전선에서 전쟁을 수행하는 일본 군인들의 뒷바라지를 할 것이다. 거기에 참여하는 것만으로도 나라에 충성하는 것이다. 그곳에서 여러분들이 하게 될 일은 군인들의 옷과 수건 등을 빨고 물품을 정리하는 것이다."

몸이 긴장되어 뻣뻣해졌다. 연설이 끝나고 우리는 박수를 쳤다. 우렁찬 박수 소리에 운동장이 떠나갈 것 같았다. 여기저기서 여자들이 웅성웅성했다. 이병수를 따라 집으로 돌아왔다.

초동에서 학림을 오고가는 훈련은 매일, 몇 달이나 계속되었다. 일본 군인들을 보좌하려면 첫째 몸이 건강해야 하므로 몸을 단련하는 것이라고 했다. 일본이 망했다는 소식이 전해지면서 지루한 훈련은 끝이 났다.

2018년 딸아이랑 〈귀향〉이라는 영화를 봤다. 일본강점기 때 정신대에 끌려간 어린 소녀들의 처절한 이야기였다. 아마 그녀들도 나처럼 훈련을 받았을 것이다. 나도 분명히 들었다. 군인들의 옷을 빨아주는 일이라고 하지 않았던가…. 그 영화를 보면서 나는 중간에 눈을 감아 버렸다. 가슴이 너무 아팠다. 그들은 내 언니들이고 친구들이고 동생들이다. 얼마나 힘들었냐고, 그래도 살아 주어 고맙다고 말해 주고 싶었다.

올해로 광복된 지 77년이다. 요즘도 일본 사람들은 자신들의 잘못을 인정하지 않고 있다. 특히 정신대에서 희생된 여자들을 자발적 참여라고 생떼를 쓰고 있다. 손바닥으로 하늘을 가릴 수는 없다. 일제는 우리 국민의 정신을 말살하기 위해 우리말과 글을 못 쓰게 했을 뿐 아니라, 피지도 못한 어린 꽃들을 전쟁터로 끌고 가서 모진 일을 겪게 했다.

지구상에 인간으로 태어나 살면서 이런 끔찍한 일은 어디에서도, 되풀이되어서도 안 될 것이다. 인간이 짐승과 다른 것은 잘못을 인정하고 반성할 줄 알기 때문이리라.

매일 아침 나라의 안녕을 위해 뜨거운 마음으로 기도한다.

● 이병수는 가명이다.

어머니와 여동생의 소천

초동은 강진 앞바다가 한눈에 내려다보이는 경치가 좋은 동네였다. 바다를 메워 간척한 농지에서 논농사를 지었다. 다른 사람의 간척지 논을 관리해 주고, 우리 집도 몇 마지기 농사를 지었다. 아버지의 고향이 아니어서 마을 사람들과는 서먹서먹했다.

우리 사 남매는 틈만 나면 바닷가로 나갔다. 물이 빠지면서 드러난 갯벌에는 고동, 바지락, 맛조개가 보였다. 망둥어가 뛰고 작은 게들이 구멍으로 들락거렸다. 바다가 내어주는 먹을 것들로 배고프지 않았다.

임오년에 심한 가뭄이 들었다. 보통 농지에서는 물이 없어 농사를 지을 수 없었다. 하지만 간척지는 가뭄과 상관없이 농사를 지을 수 있었다. 아버지는 가을 수확기가 끝나고 곡식이 필요한 동네 사람들에게 곡식을 나누어 주었다. 그 일로 마을 사람들로부터 인심을 얻게 되었다. 가족들이 오랜만에 마음 편하게 살았다.

초동에서 잘 살고 있는데, 아버지가 가족들과 한마디 의논도 없이 고향 안풍으로 이사를 한다는 것이다. 우리는 아버지를 따라 고향으로 갔다. 고향에는 농사를 지을 땅 한 평도 없었으니 가족들은 다시 먹을 걱정을 해야 했다. 어느 날 이웃집 사는 당숙모가 나를 불렀다.

"준임아, 이것 똥 주고 키운 열무께 담가서 익혀 묵어야 쓴다잉."

나는 열무를 받아 툇마루에 올려놓고 개울가로 새우를 잡으러 갔다. 해가 설핏해 새우를 바구니 가득 잡아서 집으로 돌아왔다. 그런데 툇마루에 올려놓은 열무가 보이지 않았다. 어머니가 반찬을 만들어 가족들이 모두 다 먹은 뒤였다. 아버지와 두 오빠는 먹은 것을 다 토했다는데, 어머니와 여동생은 채독[3]으로 사경을 헤매게 되었다. 어머니는 외할아버지가 계시는 친정을 오가며 2년 넘도록 투병 생활을 했다. 어느 날 어머니가 날 부르셨다.

"준임아! 병어구이와 두부 반찬이 먹고 싶구나."

어머니가 뭔가를 먹고 싶다고 한 것은 처음이었다. 나는 어머니가 먹고 싶다고 하신 병어를 구해 조리고, 두부로 국을 끓였다. 어머니가 그 음식을 맛있게 드셨다. 그리고 가족들을 불러모았다.

"아들 둘은 남자니 괜찮은디… 지금 걸리는 것은 아픈 막내랑 준임이랑께. 준임이 시집갈 나이가 되었는데 으짠디야. 내가 이불 만들 베는 마련해 놨는디… 솜은 못 구했다. 큰아들 네가 꼭 구해서 따뜻한 이불 만들어 주어라잉…"

---

3) 채소 등에 섞여 있는, 채독증을 일으키는 독기.

어머니는 아버지에게 부탁하지 않고 오빠에게 내 혼수 이불을 부탁했다. 그리고 가족들이 모두 보는 앞에서 하고 싶은 말을 하시고 눈을 감으셨다. 어머니 나이 44세, 동짓달 열사흗날 오후였다. 어머니의 얼굴은 마치 잠을 자는 것처럼 평안해 보였다.

우리 집을 받치고 있던 한쪽 기둥이 와르르 무너져 내렸다. 어머니의 장례가 끝나고도 한동안 꿈을 꾸고 있는 것 같았다. 겨울이 지나고 봄에 막내 여동생도 결국 세상을 떠났다. 여동생은 어머니 묘 바로 아래 묻혔다.

내가 사랑했던 두 사람을 보내고 나서 모든 것이 내 탓만 같았다. 내가 당숙모에게 받아 놓은 열무가 두 사람을 죽음으로 내몬 것이어서 자괴감에 더욱더 슬펐다. 평생 나를 따라다니는 가슴 아픈 일이다.

새어머니

아침밥을 먹기 전에 어머니의 위패가 모셔져 있는 상청에 밥과 국을 먼저 올렸다. 나는 밥과 국을 떠서 큰오빠에게 주었다. 오빠는 상청에 음식을 올리고 절을 했다. 상청 문 앞에 서 있으면 하염없이 눈물이 흘렀다. 어머니의 따뜻한 손을 한 번만 잡아볼 수 있다면 얼마나 좋을까! 밀려오는 회한으로 가슴이 먹먹했다.

"준임아, 느그 아버지 새엄마 델꼬 온다고 너는 옆집에 숨어 있으라고 하드란 마다."

당숙모가 내게 전하는 말을 듣고 얼떨결에 옆집으로 갔다. 당숙모가 그러는데 새어머니를 데려오면서 자식은 아들 둘이라고 했다는 것이다. 뜬금없이 당한 일이라 아무 생각도 나지 않았다. 사람들이 수군거리며 우리 집을 내다보고 있었다. 나도 사람들 틈에 끼어 담을 넘어다봤다. 옥색 저고리에 붉은 치마를 입은 아리따운 여자와 아버지가 함께 대문으로 들어섰다.

"워매 한 쌍의 원앙이 따로 없네잉."

"어디서 저렇게 절세미인을 얻어 왔으까. 죽은 사람만 불쌍한 것이여, 재주도 좋당께잉."

여기저기서 사람들이 수군거렸다. 그날 밤 옆집에서 뜬눈으로 밤을 지새웠다. 다음 날 오전 아버지가 부른다는 전갈을 받고 집으로 갔다. 엄마의 상청은 말끔하게 정리되고 없었다.

"어머니여, 인사 올려라잉."

아버지는 명령하듯 내게 말했다. 가까이서 보니 그 여자는 정말 예뻤다. 얼굴이 희고 코가 오뚝했고 입이 작았다. 어머니 일년상이 아직 끝나지도 않았는데 새어머니를 얻어 온 아버지의 처사가 이해되지 않았다. 하지만 대놓고 반발은 하지 못했다.

"아부지, 새어머니도 왔응께 살림에서 손놓을라요."

그 말로 나의 반발심을 표출했다. 내 말이 끝나기도 전에,

"이놈의 가시네가 어머니 잘 받들어야지 뭔 말을 하는 것이여잉."

아버지는 다짜고짜 새어머니 앞에서 내 뺨을 한 대 때렸다. 태어나 처음으로 아버지에게 맞았다. 눈앞에 별이 번쩍였다. 눈물이 줄줄 쏟아졌다. 가슴속에 고여 있던 엄마에 대한 그리움과 슬픔이 터져 버렸다. 새어머니가 내 등을 토닥이며 아버지에게 눈을 흘겼다. 아버지는 담배를 연달아 피웠다.

저녁이 되었고, 오빠들이 돌아왔다. 오빠들은 새엄마에 대해 좋다 싫다 아무 말도 하지 않았다. 오빠들에게 아버지에게 맞았다는 말을 하지 않았다.

'새어머니도 아버지의 인물만 보고 따라왔을 것이여, 먹을 것도 변변치 않은 집에서 얼마나 버틸라고…'

나는 혼잣말을 하며 하루를 꼬박 굶었다. 어머니와 여동생이 묻힌 산을 찾아갔다. 묘 앞에서 한참을 울었다. 나는 집에 있으면 숨이 막혔다. 아버지와 새어머니의 얼굴이 보이지 않은 곳에서 시간을 보내려고 산으로 들로 쏘다녔다.

내 예상과는 달리 새어머니는 집을 나가지 않았다. 새어머니는 우리 집에 온 지 일 년도 안 되어 딸을 낳았다. 아버지는 그 딸을 무릎에 앉히고 애지중지했다. 우리 사 남매를 기를 때는 한 번도 보지 못한 모습이었다. 새어머니는 성격이 사근사근하고 아버지에게 부드러운 아내였다. 아버지와 사이가 좋았다.

시월의 결혼식

　영암으로 시집간 넷째 고모가 내 혼처를 주선했다. 고모와 남편의 이모는 이웃집에서 살았고, 서로 집안 얘길 하다가 조카들을 결혼시키자고 했다는 것이다. 남편 될 사람은 부모가 없고, 아내 될 사람은 어머니가 없으니 외로운 사람끼리 만나 살면 좋겠다며 중매를 한 것이었다.

　남편과 선을 본 것도 아니었다. 고모가 찾아왔고 아버지가 승낙하면서 결혼 날짜를 받았다.

　새어머니는 어머니가 준비해 둔 베로 이불과 요를 만들었다. 솜은 어머니가 부탁한 대로 큰오빠가 장만해 주었다. 큰오빠는 강진읍에 있는 자전거 수리소에 취직해 일하고 있었다.

　내 나이 18세 되던 해 시월 중순이었다. 작은 돼지도 잡고, 전을 부치느라 집 안에서는 고소한 냄새가 났다. 내 결혼식에 쓰인 여러 가지 부대 비용은 해주 오씨 집안사람들이 십시일반 일정 부분을 도와주었다. 집안 어른들이 모든 격식을 갖춘 결혼식을 올릴 수 있도록 해 주었다. 초례청에서 맞절이 끝나고 팔을 아래로 내렸지만, 눈을 아래로 내리깔아서 남편의 얼굴을 보지 못했다.

첫날밤이 되었다. 남편은 내 머리의 족두리만 내려주고는 곯아떨어졌다. 다음 날 아침이었다. 어머니도 안 계시는 가난한 집이었지만, 집을 떠난다 생각하니 슬펐다. 내가 집을 떠나는 것을 보지 않으려고 그랬는지 오빠들의 모습은 보이지 않았다.

"아부지, 가마는 언제 온당가요?"

"곧 온다고 했응께, 얼릉 출발하자…."

친정아버지는 어서 가자고 날 재촉했다. 대문을 나서는데 두 볼 위로 하염없이 눈물이 흘러내렸다. 동네를 벗어나 들길로 들어서니 새 고무신을 신은 발이 욱신거리고 쑤셨다. 들판은 벼가 노랗게 익었고, 벼를 베는 사람들이 보였다. 산에는 단풍이 들어 울긋불긋했다. 억새밭은 바람이 불 때마다 금빛으로 출렁거렸다. 앞서가는 신랑은 키가 작았지만 힘차게 걷고 있었다.

나는 오지 않는 가마를 기다렸고 아버지에게 가마는 언제 오느냐고 자꾸 물었다. 곧 온다는 가마는 작천으로 넘어가는 까치재를 넘도록 오지 않았다. 사십 리를 걸어 시댁에 도착했다. 아버지가 온다고 했던 가마는 처음부터 부르지도 않은 것이다.

시댁에 도착해 고무신을 벗으니 살 것 같았다. 신부가 받는 잔칫상을 받았다. 상에는 고기, 떡, 전, 나물, 생선 등 푸짐한 음식들이 놓여 있었다. 배는 고팠지만 여자들이 빙 둘러앉아 쳐다보는 통에 음식을 먹지 못했다.

"상택이 작은아버지 좋아하는 사람 따로 있어서 장가 안 간다고 울었다고 하등 마…. 그랑께 말이여 호호호…."

여자들은 거침없이 말하며 웃고 떠들었다. 남편은 좋아하는 아가씨가 있어 결혼한다는 말을 하려고 집에 들렀다고 한다. 집에 오니 사람들이 음식을 장만하고 있더라는 것이다. 그리고 이틀 후가 자신의 결혼식 날이라고 했다는 것이다.

"안 그래도 데리러 갈라고 했는디, 아짐찮게[4] 본인이 와 부렀어야."

집에 와 있는 이모님이 남편을 반기며 말했다는 것이다. 남편이 결혼을 안 하겠다고 하자 중매를 선 이모가 소리를 지르며 옷을 주섬주섬 챙겨 입으셨다는 것이다. 나 살아생전에 이곳에 발걸음도 안 하겠다고 으름장을 놓았다고 한다. 그래서 남편은 할 수 없이 내게 장가를 온 것이었다.

이런 황당한 결혼식이 또 있을까? 결혼하고 며칠도 되지 않아 남편은 돈을 벌어 온다며 집을 나갔고, 집에 가끔 들러도 다시 집을 떠났다. 남편의 얼굴을 익힐 틈도 없이 형님과 조카들과 5년을 한집에서 살았다.

---

4) '고맙다'는 전라도 지역 방언.

명동 사람들

내가 결혼해 정착한 마을은 전라남도 강진군 성전면 명동이다.

마을 앞 들을 지나면 목포에서 장흥으로 넘어가는 신작로가 뻗어 있고, 마을 북쪽으로 나가야 외부로 연결된 길로 나갈 수 있었다. 마을 동쪽에는 작천면 데리굴 마을이 있고, 서쪽에는 당산 마을이 있었다. 북쪽에 오산, 그 옆 마을이 동녘, 신기 마을이다. 강진군 보은산 북쪽 아래 산의 경사가 끝나는 지점에 저수지가 있었다. 저수지 아래 개울을 따라 항상 맑은 물이 흘렀다.

당살매는 돌이 많아 밭으로 개간해 사용했다. 아래로 내려오면 평평한 곳에 마을이 형성되어 있었다. 오십여 호의 집들이 옹기종기 모여 살았다. 마을 앞으로는 제법 큰 들이 있었고 샛강이 두 개 흘렀다. 타 동네 사람들이 번들이라고 부르기도 했다.

봄이면 동네를 감싸고 있는 산에 진달래가 지천이었다. 산에는 아름드리 소나무가 자랐다. 여름이면 들에 곡식들이 푸르게 자랐다.

가을이면 온 동네가 잘 익은 감으로 붉게 물들었다. 겨울이면 무릎까지 빠지는 눈이 내려 마을을 포근하게 감쌌다.

마을은 한 폭의 수채화를 펼친 듯 아름다웠다. 어느 집에서는 사람이 죽고, 어느 집에서는 아이가 태어났다. 어떤 사람은 몸이 아파 병원에 입원하기도 하고, 아이들은 학교에 다녔다. 자식이 결혼하는 집도 있었다. 논과 밭에 곡식을 심고 부지런히 가꾸었고 가축들을 길렀다. 마을 사람들은 저마다 자기에게 주어진 삶에 최선을 다하며 살았다.

김씨, 이씨, 조씨, 노씨, 홍씨, 최씨, 박씨, 한씨 성을 가진 사람들이 집안을 이루었다. 마을에 초상이 나거나 결혼식이 열리면 열 일 제쳐놓고 서로 품앗이를 했다. 모내기나 가을걷이를 할 때도 겹치지 않도록 날짜를 받아 서로의 일을 같이했다.

마을 사람들을 부를 때는 택호를 사용했다. 아내들의 친정 동네 이름을 따 택호를 지었다. 동네 집들을 기억해 본다.

광양댁―자식이 여섯 명, **보성댁**―자식이 다섯 명, **송월댁**―자식이 여덟 명, **영리댁**―자식이 다섯 명, **춘동댁**―자식이 네 명, **동장물댁**―자식이 다섯 명, **연안댁**―자식이 네 명, **지재댁**―자식이 다섯 명, **덕정이댁**―자식이 일곱 명, **선앙댕이댁**―자식이 한 명, **형님네**(동천댁)―자식이 다섯 명, **태동댁**―자식이 다섯 명, **평덕댁**―자식이 여섯 명, **칭매댁**―자식이 네 명, **황촌댁**―자식이 다섯 명, **관덕댁**―자식이 네 명, **방천댁**―자식이 일곱 명, **발산댁**―자식이 여덟 명, **평리댁**―자식이 세 명, **안풍댁**(우리 집)―자식이 여덟 명, **작천댁**―자식이 여섯 명,

영풍댁-자식이 일곱 명, **월산댁**-자식이 네 명, **곱댁**-자식이 아홉 명, **신안댁**-자식이 다섯 명, **송리댁**- 자식이 네 명, **본면댁**-자식이 네 명, **군절리댁**-자식이 네 명, **진등댁**-자식이 다섯 명, **한동댁**-자식이 여덟 명, **강암댁**-자식이 네 명, **밤몰댁**-자식이 일곱 명, **비슬댁**-자식이 다섯 명, **명동댁**-자식이 세 명, **수암댁**-자식이 두 명, **해남댁**-자식이 네 명, **상동댁**-자식이 다섯 명, **하뱅이댁**-자식이 다섯 명, **도림댁**-자식이 여덟 명, **구름댁**-자식이 다섯 명, **평안댁**-자식이 여섯 명, **월평댁**-자식이 다섯 명, **새앙리댁**-자식이 일곱 명, **부동댁**-자식이 네 명, **어산댁**-자식이 세 명, **부산댁**-자식이 여섯 명, **유동댁**-자식이 일곱 명, **번동댁**-자식이 일곱 명, **배포댁**-자식이 다섯 명, **솔치댁**-자식이 한 명 등

골목마다 아이들이 뛰어다니며 시끌벅적했다. 콧물을 질질 흘리는 아이들을 보면 내 새끼 남의 새끼 할 것 없이 치마를 걷어올리고 콧물을 닦아 주곤 했다. 집에서 호박잎 깔고 빵을 쪄도 이웃 아이들이 우르르 몰려와 같이 나누어 먹었다. 여름에 팥칼국수를 만들어 장독대에 내다 놓으면, 밤에 자식들이 친구들을 몰고 와서 나누어 먹곤 했다. 가을걷이가 끝나면 고구마도 이 집 저 집 나누어 먹고 떡을 하면 이웃집에 돌렸다. 집에서 제사만 지내도 서로 불러 밥을 먹었다.

성전면으로 나가려면 십 리 길이었고, 강진군에 가려면 이십 리 길이었다. 도청 소재지 광주에 가려면 버스를 타고 네 시간이 걸렸다. 아이들은 오 리 길에 있는 초등학교를 졸업하면 십 리 길에 있는

중고등학교에 다녔다. 넉넉한 집은 자전거를 사서 통학을 하기도 했지만, 아이들 대부분은 새벽밥을 먹고 한 시간씩 걸어서 학교에 다녔다.

1940~1950년대 태어난 아이들은 상급 학교에 진학하는 아이가 드물었다. 1960년대에 태어난 아이들은 광주로 서울로 진학했다. 산골 마을에서도 학구열이 대단한 마을이었다.

우리 동네에서 서울대, 고대, 한양대, 육군3사관학교, 한양여대, 서라벌예대, 교대, 전남대, 조선대 등을 나온 자식들이 여럿이었다. 그리고 군 장교, 고위 공무원, 교사, 공사 직원, 목사, 은행원, 기자, 작가, 농장주, 사업가로 사회 각층에서 각자의 몫을 해냈다.

부모들이 밤낮 가리지 않고 땀흘리며 일해서 가르친 자식들이 나라에 일조하며 살고 있다. 나랑 같이 땀흘려 논밭에서 일했던 사람들 대부분 천국으로 주소를 옮겼다. 94세에 이런 얘기를 풀어 놓을 수 있다는 것, 생각도 못해 본 일이다. 명동에서 터전을 잡고 살아온 모든 분께 참 잘 살았다고 박수를 치고 싶다.

동네 아이들과 놀이

　마을 골목은 늘 아이들 소리로 시끌벅적했다. 여름에는 데지메 냇가로 몰려가 멱을 감고 물고기를 잡으며 놀았다. 아이들은 마을 중앙 놀이터에서 모여 놀았다. 남자아이들이 자주 하는 자치기 막대기는 밤나무 가지로 만들었다. 새끼 막대기는 10~15cm 양쪽을 사선으로 잘랐다. 어미 막대기는 60~80cm 크기였다. 어미 막대기로 새끼 막대기를 쳐서 새끼 막대기가 날아가는 거리를 어미 막대기로 재면서 노는 놀이다.

　발산댁 마당에서 아이들이 비석치기를 하고 자주 놀았다. 납작한 돌을 여러 개 주워 땅바닥에 세우고 4~5m 거리를 두고 길게 줄을 그었다. 손바닥만 한 돌을 준비한 다음 가위, 바위, 보로 팀을 결정했다. 발목, 무릎, 사타구니 사이, 배 위나 겨드랑이에 돌을 끼우고 걷거나 뛰어가서 세워 놓은 돌을 쓰러뜨렸다. 어느 편이 이기든지 아이들은 즐거워했다.

여자아이들은 공기를 주워 양지바른 곳에서 놀았다. 여자아이들이 빙 둘러앉은 곁에는 항상 동생들이 따라와 같이 놀았다. 새끼를 두툼하게 꼬아서 줄을 만들었다. 양쪽에 한 명씩 줄을 잡고 돌리고 줄 안에서 뛰는 아이들은 월, 화, 수, 목, 금, 토, 일을 외치며 줄 안에서 한 번 뛰고 밖으로 나왔다. 줄에 발이 걸리는 사람이 줄을 돌렸다.

여자아이들은 고무줄놀이할 때 노래를 부르곤 했다. '나의 살던 고향은 꽃피는 산골…' '전우의 시체를 넘고 넘어 앞으로 앞으로…' 이런 노래들을 부르며 고무줄을 넘었다. 남자아이들이 고무줄을 끊고 도망가서 여자아이들을 울리곤 했다.

정월 대보름 낮에는 연날리기, 밤에는 쥐불놀이를 했다. 보름이 되기 전부터 미리 깡통을 준비하여 구멍을 뚫고 끈을 달았다. 그리고 깡통에 달구어진 숯불을 담아 돌리며 돌아다녔다. 쥐불놀이는 다른 마을 아이들과 들판에서 이루어졌다. 쥐불놀이가 끝난 다음 날에는 옷에 불똥이 튀어 구멍이 났고, 아이들 머리칼이 노랗게 그을리곤 했다.

길가에 질경이가 자라면 큰 잎을 뜯어 와 질경이 잎의 섬유질을 양쪽으로 묶어 제기를 만들었다. 질경이 제기는 폭신하여 발을 다칠 염려가 없어 아이들이 좋아했다.

아이들은 숨바꼭질을 자주 했다. 장독대, 창고, 볏짚 속에도 숨고 보릿대 속에 숨었다가 보리 가시에 찔려 울기도 했다.

대나무로 활을 만들어 쏘며 놀기도 했는데, 어느 해 활로 인해 큰 사건이 벌어졌다. 뒷집에서 쏜 화살이 지붕을 넘어 앞집 마당에서 놀던 아이의 한쪽 눈을 맞힌 것이다. 몇날 며칠 병원에 다니는 동안 동네 사람들도 함께 걱정했다. 그렇지만 아이들이 놀다 생긴 일이라 눈이 다친 집에서 문제 삼지 않았다. 그 아이들이 자라 화살을 쏜 아이는 선생님이 되었고, 눈을 다친 아이는 공사 직원이 되었다.

진등에 가면 큰 묘가 있고 사람의 형상으로 서 있는 비석이 여럿 있었다. 아이들은 비석에 올라타기도 하고, 줄지어 비탈길을 구르기도 하며 놀았다. 그런 놀이에 지치면 개구리 뒷다리를 구워 먹고 고염, 머루, 감, 밤, 맹감, 아그배5)를 따러 다녔다. 산으로 들로 망아지처럼 뛰어다니면서도 꼭 동생들을 데리고 같이 놀았다.

아이들 놀이를 가만히 보면 사람 사는 이치와 많이 닮아 있었다. 서로 양보하고 배려하면 싸움이 일어나지 않고, 서로 우기면 싸움이 벌어졌다. 아이들은 자라면서 놀이를 통해 사회성을 기르고 자연스럽게 인간에 대한 예의를 몸에 익혔다. 그때 아이들은 공부하는 시간보다 노는 시간이 더 많았다.

5) 산에서 자생하는 배나무에서 열리는 구슬 크기의 작은 배를 일컬음.

시숙님과 형님

　시숙님은 남편보다 키가 머리 하나는 더 컸다. 얼굴이 작은 남편과 달리 시숙님 얼굴은 약간 넓적하면서도 피부가 희어서 도시 사람 같았다. 유머가 풍부하고 항상 웃는 얼굴이었다. 성격은 남편과 많이 닮아서 급한 편이었다.

　형님은 단아한 키에 피부가 희고 고왔다. 목소리가 부드러워 듣고만 있어도 마음이 편안했다. 성격도 느긋했다. 형님은 아침잠이 많아서 주로 내가 아침밥을 했다.

　시숙님은 항상 날 기분 좋게 했다. 특별한 음식도 아니고 그렇다고 내 솜씨가 좋다고 할 수도 없는데, 무엇을 먹든 내가 무엇을 하든 하루에도 몇 번씩 칭찬해 주었다. 친정에서는 들어보지 못한 말이어서 처음에는 시숙님의 칭찬이 어색했지만 자주 들어도 싫지 않았다.

　시숙님은 집에 잘 계시지 않았다. 옷을 차려입고 나가시면 키도 크지만 몸태가 좋으셔서 주변이 환했다. 동네 사람 누구도 시숙님보다 잘생긴 사람은 없었다. 성격도 호탕하여 돼지를 잡아도 한 마리를 잡아 동네 사람들과 나누어 먹었다. 동네 어른들에게서 들었는데, 집안 살림이 넉넉할 때는 소도 한 마리씩 잡았다고 하니 참 통이 큰 분이었다.

가뭄에 콩 날 정도로 가끔 가족들이 다 같이 밥을 먹는 날이 있었다. 시숙님은 내 밥상을 건너다보며 많이 먹으라는 말을 잊지 않았다. 남편 없는 집에서 시숙님의 존재는 부모나 다름없었다. 시숙님은 어떤 심각한 얘기도 꺼내지 않았다. 집에 쌀이 있는지 없는지도 관심이 없었다. 시국이 시끄럽고 어수선해도 자신이 무엇에 관심이 있는지 말씀하지 않았다. 가족에게 무엇을 어떻게 하라고 지시하지도 않았다. 집안 살림을 맡아 한 분은 형님이었다.

집을 나가신 시숙님이 한 달이 넘도록 돌아오지 않았다. 6·25가 터져 시국이 어수선하던 때라 형님과 나는 시숙님이 돌아오시길 애타게 기다렸다. 그러던 어느 날 이런 소문이 들려왔다. 영암 풀치재를 넘다가 콜레라에 걸려 많은 사람이 죽었는데 그곳에서 시숙님을 봤다는 사람이 있었다.

형님은 종가댁 며느리로 일 년에 여러 번 제사를 지냈다. 제삿날 바가지에 멥쌀과 병어, 조기를 사서 큰딸에게 들려 큰집에 보냈다. 평소에 보리밥만 먹던 여름에 아이들도 쌀밥을 먹을 기회였다. 형님은 잿밥으로 올려놓은 쌀밥을 아이들에게 골고루 나누어 주었다. 밤에 단자 오는 사람들의 바구니를 떡으로 넉넉하게 채워 주었다.

형님이 고향에서 소천하셨다는 소식을 들었을 때 내게 연결된 소중한 끈 하나가 뚝 끊어진 것 같았다. 형님 나이 89세였지만 조금 더 계셨으면 좋았을 텐데 하는 아쉬움이 밀려왔다.

상청의 영정 사진 속에 형님의 얼굴을 뵈니 아주 오래전 형님과 함께했던 날들이 주마등처럼 스쳤다. 형님과 나는 한솥밥을 먹으며 가장 젊은 날을 같이 보냈었다. 눈물도 같이 흘리고 밥도 같이 굶었다. 나의 이십 대에 남편보다 더 많은 시간을 형님과 같이 보냈다. 형님을 땅에 묻고 돌아서 오는 길에 가슴이 콱 막혔다. 내 슬픔의 깊이는 형님과 내가 함께한 세월만큼 내 가슴에 깊은 자국으로 파였다. 내가 자식들을 낳을 때 산바라지를 해 주셨던 형님, 다시 만나면 고마웠다고 고백하고 싶다.

남편은 몇 해 전 시숙님 사진을 옛날 앨범에서 찾아냈다. 사진을 크게 확대해서 안방에 걸어 놓았다. 남편은 사진을 손으로 쓸며 눈물을 흘리곤 했다. 남편은 부모님 얘기는 하지 않았지만, 형을 많이 그리워했다. 사진 속 시숙님의 모습에서 생시의 모습이 겹치면서 시집 와서 본 젊고 잘생긴 모습이 생각났다. 시숙님이 백수를 누리고 살다 가셨으면 얼마나 좋았을까? 나는 가끔 그런 환상을 꿈꾸곤 했다. 시숙님과 형님이 보고 싶은 날이다.

내 등에서 자란 첫아들

결혼해 남편과는 정붙일 시간이 없었다. 남편은 바람같이 왔다가 바람같이 가 버렸다. 시숙님과 형님, 조카 넷이 있어서 그나마 다행이었다. 조카들을 보고 있으면 마음 깊은 곳에서 정이 샘물처럼 솟아났다.

1950년 9월, 이틀간의 모진 산통을 치렀다. 통증이 몰려올 때는 나도 모르게 어머니를 불렀다. 형님은 내 손을 잡고 힘내라고 토닥여 주었다. 그리고 아이가 태어나자 깨끗이 씻겨 내 품에 안겨 주셨다. 형님이 끓여 주신 미역국을 먹으려는데 눈물이 났다.

"산모가 울면 아기에게 안 좋다네."

형님은 단호하게 말하면서 나를 울지 못하게 했다. 형님은 내게 어머니나 마찬가지였다. 형님이 있어서 남편 없는 서러움을 견딜 수 있었다.

남편의 이모님은 부산에서 배 부품을 파는 '하남선구점'을 운영하고 계셨는데, 남편이 부산에 있다는 것을 바람결에 들었다. 신혼다운 신혼도 없었고 남편과 오순도순 살아본 기억도 없었다.

아들은 태어난 지 일주일이 지나도 눈을 뜨지 못했다. 눈을 손으로 벌려 보니 하얀 것이 끼어 있었다. 아들을 품에 안고 왕복 사십 리 산길을 걸어 강진읍에 있는 도립병원에 다녔다.

아들의 눈은 차도가 없었다. 산길을 걸어서 병원까지 오고 가는 동안 아이에게 젖을 물려야 했는데, 아이가 몸을 가누지 못해서 누군가 업혀 주어야만 업을 수 있었다. 간신히 등에서 아이를 내려 젖을 물리고 있을 때, 오솔길 사이로 사람이 오는 것이 보였다. 그 사람에게 아이를 업혀 달라고 부탁할 참이었다.

"젊은이가 어디를 갔다오요잉."

"아이가 눈이 아파서라우…."

"해남 손동에 이런 눈을 잘 고치는 사람이 있응께 가보쑈잉."

여자의 말이 떨어지기가 무섭게 해남 손동을 찾아갔다. 의원은 출타하고 없고 딸이라는 처녀가 아들의 눈을 살피더니 고칠 수 있다는 것이었다. 그곳에서 하룻밤을 자고 의원을 기다렸다. 의원이 하얀 가루를 눈에 넣자 아이가 자지러졌다. 그때 눈에 낀 하얀 것이 뭉텅이로 벗겨져 나왔다. 보름이 지나자 한 눈이 말끔하게 나았다. 하지만 한쪽 눈에 남은 작은 덩어리가 쉽게 벗겨지지 않았다.

약을 타 와 집에서 아이 눈에 직접 약을 넣었다. 얼마나 아픈지 아이는 약봉지만 봐도 자지러졌다. 내 눈에도 눈물이 마를 날이 없었다. 잠자리에서 일어나는 순간부터 아이를 등에 업고 식구들 아침밥을 했다.

아들의 바싹 마른 몸은 살이 붙지 않았다. 세 살이 넘도록 걷지도 못했다. 아이를 업은 등 쪽 옷에 구멍이 나고, 아이 업은 띠가 몇 개 떨어졌다. 무슨 일을 하든 아이를 등에 업었다. 물을 기를 때도 논밭에 풀을 맬 때도 아이는 껌딱지처럼 내 등에서 살았다.

"이놈아, 너는 커서 머리털을 뽑아 어미 신을 만들어도 공 못 갚겠다."

동네 사람들이 내 등에 업힌 아들을 보면서 하는 말이었다. 하지만 나는 하나도 힘들지 않았다. 병약한 아들을 생각하면 마음이 늘 서글펐다. 한번은 이런 일이 있었다.

울타리 하나를 사이에 두고 디딜방아를 찧는 집이 있었다. 낮에는 들에서 일하고 새벽이나 밤에 방아를 찧었다. 디딜방아는 세 사람이 같이 일을 해야 곡식을 빻을 수 있었다. 두 사람은 디딜방아 양 다리에 올라서 줄을 잡아당기고 한 사람은 공이가 내리치는 구멍 곁에서 흩어지는 곡식을 홈이 파인 구멍에 다시 밀어 넣곤 했다. 나는 가족들이 먹을 곡식을 찧으면서 품앗이를 했다.

그날 새벽 곡식을 밀어 넣을 때 공이가 내 머리 꼭대기에 떨어졌다. 나는 기절을 하고 말았다. 깨어나서 눈을 뜬 뒤 가장 먼저 아들의 이름을 불렀다고 한다. 나와 연결된 생명줄 속에 항상 아들이 있었다. 나이를 먹은 지금도 몸살이 나면 머리 꼭대기가 가장 먼저 아프다. 지금껏 큰 후유증 없이 지낸 것만도 하나님의 보살핌 덕분이라고 생각한다.

6·25 전쟁의 소용돌이 속에서

6·25 전쟁통에 아픈 자식을 데리고 병원을 찾아다니는 것이 너무도 서글펐다. 부산으로 간 남편은 감감무소식이었다. 얼마 뒤 동네가 술렁거렸다. 좌익과 우익으로 갈라진 동네 사람들은 하루아침에 서로의 눈치를 보며 살게 되었다. 출타하신 시숙님이 집에 들어오시지 않은 지 한 달이 넘었다. 심상치 않은 동네 분위기도 무서운데 집안에 어른이 나가서 돌아오지 않으니 마음이 더 심란했다.

형님은 큰조카는 집에 두고 다른 조카들을 데리고 친정으로 갔다. 나는 친정으로 도망갈 생각도 못 했다. 낮에는 아들을 등에 업고 조카를 옆에 끼고 추수를 했다. 벼를 베어 머리에 이고 날랐다. 시절이 흉흉해서 누구의 도움을 받기도 쉽지 않았다.

그렇게 수확해 놓은 곡식을, 좌익을 하는 사람들이 밤에 내려와 싹 쓸어가 버렸다. 힘없는 내가 그들의 손아귀에서 내 것을 지킬 수 없었다. 아이들을 굶길 수 없어서 급한 대로 손으로 훑어 온 벼를 절구통에 찧어 끼니를 해결했다.

밤이 오면 마을에 누가 찾아와 해코지하는지 알 수 없어서 마을 사람들이 집을 두고 너나없이 산속으로 들로 숨었다. 나도 아들은 업고 조카 손을 잡고 마을 앞산으로 올라갔다. 진등[6] 콩밭 가운데에 숨었다. 아들이 자꾸 울어서 사람들에게 쫓긴 적도 여러 번이었다. 추운 밤을 조카와 아들의 온기로 견디었다.

아침이 되면 마을로 내려왔다. 내려와서도 집에 들어가지 못하고 마을 꼭대기 집, 광양 아짐네에 가서 신세를 졌다. 광양 아짐은 언제 가도 싫은 내색을 하지 않았다. 자신들이 먹고 있는 죽을 우리에게 나누어 주었다. 전시 상황에서 그렇게 마음을 쓰는 것은 누구나 할 수 없는 일이었다.

마을에서 머슴을 살던 사람들이 붉은 완장을 차고 돌아다녔다. 그날은 참으로 살 떨리는 날이었다. 좌익을 하는 사람들이 우익을 한다는 이유로 한 가족을 잔대루굴 산으로 끌고 갔다. 산으로 끌려가면서 우는 소리가 동네 사람들의 간담을 서늘하게 했다. 그날 저녁 태국[6]이 식구들을 어른 아이 할 것 없이 구덩이를 파고 산 채로 묻어 버렸다. 나와 가깝게 지내던 사람들이어서 몸이 벌벌 떨렸다. 그 가족뿐 아니라 며칠 사이 동네에서 몇 가족이 머슴들의 손에 죽었다. 하루하루 피를 말리는 날이었다.

좌익을 하는 사람들이 완전히 마을을 차지했다. 좌익은 내 것 네

---

6) 길게 뻗어 나간 언덕의 등성이.

것이 없다면서 이 집 저 집 이를 잡듯 뒤져 가져갔다. 곡식은 물론 동네 가축도 씨가 말랐다. 어떻게 살아야 할지 정신이 아득한 시절이었다.

몸서리치게 힘들었던 매일매일을 어떻게 살았는지, 가을이 가고 겨울도 지나갔다. 친정에 갔던 형님이 봄에 집으로 돌아왔다. 가까이 기댈 수 있는 가족이 있다는 것은 참으로 좋았다.

우익과 좌익이 무엇인지도 모르는 내게도 역사의 검은 그림자가 들이닥쳤다. 나는 우익을 한 여자로 지목되어 잡혀가 성전지서에서 강진경찰서로 넘어갔다. 고문이 시작되었다. 내가 태극기를 들고 흔드는 것을 본 사람이 있다고 다그쳤다. 아무리 아니라고 해도 믿지 않았다. 온몸을 곤봉으로 치며 고문을 했다. 뼈가 으스러지는 아픔을 느꼈다. 이러다 죽을지도 모른다는 생각이 들면서 집에 두고 온 아들이 눈에 밟혔다. 기절하고 말았다.

눈을 뜨니 몸이 천근 같았고 온몸을 바늘 끝으로 쑤시듯 아팠다. 일어나려고 하는데 마음과 달리 바닥에 몸이 딱 달라붙어 움직일 수가 없었다.

마을에서 붉은 완장을 차고 다니던 사람이 아는 체를 했다. 시부모님이 살아 계실 때 시댁에서 머슴을 살던 사람이었다. 시부모님은 성품이 인자하셔서 머슴들도 가족처럼 잘 대해 주었다고 들었다. 그날 오후 형님이 경찰서에 오셨다. 벌금으로 200환을 내주셨고, 나는 풀려날 수 있었다. 형님을 안고 통곡했다. 뼈에 사무치게 형님이 고마웠다.

좌익이 쇠하고 우익이 점점 힘을 받아갔다. 밖이 소란했다. 잠에서 깨어나 마당에 나가 보니 안채가 활활 타고 있었다. 형님과 나는 아이들을 피신시키고 발만 동동 굴렀다. 어찌나 겁이 나던지 몸을 가눌 힘도 없었다. 지붕이 타면서 재가 사방으로 흩어졌다. 집이 맹렬히 타올라 마을이 훤했다. 시숙님이 좌익을 했다며 우익에 가담한 사람들이 불을 지른 것이다.

집에 불이 났는데 동네 사람들은 한 사람도 오지 않았다. 나중에 들었는데 우리 집 불을 꺼 주면 좌익으로 몰려 곤욕을 치를 수 있기 때문이었다고 한다. 집이 하룻밤 사이에 잿더미가 되었다.

나와 형님은 마당에 주저앉아 벌벌 떨었다. 우리가 길러 놓은 곡식이랑 키우던 소, 돼지, 닭은 밤마다 마을로 내려온 좌익 하는 사람들이 가져가 버리고, 우익 하는 사람들이 집에 불을 질러 홀랑 타 버렸다. 집 나가 소식 없는 시숙님의 얼굴을 본 지도 몇 달이 지났는데, 가족들은 속수무책으로 이유도 모르고 항의 한 번 하지 못한 채 모든 것을 다 잃어버렸다. 아래채 방 한 칸에서 일곱 식구가 오글오글 살았다.

낮에는 우익을 하는 사람들이 밤에는 좌익을 하는 사람들이 들들 볶아쳤다. 인간으로 사는 것이 겁났다. 그런 시절이 일 년이나 계속되었다. 우익과 좌익이 무엇인지도 모르는 나와 마을 사람들은 하나같이 희생양이었다. 밤에 잠자리에 들고 아침에 눈을 뜨는 것이 꿈을 꾸는 것 같은 시절이었다. 몸 고단하고 배고픈 것보다 더 힘든 것은 사상으로 무장한 사람들에게 볶이는 정신적 고통이었다.

● 태국은 가명이다.

강진 초동 친정집으로

　좌익과 우익의 소용돌이가 점차 잦아들고 세상이 조금 차분해졌다. 아버지는 내가 결혼하고 난 뒤 강진 초동으로 다시 이사했다. 친정집으로 아이를 데리고 갔다.

　나는 마을 앞 바다에 물이 빠지면 갯벌에 나가 고둥을 잡고 맛조개도 잡았다. 조개 구멍이 잘 보이지 않으면 발로 갯벌을 살짝 구르면 맛조개가 구멍을 보여 주었다. 구멍에 걸쇠를 꽂아 넣고 잡아당기면 맛조개가 쏘옥 올라왔다. 잡는 재미가 참 좋았다. 머리에 이고 갈 수 없을 정도로 맛조개를 많이 잡았다. 아버지가 마중을 나와 같이 집으로 돌아오곤 했다. 나의 고단함을 위로해 줄 사람이 있을 턱이 없는데, 가끔은 마음이 슬펐다.

　내가 맛조개를 잡아오면 새어머니는 마을 사람들에게 가져가 곡식과 바꾸어 왔다. 얼마나 수완이 좋던지 내가 잡아오는 대로 바로 팔렸다. 바닷가로 밀려오는 감태도 걷어왔다. 팔고 남은 감태는 여러 번 헹궈 맑은 물이 나오면 빨랫줄에 걸어 말렸다. 연둣빛으로 마른 감태는 간장 양념에 찍어 먹어도 맛있었다. 된장 속에 넣어 두고 먹어도 밥반찬으로 좋았다.

신경도 채취했다. 신경은 감태보다 더 가늘고 부드러웠다. 잘 씻어 사흘 동안 항아리에서 숙성한 다음 참기름을 몇 방울 떨어뜨려 먹으면 술술 넘어가는 반찬이었다. 나는 바다가 내어주는 먹거리들을 채취해 친정집으로 날랐다. 내가 바다에서 채취한 것들과 바꾼 곡식이 몇 가마니가 되어 윗목에 쌓였다.

시집으로 돌아가려고 생각하니 아득했다. 남편은 어디에 있을까? 나를 반겨줄 남편도 없지만, 친정에 더 있을 수도 없었다. 시댁으로 돌아가려고 새어머니에게 곡식을 좀 나누어 달라고 했다. 새어머니는 내가 벌어들인 것의 일부만 돈으로 주었다. 하지만 더 달라고 말하지 못했다.

심란한 마음을 안고 시댁으로 돌아왔다. 뜻밖에 시숙님이 돌아와 계셨다. 남편을 본 듯 반가웠다. 내게 늘 따뜻한 말로 힘을 주시던 분이다. 어쩌면 남편보다 더 가까이 오래 살았고, 내게는 친정아버지보다 더 든든한 분이었다. 점심을 먹고 난 후 시숙님이 날 부르셨다.

"제수씨 미안헌데… 돈 좀 빌려줄 수 있으께라우."

시숙님이 내게 그런 말을 하셨을 때 나는 잠깐 망설였다. 그리고 하룻밤이 지나갔다. 나는 친정에서 벌어온 돈을 한 푼도 남기지 않고 내놓았다. 그게 내가 마지막으로 본 시숙님 모습이었다.

인간의 길을 누가 정하는 것일까? 나이 들고 보니 사는 것이 내 뜻이 아니었다. 누굴 만나고 헤어지는 것, 내 뜻과는 무관한 것이었다. 수많은 사람이 지구에 살지만 나와 내 핏줄 그리고 가까운 이웃으로 산다는 것은 참으로 귀하고도 귀한 관계라는 것을….

내 인생의 이십 대 그 시간 안에는 항상 형님과 시숙님이 자리하고 있다.

큰집에서 독립해 장사를 시작하다

시집오고 5년, 큰집에서 독립하면서 동장물댁 작은방을 얻었다. 강진장에 가서 가족들의 수저와 밥그릇, 국그릇, 반찬그릇을 사 왔다. 그릇을 장만하고 그날부터 날마다 남편 밥그릇에 밥을 담아놓고 무사히 돌아오기를 기도했다.

형님이 간장이 담긴 작은 항아리를 주셨다. 이사하고 며칠 되지 않아 이웃집 돼지가 우리에서 뛰쳐나와 간장 항아리를 엎어 버렸다. 그것마저도 내 것이 아니었다.

집도 땅 한 평도 없고, 남편의 생사도 몰랐다. 무엇을 해야 아들과 굶지 않고 살 수 있을지 고민하며 며칠이 지나갔다. 마을 이장인 연안 아재를 찾아갔다. 장사를 하려고 하니 돈 좀 빌려 달라고 했다. 두말도 않고 300환을 빌려주었다.

강진군 장날이었다. 아들을 등에 업고 새벽 어스름에 집을 나섰다. 동네를 벗어나 옆 동네를 지나 산길로 접어들어 고개를 넘으면 공동묘지가 나왔다. 공동묘지 옆을 지나면서 등에 업혀 자는 아이의 궁둥짝을 토닥거렸다. 그러면 무서운 생각이 덜했다.

이십 리를 걸어 강진장에 도착했다. 화장품, 빨랫비누, 바늘, 실, 고무줄 등 생활에 필요한 잡화를 샀다. 남편이 일본에서 가져온 가방에 물건을 가득 채웠다. 장을 벗어나 산으로 접어들어 가방을 내려 물건값을 외우고 얼마나 받아야 할지 머릿속으로 계산했다.

재를 넘어오다 이웃집에 사는 동리댁을 만났다. 꼭두새벽에 어딜 다녀오냐며 물었다. 장사하려고 물건을 받아온다는 말을 하는데, 나도 모르게 눈물이 쏟아졌다.

낯선 동네로 들어가는데 발이 천근처럼 무거웠다. 개가 요란하게 짖었다. 등 뒤에서 자던 아이가 깼는지 꼬물거렸다. 한 손으로 아이의 궁둥이를 토닥이며 낯선 집 대문으로 들어섰다. 물건 팔러 왔다는 말이 나오지 않아 돌아서 나오고 말았다. 마음을 다잡고 골목길을 걸었다. 들어간 집에서 물건을 사면 괜찮은데 그냥 나오려면 얼굴이 화끈거렸다. 돌아서 나올 때면 내 의지와 상관없이 서러웠다. 며칠을 울면서 다녔다.

들판을 건너가다 냇가가 보이면 아들을 등에서 내리고 기저귀를 빨아 널어 말렸다. 하늘에 흘러가는 구름도 슬펐고, 졸졸 소리를 내며 흐르는 물소리도 슬펐다. 그래도 나는 아이 때문에 살아야 했다.

아이 때문에 농을 거는 남자가 있어도 웃음으로 넘길 수 있었다. 동네를 돌아다니면 아가씨들이 쓰는 영양크림과 분이 잘 팔렸다. 장사를 시작하고 보름도 되지 않아서 연안 아재에게 빌린 돈 300환을 갚을 수 있었다. 형님이 벌금으로 내준 200환도 돌려 드렸다.

친정 동네만 빼고 강진군에 있는 마을을 모두 돌아다녔다. 마을마다 골목에 아이들이 많았고 내 뒤를 졸졸 따라다니기도 했다. 받아온 물건은 장사 수완이라고 할 것도 없이 마을에 들어가면 거의 다 팔렸다.

어느 날 점심때였다. 물건을 팔려고 한 집에 들어서니 밥을 먹고 있었다. 때마침 등에 업힌 아들이 밥을 달라고 칭얼거렸다. 차마 밥 좀 달라는 말을 못하고 그 집을 나왔다. 다른 집으로 들어갔는데 그 집에서도 밥을 먹고 있었다. 아들은 밥을 달라고 계속 울며 보챘다. 한참을 망설였다.

"저… 우리 아기 밥 좀 줄 수 있으께라우?"

내 말이 끝나기가 무섭게,

"당신 아들 줄 것 있음 내 새끼 줘야지라잉."

여자는 바가지에 담긴 물을 마당에 뿌리며 매몰차게 말했다. 나는 잰걸음으로 마당을 가로질렀다. 등 뒤의 아들이 더 크게 울었다. 내 얼굴은 눈물범벅이 되었다.

그때 여자가 나를 불러 세웠다. 나는 눈물을 훔치고 그 집 툇마루에 아들을 내렸다. 여자는 보리밥 누룽지를 반 그릇 정도 들고 나왔다. 누룽지를 먹은 아이가 울음을 그쳤다. 그 여자가 마음을 돌려 아들에게 먹을 것을 준 것이 정말 고마웠다. 그 집 툇마루에 비누 한 장을 올려놓고 나왔다.

산길을 걷다가 개울이 나오면 지나가던 사람에게 머리에 이고 있던 짐을 내려 달라고 부탁하고는 아들을 등에서 내렸다. 여름에는 등이 땀으로 축축했다. 개울물에 아들이 싼 똥 기저귀를 빨아 널었다. 기저귀가 마르는 동안 개울물에 아들을 씻기고 내 발을 담갔다. 무성한 소나무 숲에서 시원한 바람이 불었다.

"엄마, 나비 잡아줘."

아들이 날아가는 나비를 보며 말했다.

"나비 엄마가 집에서 기다릴 텐데 잡으면 안 되지!"

"알았어 엄마…."

아들은 걸음은 걷지 못했어도 말은 빨랐다. 호기심도 많아서 내 등 뒤에 매달려 다니면서 자꾸 물어봤다. 계절마다 피는 꽃 이름, 나무 이름, 새 이름, 마을 이름을 아들에게 말해 주었다. 길을 걸으면서도 아들과 대화를 나누었다.

나는 장사를 다니면서 밥과 김치 쪼가리를 가지고 다녔다. 아들이 밥 달라고 할 때 언제든지 먹일 수 있었다. 아들을 등에 업고 다녀도 힘들다는 생각이 들지 않았다. 세월은 빠르게 흘렀다. 내 등에서 자란 아들은 말이 청산유수였다. 마을 입구에 닿으면 마을 이름을 척 척 말했다. 삼 년이란 세월이 흘러갔다.

내 집 장만

하루는 옆집 어산댁이 우리 집을 찾아왔다. 동열이가 쌀 다섯 가마니에 집을 판다고 하니 막걸리 한 병만 받아와 계약하면 어떻겠냐고 했다. 집터는 백 평이고 위채 아래채가 있었다. 더 물어볼 것도 없이 나는 형님을 앞세우고 가서 집을 계약했다. 집이 계약되고 나보다 형님이 더 좋아했다. 아이를 데리고 장사하면서 얼마나 고생이 많았냐며 내 손을 꼭 잡으셨다.

내가 집을 산 것을 알고 그 집에서 세 살던 사람이 나를 찾아와 소리를 질렀다. 자기가 쌀 두 가마니 반에 흥정하고 있었는데 내가 집값을 올려 집을 사버렸다는 것이다. 어산댁은 나를 생각하는 척 쌀 두 가마니 반을 더 붙여 집을 흥정한 것이었다. 내가 남편 없이 사는 여자라고 깔보고 그런 흥정을 한 것은 아닐까? 옆집에 살면서 얼굴색 하나 변하지 않고 나를 속인 어산댁의 처사가 괘씸했다. 그렇지만 어산댁의 소개가 없었다면 지금의 집이 내 집이 될 수는 없었을 것이다. 따지고 보면 고마운 일이었다.

집은 샀지만 세 사는 사람을 나가라고 할 수 없었다. 우리 집에서 사는 값으로 가을에 지붕 이엉만 덮어 달라고 했다. 나는 아래채로 들어가 살았다. 그렇게 바라던 내 집을 가지게 되었지만 뛸 듯이 기쁘기보다 마음 밑바닥에 고여 있는 슬픔이 치받쳐 올라왔다. 남편의 생사를 몰라서 무엇을 해도 한쪽이 텅 비어 있었다. 논 사백 평도 사들였다. 살림이 나아졌지만 내가 먹고 입는 것은 하나도 변하지 않았다.

사람들은 이미 남편이 죽었을 거라며 다른 곳에 재가하라고 말했다. 턱도 없는 소리였다. 속으로 딸 하나만 더 있으면 참 좋을 텐데, 그런 생각이 들었다. 지금 생각해도 내가 어떻게 장사할 생각을 했는지, 그런 용기가 어디서 나왔는지 모르겠다. 나는 사근사근한 성격이 아니다. 말주변도 없다. 아마 등에 아들을 업고 다니지 않았으면 장사를 못 했을 것이다. 머리에 이고 다니는 잡화 장사는 나 혼자서 한 것이 아니었다.

내가 육체적으로 감당했던 머리의 무거운 짐이나 등에 업고 다녔던 아들의 무게는 아무것도 아니었다. 아들은 내게 항상 힘이 되었다. 마을을 찾아다니면서 느낀 것은 좋은 사람들이 참 많다는 것이었다. 끼니때가 되면 밥을 먹으라는 사람들도 많았다.

내가 장사해서 집을 샀지만, 반은 아들의 공이고 나머지 반은 내게 물건을 팔아 준 고마운 사람들이 사 준 것이나 다름없었다. 그동안 내게 친절하게 도움을 준 사람들의 얼굴이 스쳐 지나갔다. 이제

아들과 몸을 누일 내 집이 생겼다. 땅을 딛고 걷는데 발걸음에 리듬이 실리고 마음의 갈피 속으로 따뜻한 바람이 불어왔다.

아들은 자라면서 내 등에서 내리면 다시 업히지 않으려고 떼를 썼다. 아들을 위해서라도 장사를 그만두어야겠다는 생각이 들었고, 망설이지 않고 장사를 접었다. 장사를 그만두고 나서도 새벽에 일어나고 밤늦게 잠자리에 들었다. 나는 아들을 키워 내고 살기 위해 몸을 아끼지 않았다.

제2부

천둥 번개 여름비

남편의 귀환

6·25가 터지고 2년 되던 봄이었다. 일본에서 친정 큰오빠로부터 편지가 왔다. 친정 오빠는 스물네 살 강진 초동에 살 때 결혼했다. 같은 동네에 사는 동갑내기 아내를 얻었다. 결혼하고 이듬해 올케는 아들을 낳았다. 큰오빠는 일본에 사는 처남의 주선으로 일본으로 건너갔다. 얼마 지나지 않아 작은오빠도 큰오빠를 따라 일본으로 건너가 버렸다. 큰오빠 결혼식 때 봤으니, 그것이 두 오빠를 마지막으로 본 것이다. 오빠들을 생각하면 그리움으로 가슴이 먹먹했다.

그런 큰오빠가 편지를 보내온 것이다. 그 편지 속에는 생각지도 못한 남편의 소식이 들어 있었다. 남편이 미군 부대에 들어가서 군인이 되었다는 것이다. 인천상륙작전에 투입되었고, 생사는 정확히 알 수 없지만 어떤 일이 있어도 조카 잘 키우라는 당부가 들어 있었다.

오빠의 편지를 받고 한동안 넋이 빠져 버렸다. 내 삶의 흔적들이 주마등처럼 지나갔다. 남편은 정말 죽었을까? 시숙님이 어느 날

허망하게 우리 앞에서 사라져 돌아오지 않은 것처럼 몸에 힘이 쭉 빠져 나갔다.

　혼자 자식을 낳고, 사상의 소용돌이 속에서 피를 말리면서도 내가 버틸 수 있었던 것은 남편이 꼭 돌아오리라는 희망 때문이었다. 내게 소식도 남기지 않고 남편은 전쟁의 한가운데 들어가 있었다. 남편과 부부로 산 시간이 너무 짧아서 미운 정 고운 정도 없었다.

　아들이 말을 하기 시작하면서 자꾸 아빠를 찾았다. 아들을 위해서라도 남편이 꼭 돌아오기를 바랐다. 매일 이른 새벽 동쪽 샘에 가서 물을 길어 왔다. 부뚜막에 정화수를 올려놓고 남편이 무사히 돌아오기를 빌고 또 빌었다.

　남과 북이 반으로 갈라지고 휴전이 되었다. 다른 사람들은 고향으로 속속 돌아왔다. 나는 해가 지는 저녁이 되면 아들을 등에 업고 마을 초입으로 나갔다. 아스라한 들길로 누군가 들어서면 혹시 남편이 아닐까 기대하곤 했다. 그렇게 가을이 지나가 버렸다. 내 기대는 점점 실망으로 바뀌어 갔다.

　겨울이 되어서야 남편이 집으로 돌아왔다. 그리고 그동안의 일들을 들을 수 있었다. 전쟁이 터지고 나서 부산 시내 길거리에서 젊은 남자들을 징집해 갔는데, 거리에 트럭을 세워 놓고 지나가는 젊은이들을 태웠다는 것이다. 남편은 트럭에 올라탔고, 넓은 운동장에 도착해 보니 많은 젊은 남자들이 줄을 서 있었다고 한다.

　미군들이 책상 간격을 띄워 놓고 한 사람씩 무언가를 읽고 지나가게 하는 시험을 보게 했다. 그때 남편은 이것이 미군 입대 시험이라는 것을 알아차렸다고 한다. 미군에 입대하는 것이 좋겠다는 판단을 하게 되었다는 것이다.

주변에 있는 사람들에게 혹시 이 중에 대학 졸업자가 있는지 물었다고 한다. 한 사람이 손을 들기에, 그에게 저들이 책상 앞을 지나가며 읽는 것이 무어냐고 물었더니 영어 알파벳이라 했다는 것이다. 내가 바로 당신 뒤에 따라갈 것이니 조금 큰 소리로 읽고 지나가 달라고 부탁했단다. 앞사람이 읽은 대로 알파벳을 읽었고 미군 부대에 배속되었다는데, 그러니까 남편은 미군 카츄사 창설부대원이 된 것이다. 배속 후에는 미군들 대부분이 일본어를 사용했기에 일본어를 잘하는 남편이 군대 생활하는 것은 아무 문제가 없었다고 한다. 미군 장교들 일본어 통역도 해 주게 되었다고 한다.

일본 오키나와 미군기지에 도착해 일주일간 기본 군사 훈련을 받았고, 맥아더 장군이 지휘하는 마운트 매킨리호에 올라 인천상륙작전에 참여했다는 것이다. 남편은 북한의 장진호 전투에도 참여했고, 1·4 후퇴 때 흥남 부두에서 배를 타는 사람들을 도왔다고 한다.

휴전이 되고도 남편이 바로 집에 올 수 없었던 것은, 후퇴 중 남편이 타고 있던 차가 전복되면서 몸을 심하게 다친 것이었다. 오키나와에 있는 미군 병원에서 부상이 나을 때까지 두 달이 넘게 치료를 받았다고 한다. 남편이 소속된 부대원들이 거의 전멸한 전선에서 살아서 돌아올 수 있었던 것은 누군가의 손길이 그를 보호해 준 것으로 생각되었다. 마을 사람들도 죽었던 사람이 살아 돌아온 것처럼 남편을 반겨 주었다.

역사의 소용돌이가 몰아치는 삶 속에서도 사람들은 미래의 소망을 품었다. 새해가 돌아와 정월이면 마을 사람들이 한집에 모여 한 해 신수를 보곤 했다. 간덕댁 집 안방에 마을 사람들이 가득 차 있었다. 신수 보는 여자가 정지문 쪽 사람들 틈에 쭈그려 앉은 날 지목했다.

　"저 여자는 얼굴에 자식이 주렁주렁하네."

　방 안에 있던 동네 여자들이 일제히 나를 쳐다보았다. 남편의 소식을 몰라 애태우던 내게 하는 말치고는 어이가 없었다. 나는 지은 죄도 없이 얼굴이 붉어졌다.

　남편이 돌아왔고, 나는 줄줄이 팔 남매의 자식을 두었다. 그 여자의 말이 딱 들어맞았다. 오랜 세월이 지났지만, 그때 일이 어제처럼 뚜렷하게 떠오르곤 한다.

　일제의 수탈을 견디면서 나라가 독립되기를 꿈꾸며 살았고, 6·25 전쟁에 휘말려 좌익과 우익의 소용돌이 속에서 어서 전쟁이 끝나기를 학수고대했었다.

　새해가 돌아오면 또 다른 희망을 품었다. 그것이 막연한 것일지라도 희망의 끈을 놓지 않았다. 땅이 내어주는 것을 먹고, 사람들은 누군가를 통해 희망의 말을 듣고 다시 허리끈을 동여매고 앞으로 나아갔다. 매년 맞이하는 새해는 그렇게 막연하지만 새로운 다짐과 꿈을 꾸게 했었다.

친정아버지와 같이 살면서

남편이 집에 정착한 지 얼마 되지 않아서 친정아버지가 찾아오셨다. 하나도 반갑지 않았다.

"준임아, 너희 집에서 살란다."

아버지의 말은 나를 망치로 한 대 때리는 것 같았다.

"아버지, 그럴 수는 없지라잉."

"짐만 맡겨 놓고 나는 여기저기 돌아댕길랑게…"

아버지는 이미 딸 집으로 오려고 마음을 정한 것이었다.

"새어머님은 어쩌고 우리 집에 온다요잉."

"니 동생 델꼬 종적 감춘 지 한참 됐어야."

"그라면 찾을 생각을 해야지, 그라고 있으면 돼요?"

"나라고 안 찾아봤겠냐, 여편네가 꼭꼭 숨어 버렸어야."

나라도 아버지하고는 안 살지, 양반입네 하고 손에 흙 안 묻히고, 시조나 읊고 공자가 어떻고 맹자가 어떻고 마누라 새끼들 배고프게

할 뿐이었다.

"아버지! 내 맘대로 하는 것도 아니고 김 서방하고 의논도 해야 쓴 게…."

두 오빠가 일본으로 가 버렸고, 새어머니가 집을 나갔으니 아버지는 혼자가 되어 딸을 찾아온 것이었다.

"김 서방은 내가 만나볼랑께…."

아버지는 다음 날 짐을 챙겨 우리 집 작은 방에 들어왔다. 그리고 아침마다 시조를 읊고 먹을 갈아 글을 썼다. 동네 잔칫날이나 장날 출타할 때면 어김없이 술을 마셨고, 사위의 부축을 받으며 돌아오셨다.

남편은 장인어른의 그런 행동에 대해 내게 한마디도 타박하지 않았다. 큰아들이 자라 국민학교에 들어갈 때부터는 술에 취해 비틀거리는 아버지를 아들과 함께 손수레에 태워 모셔 오곤 했다.

"아부지 술 그만 드세요. 김 서방한테 미안하지도 않은게라우."

"우리 김 서방은 양반 중에 양반인디, 나는 딸 때문에 못 살것써."

아버지는 항상 딸 때문에 못 산다고 넋두리를 하셨다.

남편은 집에 돌아온 뒤로 몸이 안 좋아 자리에 누워 지내는 날이 많았다. 남편이 돌아왔지만, 논일 밭일은 내 차지였다. 논으로 밭으로 종종거리며 일을 하고 해가 진 뒤 집으로 돌아오곤 했다. 남편은 성격이 불같아 조그마한 일에도 내게 화를 냈다.

친정아버지에게는 한없이 너그러웠지만 내게는 작은 꼬투리만 보여도 소리를 질렀다. 일하고 돌아오면 아버지는 아이들 기저귀를 종일 갈아 수북하게 한쪽에 쌓아 두셨다. 아버지 덕분에 아이들은 깨끗하고 보송보송하게 자랐다. 막내가 태어나 네 살 되던 해에 돌아 가셨으니 둘째부터 자식들 일곱을 살뜰하게 키워 주신 것이다. 아버 지는 아이들을 무릎에 앉히고 늘 시조를 흥얼거렸고 책을 읽으셨다. 술을 먹지 않으면 참으로 점잖은 선비셨다.

참혹한 전쟁에서 살아남은 남편

　남편은 키가 작고 다부졌다. 이웃에 힘든 일이 생기면 어디든 마다하지 않고 손수 비용을 들여서라도 해결해 주려고 노력했다. 몸이 아프지 않을 때는 손도 빠르고 부지런했다. 남편은 평생 허리 수술 후유증에 시달렸고 위장병을 달고 살았다.

　동네 이장을 10년이나 했다. 해마다 12월이면 마을의 금전출납부를 공개하면서 동전 한 잎까지 정확하게 계산했다. 민주주의를 자신의 평생 신념으로 삼았고, 자신의 이익보다 이웃 사람들의 어려움에 더 가슴 아파했다. 자신의 것을 내어주는 해도 누군가에게 단 일 원도 꾸지 못하는 사람이었다. 친척이 찾아와 돈을 빌려 달라고 할 때, 없으면 남의 돈을 빌려서라도 도와주었다. 빌려 간 돈을 갚지 않아 대신 갚아 주면서도 나쁜 말을 입에 담지 않았다.

　가깝다고 할 수 없는 남편의 먼 친척 동생이 옥고를 치르면서 남편에게 큰돈을 맡겼다. 남편은 5년이 지나 이자까지 길러서 동생이 출소한 다음 돌려주었다. 그분은 그 돈을 밑천으로 장사에 성공했고, 남편이 소천할 때까지 친동기간처럼 지냈다. 남편은 자신에게 철저했고 남에게 관대했으며 정직한 사람이었다.

남편이 출타하려고 하는데 양말에 구멍이 났다며 화를 내기 시작했다. 나중에는 가위를 가져와 양말을 조각내 버렸다.

우리 마을에 유일한 라디오가 우리 집에 있었다. 마을 사람들은 저녁에 연속극을 들으러 우리 집에 모이곤 했다. 어느 날 라디오가 잡음이 너무 심했다. 라디오를 뜯어고치다 뒤란 대밭으로 던져 버렸다. 그걸 아들이 주워서 강진 라디오 수리점에서 고쳐 왔다. 동네에 환자가 생기면 바람처럼 달려가 주사도 놔주고, 종기도 수술하고, 소나 돼지가 출산해도 곁에서 힘이 되어 주곤 했다.

친정아버지가 기거하는 작은방은 동네 사랑방이었다. 비가 오는 날은 낮이나 밤이면 마을 남자들이 모여들었다. 남편은 얘기를 재미있게 잘했다. 6·25 전쟁 중에 겪은 얘기들을 풀어놓았다.

남편은 미 7사단 기갑부대원으로 전쟁을 치렀는데 머리에 아슬아슬 총알이 여러 번 스쳐 지나갔다고 한다. 남편이 속한 부대가 거의 전멸하다시피 하여 여섯 차례나 다시 편성되었다고 한다. 장진호 전투에서 치른 백병전 이야기를 들으면서 머리끝이 쭈뼛했다.

함경도 산수면 갑산이라는 곳까지 진격했을 때 이제는 정말 통일이 되겠거니 생각했다는 것이다. 갑자기 중공군이 밀려오는데 그 수가 얼마나 많던지 정신이 아득했다고 한다. 중공군으로 참전한 이들은 기껏해야 열대여섯 정도로 보일 만큼 어려 보였다고 했다.

압록강 근처로 후퇴하는데 큰비가 내려 흙탕물이 흘렀단다. 그때 아이가 물에 빠져 허우적거리는 것을 남편이 강물에 뛰어들어 구했다는 것이다. 양쪽의 교전이 심해 남편의 부대도 많은 인명 피해가 발생했다고 한다. 목숨이 경각에 달린 상황이 전개되었을 때, 사람의 사체를 쌓아서 진지를 구축한 적도 있고, 시체 속에 숨어서 목숨을 건진 적도 있었다고 한다.

겨울에 갑자기 추위가 몰려오면 영하 40도까지 내려갔다고 한다. 그리고 옷이 물에 닿으면 유리처럼 깨지면서 쏟아져 내렸다고 한다. 극한 추위가 몰려올 때면 죽은 사람이 입고 있는 옷을 벗겨 껴입고 추위를 견뎠다고 한다. 남편이 얼마나 실감 나게 얘기하는지 나도 전쟁의 한가운데 있는 것처럼 온몸에 소름이 돋았다.

남편은 그 참혹한 전투 속에서도 아군과 적군을 가리지 않고 기회만 되면 사람을 살리려고 노력했다는 것도 알게 되었다. 1·4 후퇴 때 파로호 지역에서 전투하던 중 남편의 부대는 중공군 포로 20여 명을 붙잡게 되었다고 한다. 당시 부대장은 치열한 전투가 벌어지고 부대원이 위험한 상황이 되자 포로를 모두 처형하기로 했다는 것이다.

하지만 부대원 중 아무도 선뜻 나서지 않았다고 한다. 그때 남편이 자청하여 포로들을 숲으로 끌고 가서 공중에 발포하며 모두 살려서 도망가게 했다는 것이다. 밤새 양쪽의 교전이 심하게 벌어지고 날이 새면 산골짝에 핏물이 냇물처럼 흘러 피비린내로 속에 있는 것을 다 토해 낸 적도 여러 번이었다고 한다.

● 1950년 6월 25일~1953년 7월 27일 끝난 6·25 전쟁, 총사망자 수는 1,374,195명이다. 남한 군인 육군 135,858명, 해군 1,903명, 공군 138명, 경찰 3,131명, 북한 군인 520,000명, 유엔군 37,902명, 중공군 148,600명, 민간인 남한 244,663명, 북한 282,000명으로 집계됐다. 하지만 이름도 남기지 못하고 죽은 사람들은 얼마나 될지 가늠도 할 수 없다.

130만 명이 넘게 목숨을 잃은 전쟁에서 남편을 살려 주신 하나님은 분명 뜻이 있었을 것이다. 인간은 그래서 누군가에게 빚진 자로 산다. 2022년 풍요로운 대한민국에서 자유를 누리고 살아가는 우리는 6·25 때 목숨을 잃은 사람들에게 모두 빚진 사람들이다. 삶은 그래서 내 것만이 아니고 우리 모두의 것이다.

남편이 집에 돌아온 후 전쟁 외상 후 증후군을 심하게 앓았다. 보통 때는 참으로 합리적인 사람이었다. 그런데 어느 순간 아무것도 아닌 일에 벌컥 화를 내고 물건을 던졌다. 내게 손찌검을 하기도 했다. 밥상을 마당에 던져 버리기도 하고 쇠스랑으로 항아리를 부순 적도 여러 번이었다. 가족들은 무서워서 집 밖으로 피신해야만 했다. 남편은 참혹한 전쟁에서 살아남았지만, 그가 입은 내상은 어떤 것이었는지 가늠할 수 없었다. 남편은 한없이 안쓰러운 사람이었다.

남편은 3년이나 6·25 전쟁에 참전하고 돌아왔지만 국가유공자 대우를 받지 못했다. 마을의 동생뻘 되는 사람이 국가유공자 혜택을 받고 있었다. 그분이 형님도 혜택을 받으라고 했지만 무슨 이유인지 말을 듣지 않았다. 자식들을 기르면서 국가로부터 도움을 받지 못했다. 그런데 나이가 들면서 생각이 바뀌었는지 노태우 대통령 때 유공자가 되었다. 남편이 나이 들고 나서야 국가유공자 연금을 받게 되었다. 늦었지만 감사한 일이었다.

남편은 열네 살에 양부모를 잃고 열여섯 살에 일본에 건너가 그곳에서 8년을 살았다. 일본에서 집에 다니러 올 때면 번 돈을 형님 손에 놓았다고 들었다. 동네 아이들 학용품을 사 와 나누어 주었고, 마을 어른들 선물도 빠트리지 않았다고 한다. 남편이 아파서 누워 있을 때 고향 사람들이 찾아와서 하는 얘기를 듣고 알았다.

몇 해 전 남편에게 은혜를 입었다고 중년 부부가 우리 집을 찾아온 적이 있었다. 부모님이 돌아가시면서 유언을 남겼는데, 명동 사는 김정현을 꼭 찾아서 은혜를 갚으라고 했다는 것이다. 가족이 굶주려 끼니 해결을 못할 때 남편의 도움으로 살아갈 수 있었다고 한다. 그 부부는 백만 원을 남편에게 내놓았다. 그 뒤 우리 집 대소사에 참석했고, 서로 오고가며 살게 되었다.

남편은 정신적 고통의 트라우마 속에서 99년을 살아냈고, 그런 남편을 이해하려고 노력했다. 남편은 평생 병에 시달리며 살았지만 꼿꼿한 작은 거인 있었고, 또 다른 나였다.

시누님 두 분

　남편에게는 누님 두 분이 계셨다. 큰시누님은 얼마나 예뻤던지 마을 사람들이 선녀라고 불렀다고 한다. 그런데 마을에 천연두가 퍼져 목숨은 건졌는데, 얼굴이 얽어 버렸다. 집안 형편도 좋았지만, 가난한 남자에게 시집을 갈 수밖에 없었다고 한다. 큰시누님은 간덕으로 시집을 갔다.

　큰시누님의 얽은 동그란 얼굴이 떠오르고, 나긋한 목소리가 들리는 것 같다. 딸 넷에 아들 둘을 낳았다. 남편은 부모가 보고 싶으면 큰누님 댁을 찾아갔다. 큰시누님은 평생 가슴이 답답한 병을 앓으셨다. 막내가 두 살 때 남편을 여의고 혼자 자식 여섯을 길렀다. 큰시누님이 자식을 기르면서 항상 하시는 말씀이 있었다고 한다.

　"발 앞에 침 뱉지 마라, 어려운 사람들을 절대 외면하지 말아라."

　육십에 눈을 감으실 때까지 온몸을 던져 아이들을 살뜰하게 키우셨다. 남편은 큰시누님 초상을 치르고 돌아와서 며칠을 앓았다.

서울에서 사업을 하던 큰조카가 우리 집으로 돈을 구하러 온 적이 있었다. 남편은 가진 돈이 없어 마을에서 돈을 구해 주었다. 나는 조카가 서울로 떠난 뒤에 마을 사람으로부터 그 얘기를 들었다. 남편은 나와 의논 한마디 없었다.

일 년 후 조카가 빌려 간 돈의 원금과 이자까지 우리가 대신 갚았다. 남편은 조카를 원망하지 않았다. 큰시누님 막내아들이 큰아들과 동갑이어서 우리 집에 자주 놀러왔다. 말솜씨가 좋고 웃으면 눈이 감길 정도로 매력 있는 조카였다. 우리 아이들은 자라면서 고종사촌들과 자주 왕래하며 지냈다.

둘째 시누님은 해남 우수영에 살았다. 남편에게 무슨 일이 생기면 불쌍한 막내라고 돈을 보내 주고 살뜰하게 챙겨 주셨다. 남편과 우수영에 간 적이 있다. 성전에서 해남으로 넘어가는 길을 따라 붉은 황토가 끝없이 펼쳐져 있었다.

시누님 집은 해남 우수영 바닷가에 있었다. 장터 입구와 연결된 가게에서 잡화를 팔았다. 둘째 시누님은 남편과 참 많이 닮았다. 자그마한 키에 다부진 말솜씨, 꼿꼿한 걸음걸이까지 뒤에서 보면 같은 사람이라고 착각할 정도였다. 아이들은 방학이 되면 막내 고모 집에 가는 것을 좋아했다. 그때 고종사촌과 장터에서 숨바꼭질하고 놀았던 얘기를 재잘거리며 들려주었다. 둘째 시누님은 손이 귀해 아들 하나를 두었고, 사십 중반에 유명을 달리했다.

광주에 큰시누님 딸이 살았다. 자식들이 광주에서 공부할 때 살뜰하게 반찬을 챙겨 주고 사촌 간의 정을 나누었다. 큰시누님의 자손

중에는 중학교 선생, 회사원, 공무원, 사업가, 종로에서 금 도매업을 하는 조카가 있다. 금 도매업을 하는 조카는 남편이 99세에 소천할 때까지 자주 찾아왔고, 넉넉하게 용돈을 챙겨 주곤 했다. 조카들은 어려운 이웃들을 챙기며 사랑을 실천하면서 살고 있다.

두 분 시누님들은 시대의 아픔을 고스란히 온몸으로 받으며 살았다. 그 아름다운 희생이 오늘의 조카들을 있게 했다. 지금은 이 세상에 안 계신 큰시누님, 막내 시누님 얼굴이 눈에 선하다. 무엇 때문에 그렇게 급하게 저세상으로 건너가 버리셨는지 생각만으로도 안타깝고 그립다.

조카사위와 오빠들

남편의 사촌누나는 광주 대도시 이층 양옥집에서 살았다. 광주 번화가에서 포목 도매업을 해 큰돈을 벌었다. 그 사촌누나에게는 삼남매가 있었다. 아들은 서울의 명문대 영문과를 졸업했다. 큰딸은 여수로 시집가고, 둘째 딸은 목포로 시집갔다. 큰사위는 외항선 선장이었다. 둘째 사위는 목포에서 신문기자로 일했다.

조카딸들 결혼식에 참석했었다. 신식 결혼식에 하얀 웨딩드레스가 눈이 부셨다. 나와는 너무나 다른 세상 사람들이었다.

여수에 사는 조카딸 집에 간 적이 있다. 정원에 이름도 모르는 나무들이 가득했다. 커트 머리에 발끝까지 오는 보라색 드레스를 입은 조카딸 모습은 세련되고 기품이 흘렀다. 목소리도 낮고 맑았다. 안방에는 털이 하얗고 복슬복슬한 애완견이 왔다 갔다 했다. 집을 관리하는 관리인과 밥하고 청소하는 사람이 따로 있었다.

치마저고리를 입고 쪽 진 머리에 비녀를 꽂고 햇볕에 그을린 내 모습은 너무나 초라했다. 내가 생각에 빠져 있을 때, 조카딸 집에서 일하는 여자가 싱싱한 생선과 고기 반찬으로 한 상 차려 주었다. 조카딸은 불교 신자라서 생선과 고기를 먹지 않는다며 다른 밥상에서 밥을 먹었다. 검은콩이 들어간 밥과 채소가 반찬이었다.

조카사위와 큰오빠가 어떻게 연결되었는지 자세한 얘기를 들은 적은 없다. 조카사위는 일본에서 돌아오면 우리 집에 와서 남편과 얘기를 나누었고 나랑 따로 얘기하지는 않았다. 큰오빠는 사업에 성공하여 이층집에 일하는 사람들을 두고 산다고 했다. 작은오빠도 큰오빠와 같은 동네에 살고 있다고 들었다. 조카사위는 일본에 다녀올 때마다 오빠들의 편지와 아이들의 옷과 돈을 전해 주곤 했다.

결혼하고 오빠들과 헤어졌으니 강산이 몇 번 변할 동안 오빠들의 얼굴을 직접 보지 못했다. 오빠들이 보내 준 돈으로 데리굴로 넘어가는 길목에 논 팔백 평을 샀다. 아이들은 오빠들이 일본에서 보내 준 옷을 입고 자랐다. 오빠들이 보내 준 옷은 동네 이웃 아이들에게도 나누어 주었다. 그때는 옷이 귀해서 옷을 주면 참 좋아했다.

결혼하고 이십 년이 지났다. 논 사천이백 평과 밭 이백 평을 가지게 되었다. 스무 살 초반에 빈털터리로 시작한 나의 삶은 중산층이 되었다. 일본에서 오빠들이 보내 준 돈이 내 살림의 많은 부분에 도움을 주었다. 조카사위가 배를 타지 않게 되면서 오빠들과 자연스럽게 소식이 중단되었다. 오빠들에게 편지 오기를 손꼽아 기다렸지만 어쩐 일인지 편지 한 장이 없었다. 보고 싶은 오빠들의 얼굴을 보지 못한 것이 오십 년이 지났다. 오빠들은 지금 어디에 계신지요?

쌀 다섯 가마를 주고 산 집

　내가 쌀 다섯 가마를 주고 산 집은 동향집에 동쪽으로 대문이 나 있다. 본채와 아래채가 있었는데, 본채에는 큰방과 작은방, 부엌이 있고 큰방 문과 연결된 넓은 광이 하나 있었다. 아래채에는 방이 하나 있고 농기구와 농사에 필요한 것을 넣고 쓰는 넓은 헛간이 딸려 있었다.

　본채 작은방은 친정아버지와 큰아들 둘째 아들이 쓰고, 큰방에서 아이들 여섯과 우리 부부가 살았다. 생활에 당장 필요한 것만 장롱과 서랍에 넣어 두고 나머지 물품들은 광에 두고 썼다. 광은 쌀을 저장하고 감도 저장하고 말린 나물과 갖가지 씨앗들도 넣어 두는 곳이었다. 그야말로 집안 살림의 귀중한 것들이 저장되어 있었다.

　부엌 뒤쪽 문을 열고 나가면 뒤란에 큰 배나무가 한 그루 있었다. 배는 크기도 컸고 깎으면 속살이 하얗고 사근사근했다. 친정아버지가 그 배를 아주 좋아하셨다. 뒷마당과 대나무밭 사이에 작은 고랑이 있었다. 평상시에는 물이 흐르지 않지만, 비가 오거나 장마가 지면 위쪽 집에서 흘러온 물이 이 고랑을 타고 흘렀다. 남편이 낚시하러 갈 때면 고랑을 파 지렁이를 잡았다.

내 오른쪽 팔에 아이 둘, 왼쪽 팔에 아이 둘이 베고 잠을 잤다. 팔이 저린 것도 상관없이 잠이 들었다. 항상 가득 차 있는 충만함은 아이들이 가져다주는 기쁨이었다. 안방 서쪽에 있는 봉창으로 밖을 내다보면 대나무밭이 훤하게 보였다. 봄이면 대밭을 비롯하여 뒷마당 굴뚝 주변까지 죽순이 솟아났다. 죽순은 며칠이 지나지 않아 키가 자랐고 마디마디 껍질을 벗었다. 아이들은 죽순 껍질을 주워 소꿉놀이를 했다. 어느 해는 대꽃이 뭉텅이로 피기도 했다.

여름에는 알록달록한 꽃뱀이 대밭을 나와 뒤란으로 건너와 기어 다녔다. 막대기로 뱀을 들어 대밭으로 던졌다. 뱀은 소름 끼치는 동물이다.

겨울이면 여자 보따리 장사들이 김이나 미역을 머리에 이고 동네를 찾아왔다. 하룻밤 재워 달라고 하면 거절하지 않았다. 타지에서 장사하러 온 사람이 그 말을 얼마나 어렵게 꺼냈을지 알기 때문이다. 그런 날 남편은 동네 사랑방으로 가서 잤다. 보따리 장사에게 아침밥을 꼭 먹여 보냈다. 겨울에 밥을 얻으러 오는 사람이 있었다. 따뜻한 밥을 넉넉하게 담아 주었다. 누군가에게 무엇을 달라고 하는 것이 얼마나 어려운 일인지 누구보다 잘 알고 있었다.

마음이 있으면 아무리 공간이 좁아도 내 한쪽을 다른 사람에게 기꺼이 내줄 수 있다. 자식들은 자기 방을 가져본 적이 없었다. 새로 집을 짓기로 한 것도 자식들이 크면서 마음먹은 일이었다.

친정아버지의 교통사고

　아침저녁으로 서늘한 바람이 불었다. 들판의 벼들이 누렇게 익고 마당의 감나무 감도 붉어졌다. 밭에는 콩과 수수가 익어 고개를 숙였다. 고구마가 밑이 들면서 밭두둑에 여기저기 금이 갔다.

　아버지의 고향 강진군 군동면 안풍에서 시제를 지내는 날이 다가오고 있었다. 나는 며칠 전부터 아버지 의관을 정성스럽게 준비했다. 아버지는 머리에 정자관을 쓰시고 한복에 두루마기를 걸쳤다. 훤칠한 키에 한복이 참으로 잘 어울렸다. 아이들과 손을 잡고 마을 동구 밖까지 아버지를 따라갔다. 아버지가 마을 모퉁이를 돌아 산길로 접어드는 것을 보고 집으로 돌아왔다.

　아버지가 고향 마을로 일을 보러 가시면 어머니와 우리 사 남매가 살았던 집과 추억들이 떠오르곤 했다. 다시는 돌아갈 수 없는 시절들이 생각날 때면 가슴 밑바닥에 고여 있는 슬픔이 솟구쳤다.

그날 오후 고향의 친척이 집으로 찾아왔다. 아버지가 트럭에 치여 강진 병원에 입원해 있다는 것이었다. 남편과 나는 강진읍 천일병원으로 갔다. 병원에 도착한 남편이 말했다.

"내가 오병숙 환자 보호자인데, 다친 사람은 지금 어디에 있지요?"

남편과 의사가 얘기를 나누었다. 남편이 의사를 따라 수술실로 들어갔다가 사색이 되어 나를 찾았다.

"나랑 얘기 좀 하세."

남편은 한참을 망설이더니 말을 꺼냈다.

"의사 말이 오른쪽 무릎 위까지 다 으스러져 버려 절단밖에 다른 수가 없다고 하네. 빨리 가족이 결정해야 수술에 들어간대…"

남편의 말에 고개만 끄덕였다. 나는 아무 생각도 안 나고 머릿속이 텅 비어 몸이 휘청거렸다. 아버지는 오른쪽 허벅지 아래까지 다리를 절단했다. 그 끔찍한 사고 후 아버지는 한 달이 넘도록 입원하게 되었다.

가을이라 아버지를 마냥 간호할 수가 없었다. 다리가 없는 아버지 곁에는 사람 하나가 붙어 있어야 했다. 큰조카 딸이 보름을 간호해 주었고, 넷째 고모가 와서 보름간 아버지 병간호를 했다.

다리 하나를 잃어버리고 집에 돌아온 아버지는 목발을 짚고 생활하게 되었다. 자다가 밤중에 소리를 지르고 없어진 다리의 환상통으로 인해 몸부림치곤 하셨다. 특히 비가 오기 전날은 환상통이 심해서 고통스러워했다. 그런 아버지를 보는 것이 괴로웠다. 내가 해 줄 수 있는 것은 뜨거운 물수건으로 찜질을 해 주는 것이 고작이었다.

아버지 다리를 보면 가슴에서 뭉클한 게 치받쳐 올라왔다.

항상 보기 좋았던 아버지의 훤칠한 태를 다시는 볼 수 없게 되었다. 어머니도 일찍 저세상으로 떠나 버리고, 아들도 곁에 없는 우리 아버지, 다리마저 하나 없어져 버렸다. 아버지 얼굴을 마주 보고 어떤 위로의 말도 할 수가 없었다.

남편이 의족을 맞춰 드렸다. 하지만 아버지는 의족을 사용하는 것을 극도로 싫어하셨다. 살과 의족의 마찰이 너무 아프다고 했다. 끝내 아버지는 의족을 사용하지 않으셨다. 돌아가시고 나서 관 한쪽에 의족을 넣어 드렸다.

아버지에게 닥친 불행은 내 삶을 송두리째 바꾸어 놓았다. 아버지는 짜증이 늘었고 자주 눈물을 흘리셨다. 아버지의 눈물은 내게로 전염되어 내 눈물샘을 터트려 놓았다. 예고 없이 닥친 불행으로 마음이 산골짜기처럼 깊이 파여 버렸다. 계곡으로 탁류가 휩쓸고 지나갔다. 아버지의 잃어버린 다리는 내 삶의 한쪽 다리를 잃어버린 것과 같았다.

아이들과 학교

　우리 동네에서 초등학교는 오 리 거리에 있었다. 면에 있는 중고등
학교는 십 리, 강진농고는 이십 리 거리에 있었다. 아이들이 학교에
늦지 않게 도착하려면 새벽에 일어나 밥을 하고 아이들 도시락을 쌌
다. 중고등학교에 다니는 아이들은 새벽밥을 먹고 어스름에 집을 나
섰다. 초등학교에 다니는 아이들은 오빠와 언니가 가고 난 다음에
밥을 먹었다. 책가방 싸는 것, 학용품 챙기는 것, 학교에 가는 시간
도 알아서 했다. 딸아이들의 교복도 내가 신경을 써 준 적이 없다.
내가 바쁘게 살아서 아이들은 웬만한 일은 스스로 했다.

　마을에서 외부로 나가려면 다리 두 개를 건너야 했다. 해마다 여
름에 태풍이 불고 큰비가 내려 냇가의 다리가 떠내려가 아이들이 등
하교하면서 애를 먹었다. 아이들은 신발을 벗고 냇물의 가장 얕은
곳을 찾아 건넜다. 두 개의 다리는 해마다 한 번씩 떠내려갔고, 마을
사람들이 임시로 다리를 놓곤 했다.

큰딸이 2학년 되던 해 초여름 큰비가 내렸다. 두 번째 다리가 떠내려간 곳에 깊은 물웅덩이가 생겼다. 큰딸과 같은 반에서 공부하던 남자아이가 그 웅덩이에 빠져 천국으로 갔다. 아이들뿐 아니라 온 동네 사람들을 슬픔에 빠뜨린 사건이었다.

아이들이 등교하는 아침, 골목길은 서로를 부르며 재잘거리는 소리로 활기찼다. 어떤 집은 자전거를 사서 아이들이 타고 다녔는데, 아이들은 학교에 갈 때도 뭉쳐 다녔다. 집에 돌아와서도 어깨동무를 하고 몰려다녔다. 툇마루에 엎드려 배를 깔고 숙제를 하곤 했다.

학부형 회의는 일 년에 한 번이나 참석했던 것 같다. 아이들이 여덟 명 학교에 다녔지만, 학교에 찾아다닐 시간은 없었다. 학부형 회의를 마치고 아이들 담임 선생님을 만나러 갔다. 자식들이 공부도 잘하고 인성도 착하다고 했다. 아이들로 인해 칭찬을 들으니 쑥스럽기도 하고 기분이 좋기도 했다. 아이들은 학교가 멀어도 힘들다는 얘길 하지 않았다. 몸살이 날 때도 결석하지 않았다.

자식을 키우면서 겪은 황당한 사건이 있었다. 일곱째가 중학교 2학년 때였다. 저녁을 먹었는데 돌아오지 않았다. 친구랑 놀다가 늦겠지 생각했다. 밤이 깊었는데도 들어오지 않았다. 알아보니 동네 아이 세 명이 가출을 한 것이었다. 온 가족이 아들이 갈 만한 친구 집과 면 소재지를 찾아다녔다. 아들을 찾을 수가 없었다. 너무나 막막해 며칠간 피가 말랐다.

가출 나흘 만에 아들이 돌아왔다. 가출을 계획한 주동자가 아들이었다는 말을 들었다. 그때 같이 집을 나간 아이들은 끝내 집으로 돌아오지 않아 중학교도 졸업하지 못했다. 내 아들로 인해 일어난 일로 참으로 가슴 아픈 사건이었다.

돌아온 아들이 하는 말이, 바로 위 형만 사랑하고 자기에게는 관심이 없어 화가 났다는 것이다. 여섯째가 공부를 소문나게 잘해 어딜 가나 칭찬을 받았다. 몸도 약했다. 잘 먹고 튼튼한 일곱째보다 여섯째에게 잘 먹으라고 자주 말했던 것 같다. 그것이 일곱째의 마음을 서운하게 한 것이다. 남편은 성격이 불같아서 조그마한 일에도 화를 내고 집안을 살얼음판으로 만들었다. 아마 그런 것도 가출의 이유가 되었을 것이다.

돌아온 아들은 커서 대학을 졸업하고 주변의 가난하고 상처받은 사람들을 위해 일했다. 한때의 방황이 그 사람의 장래를 결정짓는 것은 아니었다. 잘못 판단했을 때 다시 돌이킬 수 있다면 누구에게나 기회는 사라지는 것이 아니다.

자식들은 변함없이 부지런했다. 학교에서 돌아와 들에서 풀을 베고 산에 가서 나무를 했다. 우리 집 아이들뿐 아니라 동네 아이들도 참으로 부지런하게 살았다.

마을 남자아이들은 고등학교를 도청 소재지가 있는 광주에서 다녔다. 대학은 서울로 가는 아이들이 여럿 있었다. 농사를 짓는 사람들이었지만 자식들을 가르치는 학구열은 대단했다. 우리 집도 광주로 서울로 아이들을 학교에 보냈다. 아이들 납부금을 마련하기 위해 몸을 아끼지 않고 일했다. 하지만 하나도 힘들지 않았던 것은 아이들이 우리 가정의 희망이었기 때문이다.

그 여자의 집

대문을 나서면 도랑을 따라 개울물이 흘렀다. 개울을 건너면 제법 넓은 뽕밭이 나오고, 뽕밭이 끝나는 지점에 그녀의 집이 있었다. 마당은 항상 정갈하게 쓸려 있었다. 마당 한쪽의 텃밭에는 울타리를 타고 오르는 오이꽃이 노랗게 피었다.

풀 하나 없는 텃밭에 상추, 가지, 파, 쑥갓, 온갖 채소들이 자랐다. 담벼락을 따라 만든 꽃밭에는 수선화, 채송화, 분꽃, 봉숭아, 해바라기, 국화가 철마다 화사하게 피었다. 부엌에는 윤기가 자르르한 가마솥이 걸려 있었다. 뒤란으로 돌아가면 여름에는 이가 시릴 만큼 시원한 샘이 있었다.

집 모퉁이에 명주실을 뽑는 단지와 기구들이 있었다. 나도 누에를 키워 품질 좋은 누에고치는 공판장에 내다 팔고, 물이 묻거나 쌍고치를 명주실로 뽑을 때 그곳 기구들을 빌려 썼다.

그녀의 남편은 6·25 때 전사했고, 남편과는 둘도 없는 죽마고우였다고 한다. 시아버지와 딸 둘이 함께 살았다. 흰색 저고리와 옥색 치마를 즐겨 입었다. 목소리가 카랑카랑하고 얼굴은 경직되어 있었다. 마을 여자들과도 잘 어울리지 않았고 바깥일도 하지 않았다. 머리카락에 동백기름을 발라 정갈하게 빗어 쪽 진 머리가 잘 어울렸다. 먼지 하나 없는 집처럼 그녀의 몸매도 정갈했다.

그 집 시아버님이 기거하는 방에 동네 남자들이 모여서 놀았다. 남편도 자주 그 집을 드나들었다. 그녀의 시아버지는 집에 일이 생기면 남편을 찾아와 의논하고 아들처럼 기댔다. 남편도 발 벗고 나서서 그 집 일을 해결해 주었다.

남편은 미군 부대에 있을 때 의료기술을 익혔다고 들었다. 혈관주사, 피하주사, 종기 수술은 물론 소, 돼지가 난산하는 곳에도 불려갔다. 배가 아프다고 구르는 사람의 증상을 보고 맹장을 알아맞혀 수술을 받게 했다. 남편은 의료기구들과 약을 갖추어 놓고 사람들뿐 아니라 동물들을 치료했다. 그리고 수고비는 한 푼도 받지 않았다. 마을 사람들은 집안에 특별한 일이나 먹을 것이 생기면 어김없이 남편을 데려가 대접했다. 병원이 있는 강진읍까지 마을에서 이십 리 길이었다. 산골 마을에서 남편은 참으로 필요한 사람이었다.

그녀의 입술이 파리해졌다. 병원에 입원하고 집으로 돌아온 그녀는 날마다 피하주사를 맞아야 했고, 남편이 주사를 놓아 주었다. 처음에는 우리 집에 와서 주사를 맞던 여자가 어느 날부터 남편이 그 집을 찾아가 주사를 놓게 되었다. 동네에 소문이 파다했다. 남편은 몸이 아파 밖의 일을 못 했다. 우리 집 궂은일은 모두 내가 했다.

일을 마치고 돌아오는 길이었다. 담을 넘어다보며 평덕댁이 혀를 끌끌 찼다.

"저년이 죽어야 안풍 댁도 속이 편할 것이여잉."

툇마루에 나란히 앉은 남편과 그 여자가 무슨 말을 하는지 자지러지게 웃고 있었다. 남편이 나를 보고 저렇게 웃은 적이 있었나, 부아가 끓어올라 견딜 수가 없었다. 집으로 돌아와 아이에게 젖을 물리며 눈을 감았다. 양쪽 볼에 눈물이 흘러내렸다. 방금 본 그 여자는 흰 저고리에 보라색 치마를 입고 먼지 하나 묻지 않은 정갈한 모습이었다. 땀에 전 저고리에 검은색 통치마, 항상 먼지투성이인 내 모습과 너무나 대조적이었다.

남편이 돌아와 툇마루에 올라서는 발소리가 났다. 안방 문이 열리고 남편이 들어섰다. 나는 부엌으로 나가 밥상을 차렸다. 남편이 밥 먹는 것을 보고 있자니 속이 끓어올라 참을 수가 없었다.

"마누라는 죽을똥 살똥 모르고 일하는디 당신은 참말로 한가합디다."

내 말이 떨어지기가 무섭게 남편은 버럭 소리를 지르며 밥상을 마당으로 던져 버렸다. 무참하게 서 있던 아이들이 마당에서 상과 그릇들을 주워 왔다. 그날 밤이었다. 남편의 손을 잡고 큰딸아이가 집으로 들어섰다. 나중에 들은 얘기인데, 그 여자의 집 대문에 큰딸이 지키고 섰다가 아버지를 데리고 집으로 돌아온 것이었다.

한번은 그 집 딸들이 남편을 찾아왔다. 큰딸이 툇마루로 나가더니 여기가 어딘 줄 알고 왔냐며 당장 나가라고 고래고래 소리를 질렀다. 그 집 딸들은 큰딸보다 나이가 열 살은 더 많았다. 큰딸은 성격이 불같아서 아무도 말릴 수 없었다. 큰딸이 어미 때문에 속을 끓이는 것을 보고 있으려니 내 속도 고춧가루를 한 사발 들이킨 것처럼 아렸다.

자식 여덟에 다리 하나 없는 아버지를 건사하는 일은 쉬운 일이 아니었다. 밭고랑에 앉아 잠시 일손을 놓고 있으면 온갖 잡념들이 내게 들어와 나를 흔들었다. 내 속 문드러진 것은 말로 할 수 없었다. 소리도 안 내고 울다가도 정신이 퍼뜩 들었다.

일 끝내고 돌아오면 눈빛이 초롱초롱한 아이들이 여름 논의 벼처럼 푸르게 자라고 있었다. 내 자식들은 콧물을 줄줄 흘리지도 않고 공부도 소문나게 잘했다. 아이들을 보고 있으면 힘이 솟았다. 남편은 동네에 어떤 소문이 나돌아도 눈 하나 깜짝하지 않았다. 시간이 지나면서 나도 마음이 차분해졌다.

그녀는 간경화로 복수가 차서 임신 9개월 된 여자처럼 배가 부풀어 올랐다. 나는 김치도 담가다 주고 그녀가 먹고 싶다는 감자도 포실하게 쪄서 갖다 주었다. 남편은 그 여자가 죽을 때까지 주사를 놔주었다. 그 여자와 남편이 어떤 관계였는지 나는 그때도 몰랐고 지금도 모른다. 남편은 그 여자의 묏자리를 잡아주고 치상까지 살뜰하게 치러 주었다. 그녀가 죽었다고 내 속이 시원하지도 않았다.

그녀가 죽고 몇 달도 되지 않아 집을 팔고 그녀의 가족은 서울로 이사했다. 세월이 많이 흘렀다. 서울에서 열리는 고향 향우회를 통해서 그녀의 딸들 소식을 들었다. 두 딸도 사십을 갓 넘기고 젊은 나이에 간경화로 죽었다고 한다. 참으로 기구하고 가슴 아픈 소식이었다.

봄나물

땅의 살갗에서 연둣빛이 번졌다. 마른 막대기 같은 두릅에서 새순이 올라왔다. 가죽나무도 엄나무도 잎을 피우기 시작했다. 밭에 냉이, 곰밤부리가 조롱조롱한 잎을 피우며 올라왔다. 논둑에 밭둑에 쑥이 자라기 시작했다. 며칠 사이에 온 들이 싹을 틔우며 들썩였다.

봄이면 어른 아이 할 것 없이 여자들은 나물을 캤다. 냉이는 뿌리째 캐서 깨끗이 다듬어 소금물에 데쳐 된장 넣고 참기름 넣어 무쳤다. 된장을 풀어 냉이 된장국을 삼삼하게 끓여 밥을 말아 먹었다. 쑥은 캐서 쑥버무리와 쑥전을 만들고 쑥국을 끓여 먹었다. 약찬 쑥은 뜯어 말렸다. 설이 다가오면 말린 쑥을 가마솥에 넣고 삶아 여러 날 쓴물을 뺐다. 쌀가루와 섞어 쪄서 절구통에 넣어 찧었다. 뭉텅이로 뭉쳐서 대바구니에 담아놓고 정월 보름이 다가오도록 쑥떡을 먹었다. 달콤하고 고소한 콩고물에 쑥떡을 묻혀 먹었다. 쑥떡이 떨어지고 콩고물이 남으면 밥을 비볐다. 고소한 밥알이 맛있었다.

사랑부리는 데쳐 물에 며칠을 담가도 쓴맛이 남아 어른들만 먹었다. 한 새치 나물은 물기가 있는 논과 논둑 사이에서 자라는데 뒤쪽에 하얀 실 같은 것이 붙어 있다. 국을 끓이면 미역국처럼 부드럽다.

물이 흐르는 도랑 주변에 파릇하게 자라는 미나리는 특유의 신선한 맛이 났다. 미나리를 파릇하게 삶아 바지락 속살을 넣어 고추장과 식초를 넣고 새콤달콤하게 무쳐 먹으면 별미였다. 홍어에 미나리를 넣은 초무침은 잔치하는 날에 빠지지 않은 음식이었다.

아이가 배가 아프다고 하면 돌미나리를 캐왔다. 생으로 송송 썰어 간장과 파, 마늘, 참기름을 넣고 뜨거운 밥에 비벼 먹였다. 신통하게 배 아픈 것이 가라앉곤 했다. 도리뱅이 나물은 논바닥에서 자랐다. 땅에 딱 달라붙어 동그랗게 자라는데 삶아 된장에 무쳐 먹었다.

산에 들에 고사리, 취나물, 산마늘, 부지깽이, 비비추, 머위, 산당귀, 잔대, 두릅, 원추리, 개망초, 어딜 가나 바구니를 채울 수 있었다. 밭에서 키운 유채의 어린 순과 메밀의 부드러운 순, 자운영도 맛있는 나물이었다. 나물은 금방 밥상에 올리기도 하지만, 삶고 말려서 가을과 겨울 반찬으로 저장하곤 했다. 봄에 먹었던 나물들은 어떤 것을 먹어도 입맛을 돋게 했다.

요즘 마트에 가면 옛 시절 내가 먹었던 나물들이 깨끗하게 포장되어 있다. 그것들을 사서 해 먹으면 옛날 맛이 안 난다. 배가 너무 불러서 맛이 없는 건가? 나이를 먹어서 입맛이 변했는가? 예전에 먹던 맛은 어디에서도 찾을 수가 없다. 입에 넣기만 해도 향기롭고 맛나던 나물 반찬들, 몸을 움직여야 얻을 수 있는 고단한 삶이었지만, 할 수만 있다면 그 시절로 일주일만 다녀오고 싶다.

마늘 고추장

　가을에 말린 고추 중에서 색이 곱고 튼실한 고추를 골라 가위로 잘라 씨를 받았다. 봄이 되면 고추씨 파종할 날을 잡고 고추씨를 하루 물에 담가 놓았다. 밭고랑에 불린 고추씨를 뿌렸다. 고추 모종이 올라오면 어린 모일 때 30cm 간격을 띄우고 솎아 주었다. 고추모가 가지를 뻗으면 지지대를 세워 비바람에 쓰러지지 않도록 매 주었다.

　거름도 주고 잡초도 뽑아 주고 애지중지 고추나무를 길렀다. 풋고추는 여름 내내 가족들의 반찬이 되었다. 입맛 없는 여름에 밥을 물을 말아 풋고추를 된장에 찍어 먹으면 밥이 술술 넘어갔다. 어린 풋고추는 밥할 때 쪄서 고추무름을 만들어 먹었다. 친정아버지가 좋아하시는 반찬이었다.

　가을로 접어들면서 고추가 익었다. 이삼 일 간격으로 익은 고추를 땄다. 방에 불을 넣어 이틀 정도 말렸다가 마당의 덕석 위에 고추를 널어 말리면 고추 색이 고왔다.

고춧가루는 일 년 양식이었고, 그만큼 귀하게 다루어졌다. 가을 추수가 끝나면 말려 놓은 고추를 빻으러 방앗간으로 갔다. 김장에 쓸 고춧가루는 조금 거칠게 빻고, 고추장을 담글 고춧가루는 곱게 빻아왔다. 잘 빻아진 고춧가루는 떡가루처럼 부드러웠다.

봄 햇살이 좋은 날 담벼락 아래 솥을 걸었다. 담장 아래 꽃밭의 수선화가 촉을 밀고 올라왔다. 사방에 봄기운이 뻗어 감나무 가지에 뾰족한 새순들이 올라왔다. 깐마늘을 한 접 솥에 넣고 손으로 누르면 으깨질 정도로 삶았다.

엿기름은 간밤에 물에 불려 놓았다가 아침에 체에 걸렀다. 체에 거른 엿기름 물을 솥에 붓고 끓였다. 장작불이 타면서 나는 연기가 마당에 차일을 치고 골목으로 빠져나갔다. 엿기름 물이 졸아들면서 걸쭉해지기 시작했다. 내 등에 쏟아지는 햇살이 따끈했다.

찹쌀가루는 익반죽해서 끓는 물에 넣고 동동 뜨면 건져냈다. 식은 엿기름 물에 익은 찹쌀 경단과 마늘을 넣고 풀었다. 물엿, 메줏가루, 고춧가루를 섞어 소금으로 간했다. 맨 나중에 적당량의 소주를 섞었다.

아침부터 고추장 담그는 일에 푹 빠져 점심때가 기울었다. 막 담근 고추장의 붉은색이 이쁘고 고왔다. 고추장 담글 때 재료의 양은 여러 해 만들던 방식이 있어 따로 적어 둔 것이 없다. 손대중으로 고추장을 만들어도 간이 잘 맞았고, 고추장이 개거나 상하는 일은 한 번도 없었다.

자식들 줄 고추장을 각각의 단지에 담았다. 남은 고추장은 큰

단지에 담았다. 항아리 가장자리를 희디흰 행주로 훔치고 허리를 폈다. 봄날이 오후로 건너가고 있었다. 장독대로 마실 나온 햇살이 고추장 단지를 들여다보았다.

고추는 봄에 씨를 뿌리고 여름의 비바람과 뜨거운 햇살을 견디고 가을에 수확하기까지 여러 날이 소요된다. 고추장은 자연이 베푼 은혜와 기다림으로 만든다. 고추장은 사람의 고귀한 노동의 가치가 가득 들어 있는 귀한 음식이다.

된장 담그기

된장을 만들기 위해 콩 두 말을 준비했다. 겨울이 오면 콩 삶을 날을 잡았다. 콩을 깨끗이 씻어 물에 불려 놓았다. 소죽을 끓이는 가마솥을 수세미로 닦았다. 콩을 삶을 때는 사람이 솥 옆에 붙어 있어야 한다. 콩이 끓어 넘치면 정신을 차릴 수가 없다. 콩이 밖으로 쏟아져 나오기 때문에 찬물을 솥뚜껑 위에 얼른 부어 주어야 한다.

콩이 끓기 시작하면 불을 줄여 네 시간 정도 뜸을 들였다. 콩 삶을 때 한쪽에 불린 찹쌀을 얹어 익혔다. 콩이 익으면서 고소한 냄새가 났다. 아이들이 익은 콩을 먹으려고 모여들었다. 입이 미어지게 삶은 콩을 먹었다.

"콩 많이 먹으면 콩 똥 싸는 것이여."

"엄니, 그래도 나는 먹을라네,"

아이들이 삶은 콩을 맛나게 먹으며 웃었다. 콩이 식으면 찹쌀 익은 것과 콩을 반반 섞어서 따로 찧었다. 동그랗게 만들어 가운데에 구멍을 뚫어 말렸다. 숙성이 끝나고 마른 다음에 찧어 고추장 메줏가루로 사용했다.

익은 콩은 절구통에 넣고 찧었다. 잘 찧어진 콩을 네모반듯하게 만들었다. 지푸라기 위에 나란히 올려놓고 메주에 물기가 가시면 짚으로 메주를 감싸고 끝부분에 새끼를 꼬아 걸기 좋게 만들었다. 우리 집 메주는 친정아버지가 기거하시는 작은방 천장 서까래에 매달아 두었다. 한겨울이 지나고 나면 메주가 잘 떠서 곰팡이가 피었다.

음력 정월에 손 없는 날을 택해 장을 담갔다. 항아리 속에 짚을 넣고 불을 지펴 항아리를 소독했다. 메주 표면에 묻은 이물질과 곰팡이를 깨끗이 씻어 제거하고 툇마루에서 한나절 물기를 말렸다. 커다란 항아리에 대나무를 걸치고 바구니를 걸쳤다. 바구니에 면포를 깔고 이틀 전 풀어 놓은 소금물을 부었다. 소금물의 농도는 달걀을 띄워 맞추었다. 눈대중으로 맞추어도 잘 맞았다.

왼쪽으로 꼰 새끼줄을 항아리에 두르고 솔가지와 숯, 붉은 고추, 한지를 차례로 끼웠다. 항아리 속에 붉은 고추와 숯을 넣었다. 위로 솟은 메주에 소금 고깔을 얹었다.

날씨가 좋은 날은 항아리 뚜껑을 열어 놓았다. 날들이 지나면서 숙성이 되고 메주에서 우러나 간장색이 진해졌다. 한 달이 지나면 된장과 간장을 분리했다. 메주가 퉁퉁 불어 있다. 되직하게 된장을 만들면 여름이 지나는 동안 된장이 너무 딱딱해진다. 그래서 메주를 으깰 때 간장을 부어 약간 질척하게 만들었다. 항아리에 담고 된장 위에 소금을 얹었다. 간장은 약한 불에서 몇 시간 끓였다. 온 집안에 간장 달이는 냄새가 가득했다.

누구에게 배운 적도 없는데 한 번도 된장 간장 만드는 것이 어렵게 느껴지지 않았고 실패한 적이 없었다.

가을이면 무를 꼬들꼬들 말려 된장 속에 넣어 두면 된장 속에서 저절로 맛이 들어 장아찌가 되었다. 간장 된장은 반찬의 중심 재료였고, 일 년 내내 밥상에서 빠진 적이 없었다.

서울로 이사 오고 나서도 된장을 담갔다. 고향에 사는 아들이 메주를 보내 주어 가능했다. 아들이 서울로 이사 오고, 내 나이 85세가 되면서 된장 고추장을 담지 않았다. 자식들에게 된장 고추장을 챙겨 줄 수 없어서 그것이 가장 아쉬웠다.

떡을 만들며

해마다 음력 10월 22일 떡을 해 먹었다. 큰딸의 생일이기도 했지만, 가을 추수가 다 끝나 한가해서 가능한 일이었다.

부엌에서 콩을 볶기 시작했다. 콩 몇 되를 볶는데, 매운 연기가 올라와 눈물이 줄줄 났다. 콩이 볶아지자 아이들은 너나없이 볶은 콩을 맛나게 먹었다. 방앗간에서 콩가루를 만들어 왔다. 남편이 단것을 좋아해 콩가루를 만들 때 신화당을 넣어 콩가루가 달달했다.

햇찹쌀을 담가 불렸다가 시루에 넣고 쪘다. 쌀이 잘 익었는지 솥뚜껑을 벌리면 아이들이 옹기종기 모여들어 너도나도 먹겠다고 했다. 밥알을 손으로 꼭 쥐어 둥글게 뭉쳐서 아이들 손에 놓아 주었다. 아이들은 고두밥을 맛나게 먹었다. 소금물을 골고루 섞어서 다시 불을 땠다.

넓은 반대기에 콩가루를 준비해 절구통 옆에 놓아 두었다. 절구통에 익은 찰밥을 넣고 남편과 아들들이 번갈아 찧었다. 공이에 달라붙은 덩어리를 떼어낼 때 삼삼하게 풀어 놓은 소금물을 사용했다. 찧은 찰떡을 툇마루에 준비해 놓은 콩고물 위에 넓적하게 펼쳤다. 솥 뚜껑으로 찰떡을 잘랐다. 금방 먹을 것은 자잘하게 썰어 콩고물을 듬뿍 묻혔다. 아이들은 입가에 콩고물을 묻히며 찰떡을 먹었다. 큰 집과 이웃에게 줄 떡은 손바닥만 하게 썰었다. 아이들은 큰집으로 이웃집으로 떡 심부름을 했다.

남편은 모찌를 좋아했다. 찰떡 만드는 날 모찌도 만들었다. 모찌 속에 넣을 팥은 사흘간 담가 물을 갈아주어 팥의 씁쓸한 맛을 제거 했다. 잘 삶아진 팥은 체에 걸러 앙금을 만들었다. 남편이 단것을 좋 아해 팥소에 설탕을 넉넉하게 넣었다.

절구에 찧은 찰떡을 밀가루를 펼쳐 놓은 반대기에 옮겼다. 손으로 조금씩 찰떡을 떼어 동그랗게 만들고 팥소를 안에 집어넣었다. 만들 기는 조금 번거롭지만 만들어 놓으면 남편과 아이들이 찰떡보다 모 찌를 더 잘 먹었다.

추석과 설날이면 어김없이 시루떡을 만들었다. 시루떡은 이상하게 애를 먹이는 떡이다. 빻아 온 쌀가루에 소금을 섞어 간을 맞추었다. 시루를 솥에 안치고 쌀가루와 팥을 번갈아가며 켜켜이 쌓았다. 밀가 루를 개어 빙 둘러 시룻번을 붙이고 불을 때기 시작했다.

떡이 익었지 싶어 긴 대나무 막대로 찔러 보면 하얀 가루가 묻어 나왔다. 다시 불을 때는데 시룻번이 터져 김이 새어 나왔다. 다시 시 룻번을 붙이고 불을 한참 때다 찔려 보아도 하얀 가루가 나왔다. 신 을 머리에 이고 불을 때면 떡이 잘 익는다고 했는데… 신을 벗어 머 리에 이고 불을 땠다.

"엄마! 왜 머리에 신을 이고 있어?"

"떡 잘 익으라고…."

떡이 잘 익기만 한다면 이것보다 더한 일도 할 수 있을 것 같았다. 시루를 떼어 보니 솥바닥에 물이 거의 없었다. 시루떡은 결국 한쪽이 덜 익었다. 익은 쪽만 잘라서 제사상에 놓을 것은 반듯하게 잘라 놓고 덜 익은 것은 다시 시루에 안쳐 쪄냈다. 시루떡은 만들 때마다 애를 먹여 떡쌀을 안치는 것부터 찔 때까지 마음을 졸였다. 하지만 어느 해도 맛깔나게 시루떡이 익지 않았다.

요즘 떡이 먹고 싶어 시장에 떡을 사러 가면 눈이 휘둥그레진다. 떡 모양과 색이 너무나 다양하고 예쁘다. 먹기에 아까울 정도다. 아이들과 복닥거리며 해 먹던 떡은 투박했지만, 그 시절은 내가 가장 젊은 시절이었다.

완도 당숙님

　완도와 남창에 당숙님 형제분이 사셨다. 두 분 당숙님은 키가 180cm가 넘었다. 남창읍에 사시는 당숙님은 기와공장을 운영하셨다. 완도에 사시는 당숙님은 전매청에 다니셨다. 두 형제분은 증조부모 제사 때 빠지지 않고 참석하셨다. 제사는 큰집에서 모시지만 잠은 우리 집에서 주무셨다.

　남창에 사시는 당숙님은 점잖으시고 말이 없으셨는데, 완도 사시는 당숙님은 우리 집에 오실 때면 어찌나 재미나게 얘기를 하시는지 듣는 사람이 얘기 속으로 빠져들었다.

　1950년대 전매청에서 담배를 팔 때 사람이 섬 여기저기에 직접 담배를 지고 다니면서 보급을 했다고 한다. 먼 섬에 갔다 와 퇴근이 늦으셨다는 것이다. 당숙님의 맛깔난 얘기는 그렇게 시작되었다.

　자식들 먹이려고 고깃간에서 고기를 사면서 잘 썰어 달라고 했지.

해도 저버렸고 산길을 혼자 넘어야 하는데 좀 마음이 그렇더라고, 단골로 다니는 술집에 들러서 막걸리를 몇 잔 마시고 산을 넘기 시작했어. 한 달이면 몇 번씩 오가는 길이지만 그날은 날씨가 꾸물꾸물 비가 올 것도 같고… 산중턱을 넘어 저수지를 지나오는데 뜸~ 벙, 뜸~ 벙 물소리가 나고 저수지 둑으로 사람이 걸어오는 것이였제… 너무 반갑더라고. 아 그런데 그 사람이 내 곁에 오자 내 몸에 소름이 쫙 돋는 것이었어. 내 곁에서 걷더니.

"손에 든 것이 뭣이라요."

"우리 아그들 믹일라고 고기를 샀는디…."

"맛나겠다."

입맛을 다시면서 날 쳐다보는데 어른도 같고 아이 같기도 하고,

"아저씨, 배고픈디 고기 좀 주세요."

"알았어…."

종이에 싼 고기를 주다 보니 한 뭉텅이가 다 떨어지고 말았어. 그런데 이것이 자꾸 내 곁에 찰싹 붙더니,

"아저씨 나랑 씨름해요."

내 팔을 꽉 잡았어.

"엄마 무서워."

얘기를 듣던 아이들이 내 곁으로 파고들었다.

"얘기만 들어도 무섭지야. 어디서 그런 용기가 났는지 허리띠를 풀어서 그 사람을 나무에 꽁꽁 묶었단다. 어떻게 집에 도착했는지

모르지만, 아침에 일어나 보니 안방이었어. 간밤에 일이 생각나서 가봤더니 고기가 몇 발자국 사이로 떨어져 있고, 내 허리띠에 매여 있는 것은 몽당 빗자루였어. 보고도 믿을 수가 없어서 황당했단다."

당숙님이 직접 겪었다는 얘기는 한두 가지가 아니었다. 보통 사람이 그런 일을 당했으면 다시는 담배 배달하는 일을 못 했을 것이다. 요즘 사람들이 들으면 무슨 그런 황당한 일이 있느냐고 할 것이다. 하지만 도깨비를 직접 보았고 그런 일을 겪으면서도 당숙님은 비가 오나 눈이 오나 한 번도 쉬는 날 없이 일하셨다. 대통령 표창을 받았고 정년을 맞아 퇴직하셨다. 우직하고 정직한 분이었다. 당숙님이 우리 집에 오실 때 챙겨오신 얘기 보따리는 아이들에게 새로운 즐거움과 호기심을 가지게 했다.

당숙님의 큰아들이 전매청에 들어가 대를 이어 전매청 직원이 되었다. 아들은 당숙님과 달리 사무실에서 근무했고 전매청 간부로 일했다.

아이들은 방학하면 으레 남창과 완도로 놀러가곤 했다. 당숙님 내외가 돌아가시고도 자녀들은 지금도 오고 가며 지내고 있다.

개고기엿

　남편이 집에 들어와 정착했지만, 큰 전쟁을 치르고 돌아온 남편은 몸져 눕는 날이 많았고 약을 입에 달고 살았다. 무엇을 먹어야 남편의 병을 고칠 수 있을까? 한약을 여러 재 지어 먹었지만 효과가 없었다.

　아는 이가 개고기엿이 골병든 몸에 좋다고 했다. 자신의 친척도 개고기엿을 먹고 병을 고쳤다는 것이다.

　보리를 여러 되 불려 싹을 틔워 길렀다. 보리에 촉이 트고 뿌리가 적당히 나오면 씻어서 햇볕에 바싹 말렸다. 방앗간에서 가루로 빻아 왔다.

　초겨울이 되면 큰 개를 한 마리 사 왔다. 동네 남자들이 동쪽 개울가에서 개를 잡아 토막 내어 왔다. 창자와 머리는 국을 끓여 남자들이 술안주로 먹었다.

　엿기름을 물에 불려 체에 내리고, 찹쌀로 고두밥을 쪄서 식혜를 만들었다. 식혜는 아예 가마솥에서 만들었다. 식혜는 불 조절을 잘해야 되는데 이때 실패하면 식혜가 넘어서 시큼하게 변한다. 그러면 식혜를 다시 만들어야 했다. 밤이 깊도록 식혜를 만들었다. 식혜가 만들어지면 밥알을 체에 걸렀다.

식혜 물에 개고기를 넣고 불을 땠다. 펄펄 끓이다가 고기가 익으면 장작불을 조절해 은근하게 끓이기 시작했다. 하루 전 시작된 개고기 엿 만들기는 다음 날 저녁이 다 될 때까지 계속되었다. 솥의 엿물을 주걱으로 떠서 걸쭉하다 싶으면 불을 끄고 식기를 기다렸다. 개고기의 뼈를 골라냈다. 엿과 개고기가 먹기 좋게 한데 섞었다. 개고기엿을 항아리에 담아 안방 옆에 달린 광으로 옮겼다.

아침에 일어나면 광에 가서 개고기엿을 밥공기 반 정도 담아다 화롯불 위에 얹어 데웠다. 남편은 일어나자마자 개고기엿을 먹었다.

남편은 혼자 한겨울 동안 개고기엿을 먹었다. 아버지 약이라고 했더니 아이들도 먹지 않았다. 여러 해가 가도록 겨울이면 연례행사처럼 개고기엿을 만들었다.

그 해도 개고기엿을 만들기 위해 큰 개를 사 왔었다. 동네 사람들에게 개를 잡으라고 했더니 우리 집에서 기르던 개를 잡으려고 한 것이었다. 그러자 개가 뛰쳐나가 어디론가 가 버렸다. 아이들이 울고불고 야단이 났다. 막내아들은 밥까지 굶었다. 백방으로 찾았지만 개의 행방이 묘연했다. 한 달이 지나갔다. 눈이 많이 내려 허리까지 찼다.

"엄니, 백구가 왔당게."

밤중에 딸들이 안방으로 건너오고 식구들이 모두 일어났다. 돌아온 개가 소를 키우는 막 앞에 쭈그리고 앉아 앓는 소리를 냈다. 옆구리가 푹 들어가고 몰골이 말이 아니었다. 아이들은 개를 끌어안고 한바탕 눈물바다가 되었다.

"백구야, 잘 왔어, 잘 왔어."

백구를 쓰다듬는데 울컥 눈물이 쏟아졌다.

"백구야, 밥 먹자."

백구는 허겁지겁 밥을 먹으며 꼬리를 흔들었다. 나는 개고기도 먹지 않지만, 남편을 위해서도 이제 그만 개고기엿을 만들어야겠다고 생각한 날이었다. 다음 해 겨울부터 개엿을 만들지 않았다.

누에치기

　이른 봄이면 동네 이장이 누에 알을 가져와 집집이 나눠 주었다. 누에 알을 부화시킬 때가 못자리할 때와 맞물려 바쁜 시기였다. 방에 통대나무로 양쪽에 기둥 넷을 세우고 칸칸이 대나무를 덧대어 선반을 분리했다. 사람이 잠잘 공간만 빼고 누에 선반을 짜 넣었다.

　우리 집은 진등 밭 이백 평의 가장자리와 구성거리 강가 옆에 뽕밭이 있었다. 알에서 깨어난 누에는 보드라운 뽕잎을 잘게 썰어서 하루에 네 번에서 여섯 번 밥을 먹었다. 한잠에서 깨어난 누에들은 거침없이 뽕잎을 갉아먹었다.

　누에가 자라는 속도는 참으로 빨랐다. 누에는 머리를 들고 잠을 잔다. 잠을 자고 나 허물을 벗으면 놀랄 정도로 자라 있다. 누에가 먹는 뽕은 물기가 없어야 하고 살충제나 약이 묻으면 안 되었다. 우리 집은 아이들이 잠자는 작은방에서 누에를 길렀다.

　누에가 자라 어른 누에가 되었을 때, 뽕잎을 갉아먹으면 소낙비

내리는 소리가 났다. 아침이슬이 걷히면 뽕밭으로 가서 뽕을 땄다. 뽕밭에서 오디를 따 먹는 재미도 쏠쏠했다. 오디가 익으면 아이들은 뽕밭으로 오디를 따러 갔다. 오디를 따 먹은 입술은 보랏빛으로 물들었다.

우리 집은 경작하는 뽕밭보다 누에를 더 많이 길렀다. 마지막 잠을 자고 나면 뽕을 사러 다녔다. 어느 해 집에 있는 뽕을 다 먹이고 뽕을 사러 다니는데 이틀이나 비가 내렸다. 뽕잎이 떨어지고 누에가 머리를 흔드는 것을 보면 사람 굶는 것보다 더 안타까웠다.

이웃 마을 뽕밭에서 뽕을 샀다. 비를 맞으며 뽕잎을 땄다. 집으로 돌아와 툇마루, 안방, 작은방에 널어 뽕잎의 물기를 말렸다. 온 가족이 누에 밥 주고 누에 똥을 치는 데 정성을 다했다. 누에 똥과 섞여 있는 남은 뽕잎과 잔가지는 소가 잘 먹었다.

누에가 뽕을 다 먹고 똥을 다 싸고 나면 몸이 투명하게 변했다. 5령의 누에를 섶에 올려놓으면 누에가 섶을 타고 올랐다. 머리를 흔들며 실을 걸어 고치를 만들기 시작했다. 사흘이 지나면 누에 몸이 보이지 않고 하얀 고치들이 보였다. 뽕잎을 먹고 자란 누에가 하얀 고치로 집을 짓는 것은 정말 신기한 일이었다. 여드레 만에 고치를 수확할 수 있었다. 농협 공판장에 누에고치를 가지고 가서 해마다 일등급을 받았다. 누에고치 판매대금은 아이들의 월사금으로 유용하게 쓰였다.

누에 오줌이 묻거나 쌍고치는 따로 분류해 명주실을 뽑았다. 명주실을 뽑는 날은 아이들이 진을 치고 있다가 통통한 번데기를 주워 먹었다.

봄가을로 누에를 치면서 뽕잎이 떨어져 안타까웠던 때가 생각난다. 몇십 리를 걸어가 뽕잎을 사 오던 기억… 아무리 애가 탔어도 어디선가 뽕잎을 구했고 누에는 하얀 고치를 만들었다. 누에의 똥 속에서 같이 잠을 자면서도 아이들은 싫다고 하지 않았다.

누에를 키우던 뽕잎이 요즘 들어 사람들의 건강식이 되었다. 명주실을 뽑는 누에가 산 채 건조되어 건강식품으로 개발되었다니, 예전에는 생각지도 못한 일이다. 변하는 시절처럼 사람들의 삶도 달라졌다.

내 젊은 날의 귀중한 한때, 해마다 봄가을에 누에를 치던 생각이 난다. 작았지만 야무지게 일손을 보탰던 자식들의 모습이 생각난다.

버릴 것이 없는 고구마

초봄이 되면 마당 한쪽에 짚단을 사람의 허리께까지 쌓아올려 고구마 못자리를 만들었다. 그 위에 흙을 넉넉하게 덮고 통고구마를 올려놓고 흙을 덮었다. 날씨가 따뜻해지면 고구마순이 쑥쑥 자랐다. 고구마 못자리가 고구마순으로 꽉 차고 밖으로 순이 너울거렸다.

고구마를 심을 본밭에 두엄을 뿌리고 쟁기질을 해서 밭두렁을 만들었다. 고구마 못자리에서 뻗은 고구마순을 10~15cm씩 잘랐다. 그것을 밭두렁에 심고 흙을 덮어 주었다. 심은 고구마 순에 물을 주었다. 고구마는 약을 하지도 않고 거름을 중간에 따로 주지 않아도 잘 자랐다.

진등 밭 이백 평에 가을 김장에 쓸 고추만 심고 나머지는 고구마를 심었다. 진등 밭은 황토로 고구마가 잘 자랐다. 수확철이 다가오기도 전에 밭두렁은 고구마 줄기가 완전히 덮어 버렸다. 두렁과 고랑이 어디인지 분간할 수가 없었다. 고구마 줄기를 뜯어서 소금물에 살짝 데쳐 껍질을 벗기고 나물과 김치로 만들어 먹으면 별미였다. 고구마잎은 된장을 풀어 된장국을 끓여 먹었다.

첫서리가 내리면 고구마잎이 시들었다. 날을 잡아 고구마를 캤다. 고구마 줄기를 낫으로 베어 밭둑으로 내다 놓았다. 여자들은 고구마를 캐고 남자들은 바지게에 고구마를 져 날랐다.

집으로 가져온 고구마는 마당에서 물기를 말렸다. 방 한쪽에 두 대통을 만들어 고구마를 저장했다. 고구마밭에 쟁기질을 하면 어김없이 고구마 이삭이 나왔다. 아무리 잘 캐도 어딘가로 깊이 뻗은 고구마가 있었다.

고구마 줄기는 집으로 가져와 작은 줄기는 떼어 삶고 말려서 나물로 만들었다. 물고기를 잡으면 무랑 같이 솥바닥에 깔고 졸이면 맛있었다. 원줄기는 바싹 말려두면 겨울에 소죽을 끓일 때 같이 넣어 소를 먹일 수 있었다. 고구마는 하나도 버릴 것이 없었다.

우리 집 고구마는 친정아버지가 기거하는 방 한쪽에 보관했다. 겨울에 점심 대용으로 쪄서 먹었다. 하지만 배가 부르게 고구마를 찔 수 없었다. 고구마를 찌려고 가지러 가면 친정아버지는 아무도 고구마에 손을 못 대게 하고 손수 내주셨다. 다른 집보다 고구마 수확이 많다고 할 수 없지만 봄이 오도록 고구마를 먹을 수 있었다. 아버지가 고구마를 아껴서 내주셨기에 가능한 일이었다. 토란과 당근도 고구마랑 같이 저장해 고구마 찔 때 섞어서 찌면 색다른 맛을 볼 수 있었다.

서울로 이사와 살면서 한동안 고구마를 돈 주고 사는 것이 낯설었다. 시골에서 고구마를 캐는 가을이면 이 집 저 집에서 고구마 바구니가 도착했다. 다들 고구마를 캤지만 그렇게 나누어 먹었다. 겨울에 어느 집에 놀러가도 고구마를 먹을 수 있었다. 고구마는 가장 흔한 점심 대용이었다.

먹을 것이 많지 않을 때 우리 가족의 배를 채워 주고, 이웃들의 사랑을 확인시켜 준 고구마는 그냥 음식이 아니었다. 수더분한 우리들의 마음이었다. 시장에서 파는 고구마를 보면, 진등 고구마밭이 눈에 어른거렸다. 젊은 날 아이들 키우면서 부지런히 땅을 일구고 땅이 내어준 것을 먹으며 살았다. 그때가 엊그제 같은데, 눈을 감으니 아득하다.

넷째와 돼지 새끼 열한 마리

한여름이었다. 산달이 코 앞이라 마음이 급했다. 가족들이 먹을 김치라도 만들어 놓아야 했다. 바구니를 끼고 데지메 밭으로 가는 길이었다. 논에는 푸른 벼들이 바람에 일렁거렸다. 모내기할 때는 힘들어도 벼가 자라는 것을 보면 오졌다.

소 먹이려고 베어 낸 논둑의 연한 풀들이 다시 자라기 시작했다. 씨기로 내려가는 도랑에 고마니풀이 지천이다. 돼지가 가장 좋아하는 풀이다. 미나리아재비 흰 꽃들이 잡풀들과 어우러져 피었다. 개망초 흰 꽃들은 밥풀처럼 가지 끝에 달려 있다. 봄부터 가을까지 피고 지는 개망초꽃은 어디서나 흔하지만 언제 보아도 예쁘다.

들판을 달려온 싱그러운 바람을 온몸에 느끼며 들길을 걸었다. 데지메 냇가에 닿았다. 어른 키만큼 자란 줄밭이 푸르다. 물수선화가 분홍꽃을 피웠다. 이름도 알 수 없는 새들이 줄밭을 오락가락했다.

하얀 모래톱이 이어진 강둑으로 바람이 불어왔다. 한참을 쉬다가

밭으로 갔다. 밭 한쪽에는 목화가 심겨 있고 다른 쪽은 콩밭이다. 콩밭 고랑에 뿌려 놓은 열무를 뽑으러 왔다. 날이 너무 더워 열무가 많이 물렀다. 성한 것만 골라 바구니에 담았다.

집까지 걸어오는데 등줄기에 땀이 흥건했다. 우리 집하고 이웃하는 작천 아짐네 무화과나무가 담 너머로 가지를 뻗고 무성한 잎들이 축 늘어져 있었다. 샘에 가서 열무를 씻어 간을 했다. 돌확에 고추, 마늘, 밥, 멸치젓갈을 넣고 갈았다.

장독대 옆에 봉숭아가 무더기로 피어 꽃나무 아래 떨어진 꽃잎이 수북했다. 극성을 부리는 파리 떼를 쫓으며 열무김치를 담갔다.

암돼지의 배가 나날이 불러 땅에 끌릴 것 같았다. 남편은 돼지가 곧 새끼를 낳을 것이라고 돼지우리를 깨끗이 치우고 새 짚을 깔아주었다. 우리 집에서 키우는 돼지는 일 년에 두 번 새끼를 낳았다. 돼지 새끼 판 돈은 아이들 월사금으로 썼다.

밤이 되었다. 모기를 쫓으려고 마른 쑥에 불을 붙이고 왕겨를 듬뿍 올려놓았다. 한밤인데도 잠이 오지 않았다. 배가 불러 벽에 기대어 잠을 청하다 마당으로 나왔다. 밤하늘에 별들이 유난히 반짝였다. 북두칠성, 은하수 길을 눈으로 따라가 보았다. 감나무 아래서 들리는 핑깽(워낭) 소리에 현실로 돌아왔다. 다시 방으로 들어왔다.

양수가 비치고 배가 아팠다. 통증이 몰려왔다 잦아들기를 반복했다. 소식을 들은 형님이 오셨다. 밤을 새우고도 아이는 나올 기미가 없었다. 돼지가 하필 새벽부터 새끼를 낳기 시작했다. 남편은 돼지 새끼를 한 마리씩 받았다. 어미 돼지가 낳은 새끼가 열한 마리였다.

나는 오후에 넷째 딸을 낳았다.

딸을 낳았다며 남편은 돼지 새끼에게 무슨 일이 생기면 가만두지 않겠다고 화를 냈다. 나는 부아가 치밀었지만, 말을 하지 못했다. 딸아이는 자라면서 얼굴색이 가무잡잡하고 얼굴에 주근깨가 듬성듬성했다. 우리 아이들 일곱은 도시 아이들처럼 얼굴이 희다. 그 딸만 얼굴빛이 가무잡잡했다. 돼지랑 같은 날 낳아서 그런가? 나는 별별 생각이 다 들었다.

요즘도 한여름 딸아이의 생일날이면 그때 일이 생각난다. 평상시에는 참으로 합리적인 남편이 어느 순간 말도 안 되는 일에 불같이 화를 내고 내 속을 뒤집어 놓았다. 형님이 지어 주신 밥에 미역국을 말아 먹는데, 눈물이 펑펑 쏟아졌다.

그날 나는 새끼 낳은 돼지 산모보다 못한 말대접을 남편에게서 받았다. 자식들에게도 그때 얘기를 들려준 적이 있다.

부여 여행

마을 사람들이 해마다 농번기가 시작되기 전에 여행을 다녀왔다. 서로 단합도 하고 새 힘을 충전하는 의미도 있었다. 올해는 부여로 가기로 했다.

여행을 며칠 앞두고 남편의 허리가 병이 나 꼼짝 못하게 되었다. 한 집에 두 명씩 참가하는 여행이라 남편 대신 큰딸이 가기로 했다.

나는 흰 천에 푸른색 꽃무늬가 드문드문 수놓아진 천을 끊어 와 한복을 맞추었다. 큰딸은 흰 천과 보라색 천을 끊어 왔다. 흰색 천으로 블라우스를 만들고, 보라색 천으로 점퍼스커트를 맞추었다. 강진에서 양장점을 하는 이가 남편의 집안사람이었다. 딸은 그 집에서 옷을 자주 맞춰 입곤 했다.

"새벽종이 울렸네. 새 아침이 밝았네."

동네 스피커에서 경쾌한 노래가 흘러나왔다.

"아! 아! 마이크 시험입니다. 마이크 시험입니다."

이장의 말소리가 스피커에서 울려 나와 온 동네로 퍼졌다.

"동네 입구에 7시에 버스가 도착합니다. 늦지 않게 서둘러 주시기 바랍니다."

여행을 떠나는 아침, 날씨까지 화창했다. 여행 가서 먹을 음식은 각자 집에서 맡아 했다. 나는 찰밥을 맡았다. 팥과 대추, 밤을 넉넉하게 넣고 소금으로 간해 찰밥을 쪘다. 두 번을 쪄 찰밥이 쫀득쫀득했다. 찰밥을 대나무 석작 세 개에 담고 보자기로 쌌다.

새 한복으로 갈아입고 나니 진짜 여행을 떠나는구나 실감이 났다. 하얀 블라우스에 보라색 점퍼스커트를 입은 큰딸의 모습이 다른 사람을 보는 것 같았다. 딸은 옷을 항상 천을 끊어 맞춰 입었는데, 옷을 입고 외출할 때 보면 세련되고 멋졌다.

"엄마, 멀미약 먹어야제…"

"깜박할 뻔했다잉."

딸아이가 내미는 멀미약을 먹고 집을 나섰다. 이장이 아무리 서둘러도 꼭 늦는 사람이 있었다. 마을을 출발하기 전 이장은 사람 숫자를 세고 또 셌다. 우리 옆 건너 자리에 큰조카 내외가 앉았다. 우리가 타고 가는 버스의 번호를 잘 외우라고 신신당부했다. 드디어 차가 마을을 벗어났다.

얼마 가지 않아 항촌댁이 어지럽다고 했다. 이장이 챙겨 온 멀미약을 나누어 주었다. 이장은 자리를 돌아다니며 과자, 껌, 떡, 환타 한 병씩을 나누어 주었다. 노란 환타를 딸이랑 나눠 마셨다. 새콤한 음료수는 코를 콕 찌르고 트림을 하게 했다.

"엄마~아!"

내가 트림을 했다고 딸아이가 눈을 흘겼다. 건너편 조카 부부와 눈을 맞추고 신나게 웃었다.

차가 휴게소에서 멎었다. 일행은 차에서 내려 화장실에 들렀다. 차에 올라타고 인원을 점검하는데 송월댁이 보이지 않았다. 이장과 딸이 찾으러 나갔다. 송월댁은 화장실에서 늦게 나오는 바람에 동네 사람들을 놓쳐 다른 곳에서 헤맸다는 것이다.

부여에 도착해 부소산성을 돌아보고, 낙화암을 둘러보기 전에 점심을 먹기로 했다. 잔디밭에 자리를 잡고 앉았다. 찰밥, 취나물, 새로 담아온 배추김치, 전, 삶은 돼지고기, 홍어 회무침, 미나리 초무침을 차려놓고 보니 먹음직한 점심이었다. 부여 막걸리가 맛있다며 이장이 막걸리 한 말을 받아 왔다. 부여 막걸리는 우리 면에서 먹은 막걸리와 다르게 달짝지근해 목으로 술술 넘어갔다.

점심을 먹고 자유시간에 딸이랑 조카 부부와 활짝 핀 라일락을 배경으로 사진을 찍었다. 삼천 궁녀가 떨어져 죽었다는 낙화암 밑으로 흐르는 백마강은 그리 깊어 보이지 않았다. 고란사를 둘러보고 버스에 올랐다. 여행지에서 무엇을 본 것보다, 여행을 가기 위해 동네 사람들과 음식을 준비하던 것과 여행 날짜를 기다리는 시간이 더 설렜던 것 같다. 딸아이와 온 하루를 보낸 것은 그때가 처음이었다. 부여 여행은 내 기억에 특별한 날로 남아 있다.

가축들

집에서 여러 가축을 길렀다. 남편은 시장에서 소를 살 때 한 가지 기준이 있었다. 골격은 잘생겼는데 먹이지 못해서 마른 소를 싼 가격에 사 왔다. 소를 끌고 마당으로 들어와 나를 불렀다.

"어이, 얼른 가서 행주 가져오소."

나는 부엌에 가서 행주를 가져왔다. 남편은 행주로 소의 입을 세 번 씻으며,

"땅도 네 것, 풀도 네 것, 다 네 것…."

남편이 소를 들여다보며 말했다. 소가 사람의 말을 알아듣는 것은 아니지만, 남편의 표정은 진지했다. 소가 음~메 하고 대답했다.

남편은 부드러운 풀을 베어다가 쌀겨를 섞어 소죽을 써서 먹였다. 몇 달 가지 않아 소의 거친 털이 벗어지고 궁둥이가 반질반질해졌다. 그야말로 다른 소로 변했다. 소는 감나무 그늘에 앉아 무심히 되새김질을 했다. 소의 큰 눈은 한없이 순하고 맑았다. 소는 참으로

멋진 가축이었다.

돼지는 꼭 암돼지를 길렀다. 해마다 새끼를 두 번씩 낳았다. 새끼 돼지가 자라 우리를 벗어나 마당에서 몰려다니는 것은 천방지축 아이들의 모습과 흡사했다. 항아리를 엎고 벼 널어놓은 덕석 위로 몰려다녔다. 사람들은 돼지가 더러운 짐승이라고 하지만 돼지도 볏짚이 깔린 깨끗하고 물기 없는 곳에 눕는다.

봄이면 병아리를 까서 어미 닭이 병아리를 몰고 다녔다. 흙을 헤집어 병아리의 먹이를 찾아주고 하늘에 솔개가 뜨면 날개 아래 품었다. 벼슬 붉은 장닭이 알록달록한 긴 꼬리를 흔들며 암탉을 유혹하곤 했다. 병아리를 데리고 다니는 암탉은 장닭의 유혹에 넘어가지 않았다. 밤마다 닭들이 소란해서 보면 무언가에게 물려 죽은 닭이 있었다. 족제비가 그런 짓을 했다. 튼튼한 철사를 사서 촘촘하게 닭장을 보수하고 나서야 닭들이 편하게 잠을 잤다.

염소는 아침에 언덕에 매어 놓고 저녁에 아이들에게 데려오라고 했다. 어쩌다 염소를 데려오는 것을 잊은 날이 있다. 컴컴해서 염소를 데리러 가 말뚝을 뽑으면, 뒤도 돌아보지 않고 쏜살같이 달렸다. 가르쳐 주지 않아도 우리 집으로 찾아갔다. 염소는 물도 무서워하고 어둠도 무서워했다.

툇마루 아래 개집이 있었다. 개가 언제 새끼를 뱄는지 주인도 모르게 새끼를 낳은 적도 있었다. 강아지가 눈을 뜨고 마당으로 기어 나오면 아이들은 강아지를 품에 안고 놀았다. 강아지의 보드라운 털과 귀여움에 마음이 빠지면 헤어나올 수가 없었다. 집에서 기르는 가축은 내 식구였고, 가축의 밥을 먼저 먹이고 나서 밥을 먹었다.

병아리는 집에서 다 키울 수 있었지만, 돼지 새끼, 강아지, 송아지가 자라 집을 떠나게 되면 가족을 떠나보내는 것처럼 마음이 아팠다. 특히 강아지를 떠나보낼 때 아이들이 슬퍼했다. 강아지는 아는 사람들이 대부분 데려다가 키웠다.

마당에 툇마루 아래 우리에 가득가득 생명이 꼬물거리며 살았다. 각자의 공간에서 먹이를 먹고 새끼를 낳아 길렀다. 들에서 소 고삐를 놓쳐도 혼자서 집을 찾아 들어왔다. 마을을 쏘다니다가도 때가 되면 어김없이 집으로 돌아와 밥을 먹던 개, 도랑에서 물놀이를 하고 저녁때면 대문으로 뒤뚱거리면 돌아오던 오리, 언어는 통하지 않았지만 짐승도 내 집이라는 것을 알았다. 키우다 보면 꼭 자식 같았다.

제3부
옷깃 젖은 가을비

친정아버지의 소천

이틀이나 세찬 눈보라가 쳤다. 문풍지가 울리고 마당에 눈이 쌓이기 시작했다. 부엌으로 나가 솥에 물을 붓고 아궁이에 불을 지폈다. 우리 집 비닐하우스 채소 재배는 한겨울에 시작했다. 큰아들은 하우스에 온도가 떨어지면 큰일이라며 새벽부터 하우스에 나가 일을 했다.

아버지가 아침밥을 반 남기시고는 아랫목에 이불을 덮고 누워 계셨다. 웬만해서는 낮에 눕는 분이 아니었다. 꼿꼿한 자세로 앉아 책을 읽거나 시조를 읊으시던 아버지였다.

"아부지, 어디 아프세요?"

"아니다, 속이 좀 더부룩해서….."

다음 날도 드시는 것이 부실했다. 누룽지를 들고 아버지 방으로 들어갔다. 아버지는 몇 수저도 뜨지 않고 자리에 누워 버렸다.

나는 십리 길을 걸어 성전에 도착했다. 한약방에 들러 약 한 제를 지었다. 집으로 돌아와 한약을 달였다. 며칠이 지나자 아버지는 약물도 넘기지 못하고 토했다.

"아부지, 병원에 가요."

"아니여! 절대 병원에 안 갈 것이여."

아버지는 병원 가기를 완강히 거부했다.

강진군 군동면 안풍에서 당숙네 아들이 장가간다는 기별이 왔다. 아버지는 편지를 읽더니 우셨다.

"상훈이 아들 장가가면 꼭 가 보려고 했는디… 준임아, 니가 꼭 가 봐라."

"아부지가 병 낫고 가야지라."

정말 생각지도 못한 일이 벌어졌다. 아버지는 1973년 음력 12월 15일 오후에 아주 편안하게 잠을 자듯이 눈을 감으셨다. 아버지가 우리 집에 오시고 20년, 나이는 73세였다. 아버지의 얼굴은 한없이 평화로웠고, 금방이라도 툭툭 자리를 털고 일어나실 것만 같았다.

'아부지 미안해라, 돌아보니 아부지에게 내가 받은 것이 더 많았는디… 내 자식 씻기고, 먹이고 똥 기저귀 갈아서 보송하게 키워 주셔서 밖에서 맘 놓고 일을 했구만이라우… 아부지는 나를 지탱하는 엄니였는디… 아부지 술 드신다고 잔소리만 하고, 나는 나쁜 딸이었고, 잘못했어라우… 아부지 잘못했어요. 울아부지 얼마나 외로웠을까잉… 울아부지 얼마나 오빠들이 보고 싶었을까?'

아버지를 생각하니 가슴 밑바닥에 고여 있던 슬픔이 솟구쳤다. 돌아보니 아버지께 나는 아무것도 해 드린 것이 없었다. 후회가 강물처럼 밀려왔다. 세상이 텅 빈 듯 헛헛했다. 남에게 모진 말도 못하고 얌전한 여자 같았던 아버지였다.

휘몰아치던 눈보라가 언제 그랬냐는 듯 멎었다. 아버지가 장지에 묻힌 날은 바람 한 점 없이 화창했다. 아버지의 고향에서 친척들이 여러 분 오셨다.

"아부지 봉양하느라고 고생 많았네, 복 받을 것이네."

"아니어라우… 아니어라우….."

장례 마치고 집으로 돌아와 아버지가 기거하시던 작은방으로 들어갔다. 아버지가 항상 계시던 자리를 더듬었다. 하염없이 눈물이 터져 나왔다. 친정어머니와 여동생을 보낼 때보다 더 가슴이 아팠다. 내 자식들도 외할아버지를 보내고 많이 슬퍼했다. 해마다 아버지의 제삿날이 돌아오면 춥던 날씨도 확 풀렸다.

몇 해 전 큰아들이 어머니 산소를 아버지 곁으로 옮겨왔다. 자식도 못한 일을 아들이 해 주었다. 저세상에 가서 아버지를 만난다면 참말로 고마웠다고 큰절을 올리고 싶다.

칭매 아짐

우리 동네는 몇 집에서 삼베와 명주베를 짰다. 밭에서 삼을 길렀는데 사람의 키를 훌쩍 넘을 만큼 자랐다. 삼을 베어 묶어서 냇가에 담가 놓았다가 건져서 물기가 빠지면 집으로 가져와 껍질을 벗겼다. 겉껍질은 칼로 벗겨내고 속껍질은 손톱으로 쨌다.

삼을 쨀 때는 일부러 손톱을 길렀다. 째진 삼을 이빨로 훑어 실의 굵기를 조정해 무릎 위에 올려놓고 비벼서 실을 만들었다. 여자들이 여러 명 모여서 그 일을 했다. 무릎이 닳아서 반들해져도 멈추지 않고 삼베 실을 만들었다.

칭매 아짐은 우리 마을에서 베에 관해서는 박사라고 해야 할 것이다. 베를 매고 짜는데 어찌나 솜씨가 뛰어나던지, 누구 집에서나 베를 베틀에 맬 때 칭매 아짐이 맡아서 그 일을 했다. 삼베를 맬 때는 마당에 길게 실을 펼치고 실 아래 숯불을 담은 반대기가 놓이고 보리밥풀을 삼베에 먹였다. 풀의 농도를 기가 막히게 잘 맞추었다. 손놀

림이 어찌나 빠르고 정확한지 칭매 아짐이 맨 베를 짜면 베를 다 짤 때까지 실이 끊어지지 않았다. 막힘이 없이 베를 짤 수 있었다.

칭매 아짐은 명주베를 특히 잘 맸다. 베를 짜다가 명주실이 끊어져 배를 못 짜게 될 때가 있었다. 칭매 아짐이 베틀에 앉아 손 몇 번 오가면 끊어진 실을 찾아냈고 다시 베를 짤 수 있었다. 아짐은 동네 사람들이 짜 놓은 베를 시장에 내다 팔아 주었다. 베에 관하여 처음부터 끝까지 모든 것을 해결하는 해결사였다.

칭매 아짐은 150cm도 안 되는 작은 키에 몸에는 살 한 점 붙어 있지 않았고 성격이 꼿꼿했으며, 몸에서 피리 소리가 날 만큼 부지런했다. 항상 바구니를 옆구리에 끼고 있었다.

칭매 아짐 집은 동네 서쪽 끝에 있었다. 아들을 넷 낳아 길렀다. 큰아들은 도시 상급학교를 나와 공무원이 되었다. 둘째는 결혼해서 한 동네 살고, 다른 자식들은 부산에서 자리를 잡았다.

칭매 아짐이 우리 옆집으로 이사를 왔다. 그리고 거위를 몇 마리 길렀다. 거위는 오리와 달리 크고 사나워서 아이들이 칭매 아짐 집에 가는 것을 무서워했다. 아짐은 도시에 나가 있는 아들에게 전할 편지 대필을 해 달라고 큰딸을 찾아왔다. 아짐이 우리 집에 올 때면 따뜻한 거위알을 가져와 딸에게 주었다. 딸이 한사코 마다해도 고집을 꺾지 않았다.

그렇게 시작된 편지 대필은 큰딸이 결혼할 때까지 이어졌다. 칭매 아짐은 자기 속내를 큰딸에게 털어놓고 큰딸은 그 비밀을 지키면서 둘도 없는 친구가 되었다. 큰딸은 칭매 아짐 편지 대필하는 것을 글로 써서 농민신문 독자란에 글이 실렸다. 딸이 글을 쓰기로 마음 먹은 것이 그때라고 한다.

그 후 우리 집 다섯째가 고향 수양국민학교로 발령을 받았고, 큰딸을 대신해 칭매 아짐 편지를 대필하게 되었다. 그렇게 다섯째와도 마음을 나누는 사이가 되었다. 칭매 아짐은 다섯째를 통해 예수님을 믿게 되었다. 강한 성격도 부드러워지고 마음의 평화를 찾게 되었다.

자식들에게서 편지 오는 횟수가 줄어들면서 칭매 아짐은 몰라보게 의기소침해졌다. 어머니의 자식 사랑을 십 분의 일이라도 아는 자식이 있다면 그것은 효도하는 일일 것이다. 그래서 한 부모는 열 자식을 거느려도 열 자식은 한 부모를 모시지 못하고, 내리사랑은 있어도 치사랑은 없다고 했는지도 모른다.

딸들과 맺은 정신적 교류는 칭매 아짐이 돌아가실 때까지 이어졌다. 마을에 여러 이웃이 있었지만 칭매 아짐과 딸들과의 인연은 특별하게 내 마음에 남아 있다.

보릿단을 쓸어간 큰비

데지메 강가에 육백 평의 논이 있었다. 우리 마을과는 떨어져 하천 가에 자리잡은 논으로, 논두렁을 경계로 위아래 둘로 나누어져 있었다. 물 빠짐이 좋아서 보리농사 짓기에 좋은 땅이었다. 그해에 이웃 논 사백 평까지 얻어서 보리농사를 지었다.

보리를 베는데 날이 계속 흐렸다. 남편이 아무래도 비가 올 것 같다며 아직 마르지도 않은 보리를 단으로 묶어 논두렁에 내놓자고 했다. 동네에서 일하는 사람을 구하고 어둠이 몰려올 때까지 보릿단을 묶었다. 아이들이 논둑에 보릿단을 쌓았다. 빗방울이 떨어져 보릿단에 비닐을 씌웠다. 밤이 깊을 때까지 그 작업을 했다.

다음 날 아침 눈을 뜨니 장대비가 내리고 있었다. 도랑물이 넘쳐 길이 보이지 않았다. 냇물은 급물살로 무섭게 흘렀다. 돼지 새끼가 떠내려오고, 보릿단과 푸른 호박덩이가 흙탕물에 뒤섞여 둥둥 떠내려왔다. 냇가 높은 둑에 사람들이 모여 발을 동동 구르고 있었다.

우리 논자리가 내인지 논인지 물만 번들번들했다. 다음 날이 되어서야 물이 빠지기 시작했다. 남편과 나는 데지메 논으로 갔다. 보릿단은 어디로 가 버리고 그루터기만 남은 논은 비로 쓸어 놓은 듯 깨끗했다. 참으로 허망했다. 남편은 논둑에 앉아 줄담배를 피우며 아무 말도 안 하고 논만 물끄러미 바라보았다.

남편은 집으로 와 방에 누워 버렸다. 보릿단이 눈에 어른거렸고 눈물이 핑 돌았다. 큰아들과 작은아들이 날더러 보리를 건지러 가자고 했다.

아이들과 냇가로 갔다. 큰아들 작은아들이 강물로 들어가더니 냇가 버드나무에 걸려 있는 보릿단을 밀고 왔다. 보릿단에 숨어 있던 뱀이 툭툭 떨어졌지만 겁나지 않았다. 물에 붇고 흙을 뒤집어쓴 보릿단은 무거워 허리가 휘청거렸다. 한나절 내내 보릿단을 건졌다. 물에서 건진 보리를 강둑에 여러 날 널어 말렸다. 타작하니 쌀보리 다섯 가마니가 나왔다. 다음 해부터 우리는 그 논에 보리를 심지 않았다.

자운영 씨를 뿌렸다. 자운영은 거름도 필요 없고 잡초를 뽑을 필요도 없이 잘 자랐다. 자운영이 자랄 때 어린 싹을 베어 소금물 푼 물에 파릇하게 데쳤다. 된장과 고추장을 반반 섞어 참기름을 넣고 무쳤다. 양푼에 밥을 넣고 자운영 나물과 함께 비볐다. 아이들이 빙 둘러앉아 비빔밥을 먹었다. 음식이 아이들 입으로 들어가는 것만 봐도 배가 불렀다.

자운영꽃이 만개하면 아이들을 데리고 데지메 논으로 갔다. 분홍 자운영 꽃밭에서 아이들은 뛰고 뒹굴며 놀았다. 아이들은 꽃대를 꺾어 화관을 만들어 서로에게 씌워 주고 집으로 가져와 못에 걸어 두곤 했다. 자운영꽃이 진 자리에 검은 열매가 열렸다. 자운영은 소와 돼지도 잘 먹었다. 다른 논의 거름으로도 썼다.

인간은 아무리 노력을 해도 한계가 있다. 자연의 섭리에 순응하며 사는 것이 인간이다. 자연 속에 인간은 들풀과 같았다. 데지메 냇가에 논 육백 평은 내가 농사짓고 아이들을 키우는 동안 많은 추억을 만들어 준 장소였다.

나끗의 논과 백로

우리 논 팔백 평이 있던 나끗에는 길 하나만 건너면 무성한 솔밭이었다. 작천면으로 넘어가는 길이 있고 공동묘지가 있었다. 날이 흐리거나 해가 지면 그 길로 사람들이 잘 지나가지 않았다. 6·25 때 죽은 사람들이 묻혀 있고, 비가 오는 날은 사람 우는 소리가 마을까지 들린다고 했다.

둘째 아들이 밤중에 큰집에 가다가 나끗에서 펄쩍펄쩍 뛰어오는 도깨비를 보았다며, 신발을 신은 채 큰집 안방으로 뛰어들기도 했었다. 마을 동쪽에 있는 큰집 뒷골목은 들판을 훤히 내려다볼 수 있는 곳이다. 밤에 큰집으로 심부름을 보내면 혼자 가는 것을 싫어했다. 날이 흐리고 비가 내리기 직전 캄캄한 밤이면 들판에 지그재그로 왔다 갔다 하는 도깨비 불빛이 사방에서 번뜩거렸다.

봄이면 산에 진달래가 만발했다. 산에서 진달래꽃을 따 두견주를 담곤 했다. 그 산자락에 도라지가 많이 자랐다. 흰색 보라색 도라지 꽃이 피면 산등성이는 온통 예쁜 꽃밭이 되었다.

우리 논에서 조금 내려가 데지메 냇가로 연결된 곳에 깊이를 알 수 없는 큰 못이 있었다. 못가에는 풀들이 자라고 늪이 있었다. 언덕을 이루는 곳에 아름드리 소나무가 자랐다. 백로들이 솔밭과 산에서 살았다.

백로 부부가 나뭇가지를 물어다 집을 짓는데, 그건 사람이 사는 것과 진배없었다. 서로 나뭇가지를 물어오고 어느 날 보면 튼튼한 둥지가 지어져 있었다. 알을 낳고 부화하는 동안 백로 서식지는 그야말로 하얀 눈밭 같았다.

백로들이 내는 소리도 시끄럽고 요란했다. 논과 가까운 장소에 백로 서식지가 있어서 논에 일하러 올 때마다 가까이에서 백로를 볼 수 있었다. 멀리서 백로 서식지를 보면 참 깨끗하고 예쁜 새라는 생각이 들었다. 하지만 가까이 가면 배설물에서 악취가 나고, 어찌나 시끄럽게 떠드는지 귀가 먹먹했다. 하얀 털이 휘날려 논두렁에도 수북했다. 백로가 치렁치렁한 뱀을 물고 둥지로 날아가는 것이 보였다.

명동은 강진군 보은산 북쪽 아래 자리 잡은 동네다. 산자락 아래 저수지에는 사시사철 물이 넘쳤다. 마을 앞 들을 가로지르는 냇물은 월출산 아래 성전면 월남 쪽 계곡을 지나와 면 소재지 하천을 통과하고 신기, 동녘, 오산, 당산과 우리 마을 앞으로 두 개의 냇물이 되어 흘렀다.

그 냇가에서 백로들은 물고기를 잡아 새끼들을 길렀다. 남편은 날이 풀리고 시간이 나면 냇가에 가서 물고기를 잡았다. 그때 아이들도 따라나섰다. 냇가에는 줄과 마름, 물수선화가 자라는 늪지대가 있었다. 줄밭에 손을 넣으면 크고 작은 조개가 많이 잡혔다. 큰 것은 어른 주먹만 했다. 물고기 종류도 다양했다. 메기, 붕어, 가물치, 빠가사리, 피라미, 각시붕어, 모래무지 등이 있었다.

나꿋 논은 일본에 사는 오빠가 보내 준 돈으로 장만한 것이라 내게는 참 의미가 깊은 땅이었다. 논에 심어 놓은 통일벼가 잘 익었다. 보리밥도 배부르게 먹지 못하던 시절 통일벼를 심어 논 한 마지기에 다섯 섬의 나락을 수확할 수 있었다. 밥을 해 놓으면 찰기가 부족에 밥맛은 떨어졌지만, 보리밥을 먹고 살던 우리에게 쌀밥을 먹게 해 주었다.

봄이 되면 어김없이 찾아와 집을 짓는 백로를 볼 수 있는 나꿋의 논두렁에서, 해마다 내가 기다리는 것이 있다. 끊어져 버린 오빠들의 소식이었다. 내가 고향을 떠나올 때까지 오빠들의 소식을 듣지 못했다. 백로들은 올봄에도 그곳에 둥지를 틀었을 것이다.

백사 사건

명동에서 당산으로 넘어가는 산모퉁이를 돌아가면 우리 집 산골 논이 있었다. 벼를 베고 이틀이 되었다. 남편은 셋째 딸을 업고 베어 놓은 벼가 얼마나 말랐는지 보러 갔다.

"워매 저것이 뭣인당가?"

남편의 눈에 들어온 것은 베어 놓은 벼 뭉텅이를 넘는 흰 뱀이었다. 집으로 돌아오는 길에 동네 구멍가게에 들어가게 되었다. 그리고 방금 흰 뱀을 보았다고 얘기했다. 가게에 모인 사람들이 백사인 모양이라며 그 값이 자동차 한 대 값은 나간다며 빨리 가 보라고 했다는 것이다. 남편은 다시 논으로 갔고, 백사를 잡아서 집으로 왔다.

남편이 잡아온 백사는 손가락 굵기로 길이는 30cm 정도 되었다. 날름거리는 혀도 붉고, 눈도 붉었다. 집에 있는 링거병에 백사를 담아 방 윗목에 놓아 두었다. 백사를 잡았다는 소문이 온 동네에 퍼졌고, 사람들이 백사를 구경하러 모여들었다. 우리 집이 큰부자가 되었다고 부러워하는 사람도 있었다.

 뚜껑을 완전히 닫으면 공기가 부족해 죽는다고 헐겁게 닫아 놓았다. 저녁이었다. 잠을 자던 아이가 자지러져서 불을 켜니 백사가 병 밖으로 나와 기어다니고 있었다. 백사를 병에 담고 뚜껑을 닫아 놓았더니 아침에 축 늘어져 있었다. 남편은 소주를 사서 백사에 부었다. 어디서 소문을 들었는지 백사를 사겠다는 사람이 우리 집을 찾아왔다. 소주에 담긴 백사를 보더니 트집을 잡기 시작했다.

 "약이 되는 술을 따라 마시고 다시 부어 놓은 것인지 안 봤으니 누가 알겠어?"

 "사람을 뭘로 보고, 억만금을 줘도 당신한테 안 팔아…"

 "아니면 말지, 까칠하기는."

 그 사람은 그냥 가고 다른 사람이 찾아왔다. 상당한 금액을 부르며 백사를 사겠다고 했다. 하지만 남편은 백사를 팔지 않았다.

 남편은 백일이 지나자 반주로 백사 술을 한 잔씩 마셨다. 술을 다 마시고 백사를 볶아서 가루로 만들어 먹었다. 백사로 인해 부자가 될 것이라고 부러워한 동네 사람들의 추측은 그렇게 끝났다. 남편이 나이 먹어 아프다고 하면 나는 가끔 이런 말로 놀리곤 했다.

 "당신은 백사를 먹어서 백 살까지 살 것잉께 걱정 말어라우."

 인간의 정해진 수명이 무엇을 먹는다고 연장될 리는 없다. 하지만 남편이 99세까지 살다 간 것, 혹시 백사를 먹어서 그런 것은 아닐까? 젊은 시절 벼 수확 철에 마주한 백사 사건은 내 기억에 오래도록 남아 있다.

구성거리 논

마을에서 벗어나 첫 번째 다리가 놓인 냇가에 논 육백 평이 있었다. 그 논은 두 개의 다랑이로 되어 있었다. 가운데 논둑을 걸어가려면 단단한 각오 없이는 못 가는 길이었다. 논둑에 똬리 튼 뱀들이 우글우글했다. 농약을 많이 사용하지 않았던 그때는 뱀이 그렇게 많았다.

해마다 우리 집은 그 논에 가장 먼저 모를 심었다. 다른 논들은 이모작을 하는데 물기가 많은 구성거리 논은 논농사만 지었다. 첫 번째 모내기라 모판에서 쪄낸 모가 남으면 나중에 심을 모가 모자랄 수도 있다며, 남편은 모를 많이 못 찌게 했다.

마을 동쪽 두 마지기 논에 모판을 설치해 어린 모를 길렀다. 구성거리 논과 모판이 있는 논은 상당한 거리가 있어서 모를 심는 데 원활할 수가 없었다. 나는 모를 좀 넉넉하게 찌기를 원했고, 남편은 절대 그것을 허용하지 않았다.

해마다 그 논에 모를 심으면서 마찰이 생겼다. 남편의 불같은 성격을 아는지라 부탁하는 것도 조심스러웠다.

"안풍 양반, 올해는 모가 모자라지 않게 한꺼번에 쪄야 써라우."

나는 무뚝뚝한 목소리를 죽이며 웃음부터 웃었다.

남편이 도끼눈을 뜨고 파르르해서 나를 쳐다봤다.

"아이고 참말로 해마다 모가 모자라서 얼마나 고생을 했는디….

"아짐은 속도 좋아, 나 같으면 받아불제….

발산댁과 마주 보고 한바탕 웃었다. 모를 심는 날은 새참도 점심도 내다 먹었다. 지나가는 사람들을 불러 못밥을 나누어 먹었다. 누구네 집에서 모를 심든 서로 품앗이를 하고 밥을 나누어 먹었다.

남편의 고집을 이길 수 없어서 몇 번이나 동쪽 모판을 오가며 모를 쪄 왔고, 해가 진 다음에야 모를 다 심을 수 있었다. 다리에 붙은 거머리가 통통하게 피를 빤 것도 눈치채지 못할 만큼 바쁘게 하루가 지나갔다.

구성거리 논과 냇가 사이에 높은 언덕이 있고, 그 아래쪽에 줄을 지어 아름드리 아카시아가 숲을 이루고 있었다. 논둑을 따라 오월이면 우윳빛 꽃들이 흐드러지게 피었다. 활짝 핀 아카시아꽃 아래 앉아 있으면 꽃 궁전에 들어간 것처럼 황홀했다. 아이들은 꽃잎을 따서 맛있게 먹었다.

나는 대바구니에 아카시아꽃을 따 담았다. 볼을 간지럽히는 부드러운 바람에 섞여 내 가슴속 세포를 헤는 꽃향기, 모든 세상 걱정거리들이 어디론가 밀려갔다. 해마다 오월이면 구성거리 논둑에 피어 있는 아카시아는 내 삶에 큰 위안을 주었다.

아카시아 꽃송이의 먼지를 털어내고 흰설탕에 재워 빛이 들지 않은 광에 두었다. 백일이 지나면 걸러서 친정아버지와 남편, 손님이 오면 반주로 마시곤 했다.

1990년대 다랑논을 농지정리하면서 논들은 반듯하게 변하고 새로운 수로를 내면서 구성거리 논둑에 자라던 아카시아가 베어지게 되었다. 물길도 달라졌다. 해마다 장마 때면 다리가 떠내려가던 곳에 높은 다리가 생겼다.

십 년이면 강산이 변한다던 옛말처럼 내가 자식 키우고 살던 동네는 옛 모습을 찾기 어렵다. 집들도 대부분 새로 지었고, 들판의 지도도 완전히 바뀌었다. 자연스럽게 구불구불 흐르던 냇물도 없어지고 곡선의 들길도 걸을 수가 없다. 기계로 농사짓기 편한 직선의 논들로 변했다.

곡선의 논둑길은 우리의 둥글둥글한 마음을 더 많이 닮은 따뜻한 길이었는데, 구성거리 논에서 첫 모내기를 하던 날이 어제만 같다.

보리농사

　우리는 해마다 이천 평의 논에 일모작으로 보리 씨앗을 파종했다. 가을에 벼 수확이 끝나면 소를 몰아 쟁기로 물이 잘 빠지도록 고랑을 치고 두렁을 만들었다. 보리씨를 뿌리고 쇠스랑으로 흙을 고르게 부수어 씨를 덮었다.

　모진 겨울 추위 속에서도 보리싹이 올라왔다. 봄이 오면 논바닥은 푸른 보리싹으로 덮였다. 보리싹과 비슷한 독새라는 풀이 자랐다. 아직 찬바람이 부는 논에서 겨울옷으로 무장하고 독새풀과 잡풀들을 맸다. 고랑의 흙을 부드럽게 부수어 보리싹을 덮어 주었다. 보리 뿌리를 세 번 정도 복돋아 주었다.

　풀을 매고 흙으로 북돋아 주면 보리가 튼튼하게 자랐다. 보드라운 보리싹을 솎을 때면 홍어애국을 끓여 먹었다. 보리싹에 홍어애를 넣고 된장을 풀어 끓이면 어디서도 맛볼 수 없는 들큼한 맛이 입에 착착 감겼다.

아이들 키만큼 자란 보리가 바람에 일렁였다. 푸른 보리밭에 새들이 집을 짓고 알을 낳고 새끼를 부화해 길렀다. 푸른 보리가 자라는 들판을 보고 있으면 그렇게 마음이 평화로울 수가 없었다. 보리는 쌀보다 거칠고 식감도 좋지 않지만, 보리를 수확해 아이들의 배가 고프지 않았고, 보리를 팔아 아이들 학비에 쓰고 필요한 용품들을 살 수 있었다.

보리 수확철이 되면 눈코 뜰 새 없이 바빴다. 모내기와 겹치는 시기이기 때문이다. 중학교 아이들이 보리 베기 봉사에 동원되기도 했다. 우리도 학교에 신청했고 학생들이 보리를 베러 왔다. 보리는 단으로 묶어 집으로 가져와 마당에 높이 단을 쌓아 보관했다. 모내기가 끝나고 나서 탈곡을 했다.

재래식 원동기가 마당에 들어오고 탈곡기와 연결했다. 우리 집은 보리 양이 많아서 밤늦게까지 불을 켜고 며칠씩 보리타작을 했다. 그것도 기계가 말썽을 부리지 않아야 가능했다. 비가 온다거나 기계가 고장 나면 보름도 넘게 걸렸다. 어느 해 여름 보리타작을 하면서 생긴 사건이 지금도 잊히지 않는다.

해남에서 왔다는 조수는 이제 막 고등학교를 졸업한 앳된 남자아이였다. 원동기와 탈곡기 사이에 커다란 고무벨트가 돌아가 정신을 바짝 차리지 않으면 안 되는 작업이었다. 보릿단을 끌러주는 사람, 탈곡기에 집어넣는 사람, 탈곡한 보리를 고무래로 끌어내어 가마니에 담는 사람, 탈곡이 다 된 보릿단을 끌어내는 사람이 제일 힘들었다. 껄껄한 보리 가시와 먼지를 몽땅 뒤집어썼다. 그 일은 내가 하거나 아들이 했다.

늦은 밤까지 보리 탈곡이 진행되고 있었다. 순식간에 비명이 들리고 조수로 온 남자아이의 손가락 마디 하나가 잘려 나갔다. 아이는 팔딱팔딱 뛰었고, 굉음을 지르고 돌아가던 원동기가 멎었다. 잘려 나간 손가락을 수거해 병원으로 갔다. 다행히 그 아이는 손가락을 봉합했고 병원에 입원했다.

그 해 우리 집 보리타작은 보름이나 걸려 마무리되었다. 다음 해부터 보리 심는 면적을 반으로 줄여 버렸다. 농사를 몸으로 짓던 시절이라 농번기에는 몸살을 앓을 틈도 없었다. 눈만 뜨면 일에 파묻혀 살았다. 아이들이 옷을 어떻게 입는지도 몰랐다. 도시락을 어떻게 싸서 학교에 갔는지도 몰랐다. 농번기에는 새벽에 밥해 놓고 일터로 나가고, 저녁이 오면 늦은 밤 잠자리에 들었다. 마치 일하는 기계처럼 살았던 시절이었다.

호기심 많은 둘째 아들

"불이야! 불…."

넷째 아이 젖을 물리다 설핏 잠이 들었다. 밖에서 사람들이 웅성
거렸다. 아이를 안고 마당으로 나갔다. 우리 집 모퉁이에 이천 평의
논에서 수확한 벼를 훑어내고 쌓아 놓은 볏짚에 불이 붙어 타고 있
었다. 언제 불이 났는지 지붕까지 옮겨붙어 큰불이 났다. 동네 사람
들이 양동이를 가지고 달려와 불을 껐다. 나는 다리가 풀려 마당에
주저앉았다.

사람들이 불을 끄려고 부은 물이 마당으로 줄줄 흘러내렸다. 불
을 끄고 몇 사람은 돌아가고 남은 사람들이 탄 볏짚과 안 탄 볏짚을
분리했다. 마당으로 흐르는 물과 그을음 냄새가 진동했다. 다행스러
운 것은 볏짚도 지붕도 겉만 탔다. 그래서 빨리 불을 끌 수 있었다.
남편은 광주에 일을 보러 가고 없었다.

내가 딸아이 젖을 물리고 있을 때 내 등에서 꼬물거리던 둘째

아들이 생각났다. 집 어디에도 둘째 아들이 보이지 않았다. 이름을 불러도 대답이 없었다. 이웃집에 물어보아도 못 봤다는 것이다. 뒤란 대밭에도 없고, 큰집에도 없다는 것이다. 더럭 겁이 났다. 그렇게 몇 시간이 흘렀다. 볏짚을 분리하고 있는데 볏짚과 울타리 사이에서 둘째 아들이 기어 나왔다.

"엄니…."

하고 나를 불렀다. 생각지도 못한 곳에서 튀어나온 아들 때문에 동네 사람들도 놀라고 나도 놀랐다. 얼굴은 그을음으로 더러웠다.

"오매, 큰일날 뻔했네잉!"

이웃집 아줌마가 아이를 덥석 안으며 말했다. 아이는 울음을 터트렸다. 주머니에서 성냥갑을 꺼내 내게 내밀었다. 그제야 내 주머니를 뒤져보니 성냥이 없었다.

"잘못했어라우."

나는 아이를 데리고 방으로 들어왔다.

"엄니, 성냥불이 언제 켜지는지 신기했당게. 그래서 엄니 호주머니에서 성냥을 꺼냈당게. 성냥을 켜는 순간 짚에 불이 붙어 버렸어. 손으로 쳐도 불이 안 꺼져 혼날까 봐 숨었당게."

우리 집에 불을 낸 범인은 둘째 아들이었다. 만약에 불이 더 커져서 짚더미를 홀랑 다 태웠으면 아들의 목숨도 보장할 수 없는 일이었다. 가슴을 쓸어내렸다.

둘째 아들은 호기심이 많은 아이였다. 두 살 때부터 나랑 떨어져 외할아버지 방에서 잠을 잔 아이였다. 국민학교 저학년 때부터 맨손으로 개구리, 메뚜기, 물고기를 잘 잡았다. 여름에 냇가로 멱을 감으러 가면 풀줄기에 물고기를 줄줄이 엮어서 가져오곤 했다. 친구들과 들로 산으로 몰려다니면서 아버지의 건강에 좋다는 갖가지 뱀을 잡아오기도 했다.

사춘기를 지나면서 성격이 확 바뀌었다. 말수가 적고 침착한 사람으로 변했다. 남에게 함부로 말하지 않았다. 광주에서 고등학교 다닐 때, 아들 집에 가면 솥단지에 밥풀 하나 붙어 있지 않을 만큼 정갈하게 정리해 두곤 했다. 사람은 크면서 많이도 바뀐다는 것을 둘째 아들을 보면서 알게 되었다.

맹장 수술

해남 우수영에 살던 작은시누님이 소천하셨다는 소식이 왔다. 남편과 나는 망연자실했다. 시누님 나이 겨우 사십 대 중반이었다. 남편을 특별나게 사랑하던 시누님이었다. 소식을 전해 듣고 남편은 그 자리에 주저앉았다. 그리고 우수영으로 갔다. 무슨 연유에서인지 남편은 장례식에 갔다가 그날 밤 늦은 시간에 집으로 돌아왔다. 아침이 밝아오는지 창이 훤해지기 시작했다.

누군가 내 오른쪽 창자를 칼로 오려내듯 배가 아팠다. 나도 모르게 앓는 소리가 입 밖으로 나왔다.

"자네 왜 그런가잉."

"배가 좀 아프네요."

나는 부엌으로 나가 솥에 밥을 안치고 아궁이에 불을 지폈다.

"아이고 배야."

나도 모르게 말이 밖으로 나왔다. 남편이 부엌으로 나왔고, 나는 방으로 기어들어갔다.

"정확하게 어디가 아픈가 보세."

"오른쪽 배가 아프고 다리가 안 펴지네요."

"아이고 보나마나 맹장이네. 병원에 가서 수술해야 쓰것네."

"병원에 안 갈랑께 피란민이나 데려오랑께요."

나는 집안일 때문에 병원에 갈 수가 없었다. 성전면에는 이북에서 의사를 했다는 남자가 있었다. 정식 병원을 차리지 않았지만 마을을 돌아다니며 아픈 사람을 고쳤다. 그 사람을 피란민이라고 불렀다. 그 사람에게 진찰받고 약이나 사다 먹을 생각이었다.

"자네는 내 말을 못 믿어? 맹장이란마시."

"아니랑께요. 병원에 안 가요."

나는 고집을 부렸다. 남편이 자전거를 타고 성전면에 가서 피란민을 불러왔다. 그분 말이 급성 맹장이어서 24시간 안에 수술을 해야 한다는 것이었다. 맹장이 터져서 복막염이 되면 위험하다고 했다. 나는 남편과 함께 강진읍 병원으로 갔다.

"선상님, 맹장 같어라우."

의사는 남편을 빤히 바라보더니 검사하면 알 것이라고 말했다. 검사 결과 급성 맹장이라는 진단을 받았고, 바로 수술을 받게 되었다.

남편이 시누님 삼일장을 치르고 집에 왔으면 나는 죽었을지도 모른다. 남편은 이상하게 장례식장에 있는데 집에 가야겠다는 생각만 들었다고 한다.

이웃 마을에 이런 일이 있었다. 사위가 처가에 왔다가 며칠간 배가 아프다고 했다는 것이다. 집에서 약을 사다 먹고 있다가 사위가 죽고 말았다. 우리 마을까지 소문이 났었다. 그 사위도 급성 맹장이었던 것 같다.

1960년대 중반, 농촌 사람들은 병원에서 진료를 받고 치료받는 시대가 아니었다. 배가 아프면 회충약을 사다 먹고, 열이 나면 물수건으로 열을 내렸다. 수술을 받을 생각을 하는 사람은 드물었다. 회진을 돌던 의사가 말했다.

"급성 맹장이 터지면 복잡한데, 농사짓는 사람이 어찌 맹장을 단박에 알았으까잉."

의사는 남편이 급성 맹장을 알고 나를 병원에 데려온 것이 다행이라고 말했다.

내가 맹장 수술을 받았던 때가 여섯째가 태어나고 얼마 되지 않아서였다. 마을 사람들이 병원으로 문병을 왔다. 맹장 수술을 받고 일주일을 푹 쉬었다. 이렇게 길게 자리에 누운 것은 처음이었다.

택시를 타고 집으로 돌아오면서 남편에게 참 고마웠다. 남편이 이웃의 아픈 이들을 돌봐주는 것이 그들에게 얼마나 큰 힘이 되는지 새삼스럽게 깨달았다.

친정아버지의 옷

아버지는 늘 하얀색 한복을 입었다. 아버지가 입은 한복은 내가 다 만들었다. 겨울에는 명주베에 솜을 넣어 옷을 만들었다. 겨울밤이 깊도록 큰딸과 마주 앉아 명주베를 다듬이질했다. 명주베에 솜을 펼치고 뒤집었다. 화롯불에 인두를 묻어 놓고 동정 깃을 눌렀다. 한복 두루마기도 내가 손수 마르고 지었다. 아버지의 몸태가 좋아서 옷을 입고 나가면 그렇게 멋있을 수가 없었다.

여름이면 모시 한복을 준비했다. 모시옷에 풀을 먹이기 위해 쌀밥을 해서 물에 불려 두었다. 불은 쌀밥을 촘촘한 베주머니에 담아 주물러 모시옷에 풀을 먹여 말렸다. 밤이면 빨랫줄에 다시 열어 여름밤 이슬이 내리기를 기다렸다.

쑥을 베어다 모깃불을 피워 놓고 숯불을 피웠다. 숯이 발갛게 달구어지면 다리미에 숯을 옮겨 담았다. 큰딸과 마주 앉아 모시옷을 다렸다. 여름옷은 자주 갈아입어서 다리미질할 옷이 많았다. 아무리 바빠도 아버지의 모시옷을 준비하는 일은 미룰 수 없는 일이었다. 아버지의 모시옷을 다리는 일은 여름이 끝나기 전까지 계속되었다.

여름밤이면 유난히 밝은 별이 반짝이던 마을이었다. 북두칠성, 길게 뻗은 은하수의 길을 따라가다 보면 어떤 길이 있을까? 다리미질을 끝내고 평상에 누워 하늘을 보고 있으면 복잡하던 삶도 잠시 잊을 수 있었다.

여름 더위를 씻어내려고 아이들이 멱을 감으러 가고 있었다. 골목에 아이들 소리로 소란스러웠다. 아이들 소리는 언제 들어도 활기찼다.

아이들 발소리에 이끌려 골목을 걸어 동쪽으로 걸음을 옮겼다. 우리 논 너머 수로를 타고 물 흐르는 소리가 들렸다. 반딧불이가 여기저기서 반짝이기 시작했다. 아이들이 반딧불이를 잡느라 뛰어다녔다.

"냄새 나, 잡지 마."

"그래도 잡을 거야."

잡겠다는 아이와 잡지 말라는 아이가 옥신각신하는 사이 반딧불이 떼가 수로 건너 방향으로 날아갔다. 밤에도 잠들지 못하는 여름밤의 아이들, 한낮에 몸으로 스며든 열기가 아직 빠지지 않아서 그것을 식히려고 돌아다녔다.

하늘과 땅, 그 사이를 오고가는 바람, 태양과 달, 별, 나무, 풀, 꽃, 그리고 사람… 자연이 하나 되어 그 경계가 나뉘지 않았던 그때는 무엇을 하든 마음에 걸리는 것이 없었다.

아버지 옷은 사계절 내내 흰색이어서 빨고 다리고 동정을 달고, 밤잠을 줄여 가면서도 항상 미리 준비했었다. 그것은 내가 아버지와 같이 살면서 할 수 있는 효도의 하나였다.

가을 물천애

가을걷이가 끝나면 들이 적막해졌다. 수확이 끝난 논바닥에 늦가을 안개가 밀려왔다 밀려갔다. 남편은 창고 귀퉁이에 세워 놓은 족대를 들고 나와 툇마루에 올려놓고 그물 구멍을 손질했다. 그리고 대나무밭에서 튼튼하고 긴 대나무를 몇 개 베어 와서 다듬었다.

"얘들아! 물고기 잡으러 가자."

남편의 말이 떨어지기 무섭게 방에 있던 아이들이 툇마루로 나왔다.

"아빠, 나도 갈 거야."

큰딸도 따라나섰다. 큰아들과 둘째 아들은 긴 대나무 장대를 들고, 딸은 고기를 담을 양동이를 들고 대문 밖으로 나갔다. 날씨가 추워지면 고기들은 돌 틈이나 수풀 속에 숨었다. 물고기를 몰려면 장대를 이용해 돌을 흔들고 풀숲을 휘저어 주어야 했다.

남편과 아이들이 물고기를 잡아올 동안 나는 밭에 가서 무를 뽑고 호박도 따고 고구마 줄기를 걷어 왔다. 무를 깨끗이 씻어 나붓7)하게 썰었다. 고구마 줄기도 다듬어 씻어 놓았다. 호박도 큼직하게 썰었다. 붉은 고추와 풋고추, 마늘, 생강을 돌확에 넣고 갈았다.

해가 설핏해졌다. 남편과 아이들이 집으로 돌아왔다. 살이 통통하게 오른 붕어와 메기, 피라미, 쏘가리, 동자개, 장어를 잡아왔다. 남편은 능숙하게 물고기 배를 갈라 쓸개와 창자를 꺼냈다. 장어는 따로 손질해 두었다.

무와 고구마 줄기, 호박을 솥에 깔고 손질한 물고기를 위에 얹었다. 갈아놓은 양념에 고추장, 된장을 풀고 간을 맞춰 물고기 위에 골고루 얹고 불을 때기 시작했다. 중간에 파를 더 넣고 물이 자작해질 때까지 불을 땠다. 물천애가 익으면서 맛있는 냄새가 났다.

남편이 숯불을 피웠다. 불이 붙어 달아오른 숯을 화로에 담았다. 뼈를 제거하고 토막 낸 장어를 석쇠에 얹어 노릇하게 구웠다. 장어가 익으면서 나는 냄새는 마당을 빠져나가 골목으로 이웃집으로 퍼져 갔다.

"뭐를 하는디 이렇게 맛난 내가 진동한당가잉?"

작천 아짐이 담 너머로 고개를 길게 빼고 우리 집을 내다보며 말했다.

"장어가 그렇게 만난 내가 나네요. 한 점 잡수러 오세요."

"그래야 쓰건네…."

남편은 노릇하게 익은 장어에 고추장, 마늘, 생강, 설탕을 듬뿍 넣은 달짝지근한 양념을 발랐다. 아이들이 장어를 굽는 화로 주변에

---

7) 작은 것이 좀 넓고 평평한 듯.

빙 둘러앉아 있었다. 장어 한 점이라도 얻어먹으려면 옆에 꼭 지키고 있어야 가능했다. 그것도 남자아이들만 먹었다.

잘 익은 물천애를 아이들 손에 들려 큰집과 작천 아짐, 방천댁 집으로 보냈다. 형님은 옥수수를 보내 주셨고, 작천 아짐은 익은 호박 한 덩이, 방천댁은 노랗게 익은 오이를 아이들 손에 보내 주셨다. 남편은 시도 때도 없이 물고기를 잡았다. 하지만 가을에 잡은 물천애가 가장 맛있었다.

쥐고기

　가을에 벼를 수확하는 일은 한 달 넘게 진행되었다. 익은 벼를 일일이 낫으로 베어 단으로 묶었다. 남자들이 지게로 져서 집으로 날랐다. 다랑논은 논둑이 날렵해 한 사람이 겨우 다닐 정도였다.

　볏단을 집으로 옮기는 일은 힘든 노동이었다. 주로 젊은 남자들이 그 일을 했다. 보통 다른 집은 품앗이로 일을 했다. 우리 집은 삯을 주고 일할 사람을 구했다. 마을에서 정해진 품삯이 있었다. 나는 미리 삯을 주되 얼마간 더 얹어 주었다. 우리 집 일을 하려는 사람들이 많아 동네에서 가장 먼저 일이 끝났다.

　그런 날은 돼지고기를 삶고 닭을 잡았다. 홍어를 사서 새콤달콤하게 무쳤다. 토막이 실한 갈치조림도 만들었다. 막걸리는 통으로 받아왔다. 남편은 직접 벼를 져 나르지는 못했다. 일이 잘 진행되도록 진두지휘를 했다.

　집으로 옮겨 온 볏단은 높이 쌓아 올려 맨 꼭대기는 짚으로 만든 이엉을 덮었다. 그런 낟가리가 마당에 서너 군데 쌓여 있었다.

1970년대는 홀태로 벼를 훑어서 볏짚에서 낟알을 분리했다. 가을 내내 이 집 저 집 날짜를 정해 품앗이를 했다. 마당에 홀태를 여러 대 세워 놓고 마을 아줌마들이 같이 일을 했다. 한 줌의 벼를 홀태에 넣어 잡아당기면 알곡들이 홀태 아래로 떨어졌다. 주로 여자들이 그 일을 했다.

새참 때가 되면 큰아이들이 동생을 업고 젖을 먹이러 왔다. 일곱 명의 여자들이 일하면 거의 모든 여자가 자식의 젖을 물렸다. 가을이 깊어지고 초겨울까지 벼를 홀태로 훑는 품앗이는 계속되었다. 점심때가 되면 일하는 여자들보다 아이들이 더 많았다. 아이들이 아무리 많이 와도 타박하는 사람은 없었다. 가마솥 가득 밥을 해서 골목을 지나가는 사람까지 불러 같이 먹던 시절이었다. 벼와 같이 떨어져 나온 볏짚과 먼지는 풍구[8]를 이용해 알곡들만 분리했다.

벼를 이삼 일 덕석[9]에 말리면 수분이 날아가 고실고실해졌다. 벼는 짚으로 엮고 이어 붙여 툇마루에 가까운 마당에 둥근 두대통을 만들었다. 그 속에 알곡을 저장했다.

밖에 눈이 내리기 시작했다. 아침에 자고 일어나면 두대통 주변에 쥐들이 까먹은 벼 껍질이 수북했다. 쥐를 잡기 위해 고양이를 기르는 사람도 있고 쥐약을 사다 놓는 사람도 있었다. 쥐덫을 놓기도 했다. 하지만 쥐를 당할 수가 없었다.

---

8) 곡물에 섞인 쭉정이, 겨, 먼지 따위를 날려서 제거하는 데 쓰이는 농기구.
9) '멍석'의 방언.

우리 집은 쥐덫을 놓기도 하고 족대를 받치고 쥐를 잡기도 했다. 다섯째가 병이 났다. 입술이 갈라지고 얼굴에 허연 버짐이 폈다. 자꾸 먹을 것만 찾았다. 이웃집 여자에게 아이 얘기를 했다.

"그런 아이한테는 쥐고기가 좋다고 하등 마. 먹여 봐."

"그라면 먹여 봐야지라."

다음 날 새벽이었다. 족대를 받치고 두대통을 장대로 털어서 도망가는 쥐를 여러 마리 잡았다.

"제방이 아부지, 쥐 껍질 좀 벗겨 주랑께요."

"징그럽네, 갔다 버리소."

'젠장, 내 말 시원하게 들어줄 인사가 아니제잉.'

쥐덫에 걸린 쥐를 죽은 나뭇가지에 매달고 껍질을 벗겼다. 양재기에 담아 아줌마가 알려 준 대로 소금, 마늘, 생강, 파, 참기름, 소주까지 넣어서 자글자글 끓였다. 아이만 불러서 닭고기라고 했더니 맛있다며 한자리에서 다 먹었다. 그 뒤로 몇 번 더 쥐고기를 만들어 먹였다. 아이들이 맛있는 냄새가 난다며 서로 먹으려고 했다. 신통하게도 아이의 갈라진 입술은 반질반질해졌다. 얼굴의 허연 버짐도 사라졌고, 먹을 것을 찾지 않았다.

아이가 어른이 되었을 때 쥐고기 얘기를 했더니 자기도 기억이 난다고 했다. 아이가 자라 선생님이 되었다. 목사가 된 둘째 아들은 사랑에 대해 설교할 때마다, 펠리컨의 사랑과 여자임에도 불구하고 자식을 위해 쥐 껍질을 손수 벗겨 삶아 자식에게 먹인 어머니의 얘기를 예화로 든다고 했다. 내가 힘들고 어려운 일일지라도 자식에게 득이 된다면 기꺼이 그 일을 감수했다.

가뭄과 물싸움

　명동은 물이 아주 풍부한 동네였다. 마을의 동쪽과 서쪽에 공동 우물이 있었다. 나는 어스름 새벽 동쪽 샘에서 가장 먼저 물을 길었다. 부엌 한쪽에 정화수를 올려놓고 남편이 무사히 돌아오기를 빌었다. 아이를 업고 물동이를 머리에 이고 손을 잡지 않아도 물동이가 흔들리지 않았다.

　어느 집이건 원하는 곳에 구덩이를 파면 샘물이 나왔다. 유행처럼 번져 집마다 샘 하나씩을 가지게 되었다. 본면댁네는 땅을 2m도 파지 않아서 샘물이 솟았고 바가지로 물을 떠먹었다. 솟은 물은 자연스럽게 수로를 타고 흘렀다. 우리 집은 장독대 옆에 샘을 팠다. 샘이 생기고 삶이 편리해졌다. 푸성귀 씻기도 좋고, 수시로 씻을 수 있어 좋았다.

　마을 저수지에서 흘러온 물이 동쪽 옆으로 수로를 따라 흘렀고, 그곳에 빨래터가 있었다. 오십여 호가 모여 사는 동네라 빨래터는 항상 사람들이 북적거렸다. 빨래터 건너편 풀밭에 하얀 무명천을 빨아 널어놓으면 그 풍경이 가슴이 설렐 만큼 아름다웠다. 우리 집 빨래는 대부분 큰딸이 맡아서 했다. 빨래터에서 동네의 좋은 소문이나 나쁜 소문이 퍼져 말싸움하는 사람들도 있었다.

모내기철이 다 되어 가는데 비다운 비가 내리지 않았다. 저수지 물이 닿는 곳은 겨우 모내기를 했다. 냇가 옆에는 양수기로 물을 퍼올려 모내기를 했다. 모내기가 끝나고도 비가 오지 않아 저수지 물을 시간을 정해 돌아가면서 물을 댔다.

우리 논 사백 평에 물이 마르면서 벼들의 뿌리가 드러났다. 우리 논에 물 댈 차례가 언제 돌아오나 손꼽아 기다렸다. 물을 대려고 논으로 나갔다. 우리 논 바로 아래 땅에서 농사를 짓는 천안 아재가 우리 논 한쪽에 고랑을 내고 있었다. 자기 논으로 물을 대기 위해 말라가는 우리 논에 고랑을 치고 있었다.

"아재, 그라면 안 되지라우?"

"뭐가 안 된다는 것이여."

"생각해 볼쏘. 윗 논이 말랐는디, 우리 논에 고랑을 쳐서 물을 대간다니 말이 돼요."

"그거냐 내 맘이제. 누가 이기나 한번 해 보든가…."

"아재만 고집 있는 것 아니여라우."

여자라고 아주 무시하면서 아재는 고랑을 쳤다. 나는 고랑이 파지는 족족 메워 나갔다. 그렇게 한참 시간이 흘렀다. 파는 것보다 메우는 것이 더 빨랐다. 아재는 결국 내게 졌다.

"에이…."

화를 내며 나를 쏘아보던 천안 아재는 삽자루를 논둑에 던지고 총총걸음으로 논을 벗어났다. 나는 다리에 힘이 풀리고 그 자리에 주저앉았다. 가슴이 벌렁거리고 한동안 진정이 되지 않았다.

금이 간 논에 물이 들어가는 것을 보니 막힌 속이 확 뚫렸다. 자식 입에 밥 들어가는 것과 마른 논에 물 들어가는 것처럼 오진 일이 없다는 옛 어른들의 말이 새삼스럽게 생각났다. 논바닥에 물이 자작하게 고이는 것을 보려고 한나절을 논둑에 앉아 있었다. 우리 논바닥에 물이 자작하게 고이고 나서 아래로 물꼬를 텄다. 처음부터 양보했으면 우리 논에 물 대고 자연스럽게 밑으로 흘러갔을 것을, 서로 힘을 뺐다.

천안 아재는 평상시 점잖은 분이었다. 험한 말이 오가지 않아서 다행이라는 생각이 들었다. 농사를 지을 때 비가 내리지 않으면 동네에서 이런 물싸움은 자주 일어났다.

"안풍댁 성질도 보통이 아니라며…"

"천안 아재가 힘도 못 써보고 손발 들었다고 하등마."

동쪽 냇가로 빨래를 하러 갔더니 아줌마들이 찧고 까불었다. 나와 천안 아재의 물싸움이 소문나 있었다. 살아오면서 누구하고도 입으로 다투어 본 적이 없었지만, 논에 물은 양보할 수가 없었다.

농사는 사람의 노동과 자연의 보살핌이 100% 합해서 수확할 수 있는 것이다. 살아가는 일이 감사한 까닭은 하늘의 보살핌이 없으면 불가능하기 때문이다.

그해 천수답은 아예 모를 심지 못했다. 당산으로 넘어가는 논 팔백 평에 정부에서 나누어 준 조를 심었다. 참으로 기가 막히는 일이었다.

마을의 샘들이 하나씩 마르더니 모두 말라 버렸다. 아직 마르지 않은 동쪽 샘과 서쪽 샘에서 물을 길었다. 샘가에 양동이가 길게 놓이고 날밤을 새우면서 물긷기는 계속되었다. 마을의 두 샘이 동네 사람들의 목을 축여 주었다. 참으로 감사했다.

그해 가을 다행스럽게도 팔백 평에 심은 조가 노랗게 잘 익었다. 나라에서 특별 수매로 조를 사주었다. 그때는 농지가 잘 정리되지 않은 시절이라 하늘이 준 대로 곡식들을 길렀다. 그래도 사람들은 불평하지 않았고 주어진 대로 살았다. 너무나 흔해서 귀하다고 생각하지 못했던 물이었다. 그때의 가뭄을 통해 인간의 목숨과 직결된 물의 귀중함을 실감 나게 경험했다.

동백꽃은 붉게 지고

마을 가운데 길을 걸어 서쪽 샘을 옆에 끼고 그 집이 있었다. 집 뒤란에는 아름드리 동백나무가 여러 그루 자랐다. 겨울이면 붉은 동백꽃이 참 아름다웠다. 동백꽃이 툭툭 질 때면 담 너머 길바닥까지 송이째 떨어진 동백꽃으로 길이 붉었다.

아이들은 볏대를 잘라 벌새처럼 떨어진 동백꽃에 빨대를 꽂고 꿀을 빨아 먹었다. 비가 온 뒤 떨어진 동백꽃에는 물기와 꿀이 합해서 더 많은 꿀이 나온다며 아이들이 좋아했다.

그 집에는 아들 여섯과 딸 한 명이 있었다. 큰아들이 군에서 제대했는데 몸이 아픈 채 돌아왔다고 소문이 파다했다. 고문을 당했다는 사람도 있고, 상사에게 구타를 당했다는 사람도 있었다. 당사자는 워낙 말이 없어 마을 사람들이 무어라 하든 입을 꼭 다물고 있어서 진짜 이유를 아는 사람은 없었다.

그 집 큰아들이 한겨울에 장가를 간다는 소문이 자자했다. 내

일처럼 반가운 소식이었다. 우리 마을은 어느 집에서 자녀가 결혼하면 이웃에서 나물이나 술, 고기 등 한 가지씩 부조를 했다. 온 마을 어른들과 아이들이 결혼식에 동참했다. 나는 부조를 하기 위해 콩나물 한 시루를 길렀고, 늙은호박 한 통을 삶아 그 집으로 갔다.

결혼식이 있는 날은 큰눈이 내렸다. 초례청에서 신랑 신부의 예식이 끝나고 신부가 어깨를 내려 얼굴을 공개하자 여기저기서 수군거리기 시작했다. 신부 얼굴이 천연두로 얽은 것이었다.

"곰보네잉."

누군가 신부를 가리키며 말했다.

"선보러 간 아재는 뭐 했으까잉?"

사촌 동서 되는 여자가 혀를 찼다.

"워매, 얼굴에 샘이 쌔부렀구마잉. 우리 집에 샘을 따로 안 파도 되겠는디."

시동생 하나가 불퉁거리며 말했다.

신부는 단아한 키에 작고 동그란 얼굴을 푹 숙이고 있었다.

"며느리 선보러 가서 술을 얼마나 먹었는지 처녀 얼굴 보고도 얽은 줄도 몰랐다고 안 하요. 누구 탓을 하겠소, 지긋지긋한 술이 죄지…"

며느리 선을 시아버지 되는 사람이 미리 보고 왔었다. 며느리를 대면하고 말도 걸어 보았다는데 얽은 것을 보지 못했다는 시아버지. 여기저기서 웅성웅성 초례청은 그야말로 어수선했다. 시어머니를 비롯하여 동네 사람들도 적잖이 놀랐다. 고개를 푹 숙인 신부는 시댁의 안방으로 들어가 앉았다. 신랑은 아무런 내색도 하지 않았다.

그런 소동이 있었지만 결혼식은 무사히 끝났다. 신랑과 신부는 마음씨가 천사처럼 고왔다. 시부모님에게도 시동생에게도 살뜰했다. 아들 둘과 딸 셋을 낳고 알콩달콩 살았다. 겨울이 오고 동백이 필 때면 그 겨울의 결혼식이 생각난다. 마을에서 많은 결혼식이 있었지만, 그날의 결혼식이 항상 마음에 남아 있다.

내 뜻이 아닌 어쩔 수 없는 일로 누군가는 얼굴에 누군가는 마음에 몸에 병을 얻기도 했다. 누구의 뜻인지도 모른 채 상처를 안고 사는 사람들이 우리 마을뿐 아니라 어디에든 있을 것이다.

곰보 신부는 뼈대 있는 집에서 자랐다고 들었다. 얼굴이 얽지만 않았어도 가난한 집 며느리가 되지는 않았을 것이다. 우리 집 큰시누님이 생각나 마음이 아팠다. 사람들의 편견과 다르게 본인들은 그런 흠이 사는 데 아무 문제가 되지 않는다.

해마다 그 집 뒤란의 동백꽃은 유난히 붉었고, 동백꽃이 질 때면 목을 툭툭 떨어뜨린 꽃송이가 땅에 붉은 비단을 펼쳐 놓은 듯 아름다웠다.

보리밥과 도시락

며칠 전 딸들과 감자옹심이를 먹으러 갔다. 음식이 나오길 기다리는데 밥그릇에 반 담긴 보리밥이 나왔다. 보리쌀이 퍼지지 않아 낱낱이 흩어진 보리밥에 잘 익은 열무김치와 참기름과 고추장을 넣고 비볐더니 옛날 생각이 났다.

"엄마! 김 서방은 어린 시절에 보리밥을 너무 많이 먹어서 보리밥은 먹기 싫다네."

"너희들도 클 때 보리밥을 많이 먹었지."

"우글우글해도 맛있는데, 요새는 보리밥이 건강에 좋다고 보리밥집을 운영하는 식당도 있잖아."

"너는 보리밥 도시락 싫다고 학교 다니면서 점심을 굶었는디."

"그러게…."

가을에 논농사를 지어 농협에서 수매를 끝내고 나면 쌀밥을 마음

대로 먹을 수 없었다. 한겨울이 지나고 봄이 오면 보리와 쌀이 반반 섞인 밥을 해서 먹었다.

보리쌀을 돌확에 넣고 갈아서 맑은 물이 나오도록 씻었다. 물을 붓고 한 번 우르르 끓였다. 대바구니에 삶은 보리밥을 건져서 뒤란 처마 밑에 걸어 두었다. 밥을 할 때 한 번 삶아 놓은 보리쌀을 솥 밑에 깔고 가운데 움푹한 부분에 쌀을 얹어서 밥을 했다. 보리밥은 물을 잘 맞추고 뜸을 알맞게 잘 들여야 부드러웠다.

밥을 해 솥을 열면 흰 쌀이 익어서 가운데 부분에 그대로 자리를 잡고 있었다. 보리를 살짝만 섞어 순서대로 아버지와 남편, 아들들 밥을 담았다. 나와 딸들은 꽁보리밥을 먹었다. 어린 시절 밥을 굶었던 때를 생각하면 보리밥을 배부르게 먹을 수 있는 것만으로도 감지덕지했다.

집에서 먹은 보리밥은 그렇다 치고, 아이들의 도시락을 쌀 때가 문제였다. 아들들과 딸아이 도시락을 똑같이 쌀밥으로 쌀 수가 없어서 딸들의 도시락은 보리밥이 되고 말았다. 큰딸은 보리밥 도시락을 뒤란 소금 가마니 위에 올려놓고 학교에 갔다. 아무리 사정을 해도 가지고 가지 않았다. 큰딸은 학교에 다니는 동안 거의 점심을 먹지 못했다.

큰딸은 돼지고기나 닭고기, 생선 등을 먹으면 어김없이 온몸에 두드러기가 솟았다. 그래서 육류는 입에 대지 못했다. 유일하게 두드러기를 일으키지 않는 것은 소고기뿐이었지만, 한 해가 가는 동안 소고기는 한두 번도 먹을 수가 없었다. 유일하게 딸이 소고기를 먹을 수 있는 것은 정월 초하루 떡국을 끓일 때, 따로 소고기를 사서 딸만 끓여 먹였다.

큰딸은 입도 까탈스럽고 성격도 남편과 닮아서 급했다. 속이 상하면 몇 끼도 건너뛰었다. 집에서 먹은 보리밥은 탓하지 않았지만 절대로 보리밥 도시락은 가져가지 않았다. 그렇다고 딸의 도시락에 쌀밥을 싸 주지 못했다.

보리밥이 건강식이라고들 하지만 나는 쌀밥이 맛있다. 큰딸도 밥할 때 콩은 섞어 먹지만 보리쌀을 섞지 않는다고 한다. 우리가 건너온 시대는 먹을 것도 맘대로 먹지 못하고 살았다. 그 시절이 아주 오래전 일이 아니었다. 내가 90세가 넘도록 살다 보니 입맛에 맞춰 먹을 것을 골라 먹는 시대에 살게 되었다. 감사한 일이다.

제주도 여행

　강진군 성전면에는 명동, 당산, 송학, 금당, 오산, 동녘, 수암, 원기, 신기, 들마을, 신월, 월송, 대월, 신안, 신풍, 월남, 영풍 마을이 있다.

　남편은 1921년생으로 동갑끼리 갑계를 조직해 모임을 만들었다. 처음에는 명동, 오산, 신기, 동녘, 수암에 사는 사람들끼리 모였다. 그렇게 몇 년이 지났다. 그러다가 성전면 전체를 대상으로 1921년생들의 갑계원 모임이 확대되었다.

　갑계원들 직업도 다양했다. 우체부, 학교 선생님, 한의사, 소 중개인, 물류센터 사장, 부농들이 대부분이었다. 그렇게 모인 남자들이 13명, 부부가 모이면 26명이었다. 자녀들 결혼식, 집안의 대소사에 참석했다. 여름이면 계곡을 찾아가 천렵을 했다.

　자신이 태어난 생일날이 돌아오면 갑계원 부부를 집으로 초대했다. 갖가지 음식을 장만하고 술도 넉넉하게 준비했다. 북장구를 치고 노래를 부르며 하루를 놀았다. 동녘에 사는 분은 북을 잘 쳤고 노래도 구성지게 잘했다. 나는 곗날이 다가오면 며칠간 노래 연습을 했다. 사람들 앞에 서면 곡도 까먹고 가사도 생각나지 않았다. 남편과 함께 나들이 가는 것이 쉽지 않은 때라 곗날의 나들이는 특별한 일이었다.

모임에서 4월에 제주도 여행을 가게 되었다. 세상에 태어나 가장 멀리 여행을 가는 것이라 마음이 들떴다. 오일장에 가서 속옷부터 새로 사고, 옥빛 천으로 한복도 새로 맞추고 흰 고무신도 장만했다. 짐을 쌌다 풀기를 여러 번, 드디어 제주도로 떠나는 날이었다.

한 사람도 빠지지 않고 26명이 목포 선착장에 모였다. 여자 중에는 나처럼 한복을 입고 온 사람이 반, 양장을 한 사람이 반이었다. 배에 올라 자리를 잡고 보니 정말 여행을 떠나는구나 실감이 났다.

배가 목포항구를 벗어나자마자 나는 속이 울렁거리고 어지러워 견딜 수가 없었다. 몇 번을 토하고 나니 정신이 아득했다. 다른 사람들은 밖으로 나가 바다를 구경하는데 나는 일어나지 못했다. 배 바닥에 누워서 제주도에 도착했다. 땅에 발을 딛고 나니 살 것 같았다.

숙소에 들어갔다. 남자는 남자끼리, 여자는 여자끼리 방이 정해졌다. 누구의 아내가 아닌 아가씨로 돌아간 것 같았다. 신기에 사는 분이 첫날밤 얘기를 얼굴색 하나 변하지 않고 해서 한바탕 웃었던 기억이 난다.

둘째 날 정방폭포, 천지연폭포의 시원한 물줄기에 눈이 번쩍 뜨였다. 성산 일출봉으로 가는 길에 노란 유채꽃이 바다와 어우러져 고왔다. 일출봉 올라가는 입구에서 남편과 함께 말을 타고 사진을 찍으라는데 그렇게 어색할 수가 없었다. 만장굴은 크기에 놀랐다. 벽에 붓질을 해놓은 것 같은 검은 무늬가 신기했다. 용두암은 용의 머리를 닮아 그렇게 부른다고 했다. 해녀들이 잡아온 소라, 전복회도 먹었다.

협재해수욕장의 하얀 모래는 떡살을 빻아 놓은 것처럼 고왔다. 바다의 끝은 어디인지 아득했다. 제주 바다는 강진 앞바다와는 비교도 할 수 없을 만큼 크고 넓었다. 비자림에 갔을 때 회충 있는 아이들이 먹으면 좋다고 해서 비자를 한 되 샀다. 가는 곳마다 노란 귤을 팔았다. 한의사를 하는 사람은 귤 한 상자를 샀다. 몇몇은 낱개로 귤을 샀다. 하지만 우리는 귤을 사지 못했다.

세월이 흘러 그분들은 모두 하늘나라로 갔다. 남자분 중에 99세에 소천한 남편이 가장 마지막에 세상을 떠났다. 여자도 나만 남았다. 세월은 그렇게 사람들을 데리고 가 버렸다. 그리운 얼굴들이 어른어른 떠오른다.

사촌 시누님

남편은 위에 병이 나서 목포 골롬반병원에 입원했었다. 매달 약을 타다 먹었는데, 큰딸이 목포 병원에서 약을 지어 왔다. 딸이 목포에 가면 신문기자로 일하는 사촌 시누님의 둘째 사위가 목포 선착장까지 마중을 나왔다고 한다. 검은 세단에 딸아이를 태우고 병원까지 데려다주곤 했단다.

그 사위가 큰딸을 처제라며 아주 예뻐했다. 목포에서 소문난 음식점을 예약해 놓고 자기 아내와 딸이 먹을 수 있도록 배려해 줬다고 한다. 시누님의 둘째 딸은 큰딸을 자신의 곁에 두고 싶어서 중매도 여러 번 섰다. 하지만 인연이 닿지 않아 성사되지 않았다. 큰딸은 결혼 후에도 시누님의 목포 딸네와 가깝게 지냈다.

어느 날 아침 남편은 다리가 저리다며 일어나지 못하고 절룩거렸다. 몇 발자국도 걷지 못했다. 광주 병원으로 가는 날 성전에 사는 남편의 갑계원이 차를 보내 주었다. 버스 정류장에서 광주로 가는 버스를 탔다. 비포장도로라 차가 많이 흔들렸다. 남편은 허리를 잡고 굳은 표정으로 앉아 있었다. 버스는 네 시간을 달려 광주에 도착했다. 사촌 시누님이 정류장에 마중을 나와 있었다.

택시를 타고 광주기독병원으로 갔다. 엑스레이 사진을 찍고 검사를 마친 의사가 수술이 필요하다고 했다. 허리 수술 날짜를 받고 입원을 했다. 남편의 사촌 누님이 병간호를 해 주겠다고 하셨다.

저녁이 되어 형님 집으로 갔다. 양옥집은 먼지 하나 없이 정갈했다. 어디에 발을 디뎌야 좋을지 몰랐다. 안방의 자개장이 반짝여 눈이 부셨다. 부엌에는 냉장고와 세탁기까지 있었다. 어디를 둘러보아도 정리가 잘 되어 있었다. 이렇게 사는 사람도 있구나….

형님은 냉장고를 열고 음식을 차렸다. 누군가가 차려 주는 밥상을 받아본 적이 있었던가…. 나는 어색하게 앉아 있었다. 멸치볶음, 검은콩조림, 나박물김치, 배추김치, 소불고기, 코다리조림 등을 흰 접시에 정갈하게 담아 내놓았다. 배가 고팠지만 소리를 내어 쩝쩝 먹을 수가 없어 조용히 먹었다. 나이가 든 지금도 내 생일이나 명절에 항상 코다리찜을 해서 먹는다. 먹을 때마다 형님 집에서 먹었던 그때 맛이 생각난다.

남편이 허리 수술하는 것을 보고 집으로 내려왔다. 시누님은 입이 까다로운 남편의 반찬까지 집에서 만들어 나르며 보름간이나 간호를 해 주었다. 친동생을 돌보듯 남편을 살뜰하게 보살펴 주셨다. 남편은 허리를 수술하고도 다리가 저려 고생했다. 이듬해 허리를 재수술했다. 그때도 시누님이 간호해 주셨다.

시누님 아들은 서울의 명문대 영문과를 졸업하고 친구와 동업으로 광주에서 청운입시학원을 설립했다. 몇 년 잘 되던 학원을 담보로 그 친구가 돈을 빌려 자취를 감춰 버렸다. 그 빚을 떠안게 되면서 시누님의 집도 날아가 버리고 셋방으로 나앉았다. 우리 아이들이 광주로 고등학교, 대학교에 진학했을 때도 곁에서 변함없이 조카들을 잘 보살펴 주었다.

사촌 시누님과 우리는 친동기간처럼 평생을 오고 가며 살았다. 손주 셋을 의젓한 사회인으로 키우셨다. 98세에 엉덩이 관절이 골절되어 소천하실 때까지 참으로 정갈한 분이었다.

큰아들의 귀환

아들은 학교를 졸업하고 출판사에 근무했다. 그곳은 주로 학생들의 전과와 문제집을 출간해 판매하는 회사였다. 아들은 섬지방 학교를 찾아다니며 영업을 했다. 지금처럼 교통수단이 발달하지 않아 책을 들고 다니며 팔았다. 섬지방이라고 해도 자녀들의 교육열은 도시나 마찬가지였고, 책이 잘 팔렸다고 한다.

우리 집 농사가 늘어나면서 남편과 내가 감당할 수 없게 되었다. 남편이 아들을 집으로 불렀다. 아들 나이 스물두 살 때였다. 아들은 집에 오자마자 비닐하우스 농사를 시작했다. 1970년 초라 그런 농사가 무엇인지 보지도 듣지도 못한 터라 남편의 반대가 심했다. 하지만 아들이 뜻을 굽히지 않았다.

아들은 강진군 4H 클럽에 가입했다. 4H 클럽은 실천을 통해서 배운다는 취지로 설립된 세계적인 청소년 단체다. 4H는 머리(Head), 마음(Heart), 건강(Health), 손(Hands)을 의미하는 영어 머리글자다.

다른 마을 청년들과 교류를 시작했다. 비닐하우스를 지어 봄이 되기 전 하우스에서 어린 모를 길러 본 땅에 옮겨 심었다. 채소 수확이 빨라 높은 가격에 팔렸다.

하지만 비닐하우스 농사는 사람 손이 무진장 필요했다. 1970년대 비닐하우스 농사는 모든 것이 수동이었다. 겨울에 하우스 동을 대나무로 지었다. 그리고 서리를 피해 비닐 위에 거적을 덮어 주어야 했다. 비나 눈이 오면 무너지지 않도록 한밤중에도 일어나 하우스로 나가야 했다. 비가 많이 오거나 눈이 많이 쌓이거나 바람만 크게 불어도 가슴이 벌렁거렸다. 비닐하우스 농사를 시작하고 마음 편한 날이 없었다. 방학을 맞은 우리 집 아이들은 밤새 가는 새끼를 꼬고, 낮에는 새끼로 봉을 만들고 짚을 이용해 거적을 짰다. 온 가족이 한겨울에도 밤낮으로 일했다. 농한기가 없었다.

하우스 한 동으로 시작한 것이 몇 년이 지나면서 천 평으로 면적이 넓어졌다. 키우는 작물도 배추, 고추, 수박, 멜론, 참외, 토마토, 딸기, 양배추 등 여러 가지였다.

우리 집에서 먹고 자는 일꾼 두 사람을 고용했다. 해가 뜨기 전에 하우스 위에 덮인 거적을 걷어 주고, 해가 지면 거적을 덮어 온도 조절을 했다.

어느 해 모내기 철이 되었는데 일꾼이 자리에 눕더니 집에 가서 치료를 받고 오겠다는 것이었다. 일 년 세경을 이미 다 주었는데, 그렇다고 붙잡을 수도 없었다. 동네 모내기는 품앗이로 하기에 날짜가 다 짜여 있어 변경할 수가 없었다. 나와 아들은 하우스에 매달려 있었다. 큰딸이 한번 해 보겠다고 나섰다. 모를 심어 보지 않은 딸이 어떻게 그 일을 감당할 수 있을지 걱정이 앞섰다. 큰딸은 28일을 하루도 쉬지 않고 모내기 품앗이를 했다. 우리 논에도 모내기를 무사히 마칠 수 있었다. 큰딸은 모는 심지 못해도 모줄을 눈치껏 잘 띄어 모내는 시간이 단축되어 해가 중천에 있을 때 일을 끝마칠 수 있었다고 한다. 큰딸은 28일 동안 모줄 띄는 일을 했고, 모 심는 집에서도 좋아들 했다.

어느 해는 봄 태풍이 불어 잠깐 사이 이백 평의 비닐하우스가 다 날아가 버렸다. 동네 사람들이 자기 일처럼 팔을 걷어붙이고 도와주었다. 이런 사소한 일들은 끊임없이 일어났다. 큰딸이 입버릇처럼 하는 말이 있었다. 자신은 신발만 들여놓으면 비가 오나 눈이 오나 걱정 없는 곳에 시집을 가겠다고 했다. 날씨로 인해 얼마나 마음고생이 심했으면 그랬을까? 그 마음이 이해가 되었다.

수확한 품질 좋은 채소와 과일들은 서울 가락시장으로 매일 새벽 트럭에 실어 보냈다. 남은 채소는 아들과 내가 직접 시장에 내다 팔았는데 항상 도매로 물건을 넘겼다. 그날이 영암 장날이었다. 지난밤 손수레 가득 배추를 실어 두었고 새벽 어스름에 아들과 집을 나섰다. 영암장은 사십 리 길이었다. 장에 도착하니 부슬비가 제법 굵은 비로 바뀌었다. 장에 도착하자마자 도매로 배추를 넘겼다. 아들이 내게 말했다.

"엄마는 버스를 타고 가세요."

나는 버스 정류장으로 갔고, 아들은 손수레를 끌고 장을 나섰다. 한참을 기다려 버스를 탔다. 버스가 풀치재를 넘는데 어찌나 비가 많이 내리는지… 버스 유리창 밖으로 장대비를 맞으며 손수레를 끌고 가는 아들이 보였다. 나는 가슴 밑바닥에서 치밀어오르는 통곡으로 입술을 물었지만, 눈물이 줄줄 흘러내렸다. 그날의 슬픔은 어떤 말로도 표현할 길이 없다.

논 삼백 평에 양배추를 심은 적이 있다. 양배추의 영양이 넘쳐서 가운데 부분이 툭툭 터지기 시작했다. 일요일이었고, 그날 우리 집은 모내기를 하고 있었다. 광주에서 고등학교에 다니는 둘째 아들이 내려와 있었다. 양배추 뿌리를 살짝 들어서 반쯤 뽑아 놓으라고 했다.

그런데 오후에 멀리서 양배추밭을 보니 온통 하얗게 보이는 것이었다. 밭으로 갔더니 둘째가 낫으로 양배추 주위를 긋고 조금씩 뽑아 놓은 것이 강한 햇볕에 모두 시들어 버린 것이다. 보통 배추는 먹어 봤어도 양배추를 먹어 본 사람이 드물던 시절이었다. 양배추 파종할 때 반대했던 남편이 오더니 양배추를 냇물이 흐르는 고랑에 던지며 고래고래 소리를 질렀다. 밤이 새도록 아들딸과 양배추 삼백 평을 수확해 집으로 날랐다. 딸이 울면서 말했다. 오늘 밤이 빨리 지나갔으면 좋겠네….

며칠을 이웃 마을에 돌아다니며 양배추를 팔았다. 만나는 사람마다 양배추를 사 주었다. 그 뒤로 양배추 농사는 다시 짓지 않았다.

큰아들과 과일, 채소농장을 지으면서 부딪혔던 역경들을 글로 쓰면 책 몇십 권은 될 것이다. 농작물을 잘 키워 놔도 태풍이 불어 하루아침에 망쳐 놓을 때, 가격이 폭락해 헐값이 되어 버릴 때가 있다. 농사는 자연이 100%, 농부의 땀과 노력이 100% 합해져야 곡식들을 수확할 수 있다. 그만큼 농사는 어려운 일이었다.

아들은 4H 간부로 활동하면서 강진군 대표로 광주까지 대회에 나가곤 했다. 그때 열세 명이 '땀방울'이라는 모임을 조직했다. 53년이 지난 지금도 한 형제처럼 애경사를 서로 챙긴다. 행복한 일도 슬픈 일도 같이 다독이며 살고 있다.

아들은 불같은 아버지의 성격을 잘 참아내며 자신이 하고자 하는 일들을 평생 하면서 살았다. 육십 넘어 서울에 정착하면서 주택관리사 자격증을 취득했다. 칠십이 넘은 지금도 현장에서 아파트 관리소장으로 일하고 있다. 아들은 성격이 느긋하고 손재주가 좋다. 모든 집수리도 혼자 해낸다. 팔 남매의 큰아들로 동생들에게 모든 것을 아낌없이 준 사람이다.

아이였을 때 내 아픈 손가락이었던 큰아들은 자라면서 공부도 잘했고, 까탈스러운 아버지에게 효도했다. 내 인생의 아픔과 슬픔을 같이 나눈 든든한 동역자였다.

원두막

　뜨거운 여름 햇살에 심어 놓은 벼들이 쑥쑥 자랐다. 들은 푸른 물
결로 일렁거렸다. 바쁘게 일하던 사람들도 한가하게 쉬는 때다. 딸기
는 끝이 났다. 수박, 참외, 멜론과 토마토가 익고 있었다. 토마토는
논 천 평에 심었다. 품질 좋은 토마토는 매일 아침 트럭에 실려 서울
가락시장으로 올라갔다. 품질이 떨어지는 토마토는 현지에서 팔아야
했다. 가까운 장에 내다 팔고도 남았다.

　우리 집에서 토마토를 기르기 전, 내가 시장에서 사다 준 토마토를
먹어 본 아이들이 속이 느글거린다고 먹지 않으려고 했다. 그러던 아
이들이 우리 밭에서 잘 익은 토마토를 맛나게 먹었다.

　원두막을 지어 놓고 낮이나 밤이나 손님이 찾아오면 토마토를 따
서 팔았다. 동네 사람들뿐 아니라 맛나다는 소문을 듣고 다른 면에
서도 토마토를 사러 왔다.

　밤이 되면 여러 면에서 젊은 사람들이 과일을 사 먹으러 왔다. 아가

씨와 청년들이 떼로 몰려와 원두막에 앉아서 기타를 치고 노래를 부르며 놀았다.

발갛게 익은 토마토를 따서 가로로 썰면 토마토 단면이 꽃처럼 예뻤다. 설탕을 뿌려 달라고 하면 넉넉하게 뿌려서 내놓았다. 수박, 참외, 멜론은 물론 토마토 몇 상자가 앉은자리에서 소비되었다.

나는 초저녁에 집으로 들어오고 아들은 밤이 깊도록 원두막에 있었다. 소문이 나면서 여름 내내 원두막은 젊은이들의 아지트가 되었다. 그렇지만 주먹질하고 싸우는 사람들은 없었다.

모내기가 끝나고 일손이 한가해지면서 나이 먹은 사람들도 원두막을 찾았다. 먹고 나면 아이들 주겠다고 사가지고 갔다. 입소문이 퍼지면서 원두막으로 과일을 사러 오는 사람들 발길이 끊이지 않았다. 내 땅에서 재배하는 과일이라 누구에게나 넉넉하게 덤을 줄 수 있었다.

과일을 재배하면서 힘든 일도 많았지만, 온 가족이 먹고 싶은 대로 과일을 먹을 수 있다는 것이 무엇보다 좋았다. 시원한 바람이 불어오는 원두막에 앉아서 먹는 과일 맛은 먹어 보지 않은 사람은 모를 것이다.

완숙 토마토를 막 따서 양쪽으로 벌리면 하얀 서리 같은 것이 보이고 입안에 넣으면 토마토의 싱그러운 향기가 퍼진다. 지금은 어디에서도 그런 토마토를 먹을 수가 없다.

토마토는 꼭지만 익어도 따서 며칠이 지나면 전체가 발갛게 익는다. 그래서 완숙 토마토는 밭이 아니고서는 맛볼 수 없다. 여러 가지 과일을 재배하고 먹어 봤지만, 토마토의 맛이 가장 오래 기억에 남아 있다.

내 젊은 시절은 농사와 더불어 아들이 하우스에서 과일을 재배하여 수확하던 그때가 절정이었다.

그 일을 20여 년을 했다. 너무 일이 많아서 아플 틈도 없었다. 자식들을 광주로 서울로 학교에 보내면서도 남에게 돈을 빌려 쓰지 않게 되었다. 노동의 대가는 자식들의 꿈을 키우는 거름이 되었다.

여름 휴가

한여름이 되면 하루가 다르게 곡식들이 자랐다. 마당에 수직으로 떨어지는 햇살을 피해 닭들도 그늘을 찾아들었다. 누렁이도 툇마루에 들어가 늘어지게 낮잠을 잤다.

바람이 불면 들판의 벼들이 파도를 타며 일렁거렸다. 밭에 가면 고구마, 콩, 고추, 옥수수, 수수가 푸르게 자랐다. 가지도 주렁주렁 열렸다. 방학한 아이들을 데리고 몇 집 모여 월출산으로 물을 맞으러 가기로 했다.

찰밥을 찌고 빵을 만들고 아이들 좋아하는 과자도 몇 봉지 사서 챙겼다. 물 맞는 곳에서 비린 음식을 먹으면 안 된다고 어른들이 일러주셨다. 그 말이 생각나 반찬으로 된장 속에 넣어 둔 무와 참외를 꺼내 참기름을 듬뿍 넣고 무쳤다. 김치도 새로 담갔다. 아이들 먹을 밥은 찰밥을 둥글게 뭉쳐서 김으로 쌌다. 오이는 생으로 씻어서 담았다. 수박과 참외는 여러 집 어울러 같이 구입했다.

아이들이 앞장을 섰다. 먹을 것을 머리에 이고 손에 들고 마을을 벗어나 작천 당매 마을 앞길을 가로질렀다. 태동으로 넘어가는 산길로 접어들었다. 아이들은 무엇이 그리 좋은지 노래를 부르며 떠들썩했다. 삼십 리 길이 멀게 느껴질 사이도 없이 영암에 도착했다.

월출산 계곡에서 내려온 물이 폭포가 되어 떨어지고 있었다. 물보라가 퍼져 옆에만 있어도 등줄기의 땀이 식었다. 어디서 왔는지 사람들이 많았다. 어른들이 아픈 부위에 떨어지는 폭포 물을 맞았다. 물을 맞고 허리 병이 나았다는 사람도 있었다. 남편과 같이 올 것을 하는 후회가 밀려왔다. 어른과 아이들이 번갈아 가면서 폭포 물을 맞았다. 두어 번 맞고 나니 몸이 떨렸다. 아이들 앞에 싸간 음식을 차려놓고 먹였다. 해가 설핏해서야 집으로 돌아왔다.

큰아들의 셋째가 태어나던 여름, 완도 명사십리로 온 가족이 여행을 갔다. 완도 신지면 초등학교에서 교사로 근무하는 딸이 여행지를 추천했다. 며칠 먹을 음식을 장만하고 과일도 넉넉하게 샀다.

완도읍에서 내려 배를 갈아타고 명사십리 바닷가에 도착했다. 떡가루 같은 하얀 모래가 눈부셨다. 짐을 내리고 텐트를 치는데, 우리 가족을 찾는 안내방송이 들렸다. 셋째 손녀가 열이 나 해남병원 응급실에 입원했다는 것이다.

들떠 있던 마음은 걱정으로 변했다. 물놀이고 뭐고 다시 돌아가야 하나… 큰아들이 병원으로 갔다. 남은 가족도 마음 편한 여행이 아니었다. 일곱째가 보이지 않아 사방으로 찾아다녔다. 수영 금지 팻말을 넘어가서 수영하는 아들을 보고 마음이 조마조마했다. 어떻게 놀았는지 생각도 안 난다. 집에 돌아왔을 때 건강해진 셋째 손녀딸을 안고 나서야 마음이 평안해졌다.

큰딸이 여름 휴가를 같이 가자고 연락을 했다. 큰며느리로 시집가는 바람에 가족이 다 모이는 명절에도 얼굴을 보지 못하는 딸이다. 남편과 나는 여행 갈 준비를 하고 딸 내외를 기다렸다. 사위가 운전하는 자가용을 타고 남해로 출발했다. 남편은 딸아이 결혼 초부터 큰사위를 맘에 들어 했었다.

차 안에서 얘기를 나누는 시간이 너무 좋았다. 3박4일간 남해, 여수, 순천, 보성을 여행하면서 싱싱한 생선회와 지역 특산물을 맛나게 먹었다. 마지막 날 보성녹차 해수탕에서 몸을 풀었다. 남편은 사위와 함께한 그 여행을 두고두고 얘기했었다.

여행이 끝나고 큰사위가 마당에 깔 자갈을 선물해 주었다. 자갈을 깐 마당에 잡풀이 덜 나서 우리 부부의 수고를 덜어 주었다. 동네 사람들로부터 부러움을 한몸에 받은 여름 휴가였다.

내게는 명의

   손주들이 학교에 가고 나는 유리창을 닦으려고 의자를 유리창 가에 놓았다. 유리를 닦다가 어느 순간 의자가 쓰러지면서 나동그라지고 말았다. 병원으로 실려 갔는데 발에 추를 달고도 여섯 달을 누워 지내야 한다는 것이었다. 나는 아이들의 만류를 뿌리치고 집으로 퇴원해 버렸다. 꼼짝없이 침대에 눕게 되었다.

   강화도에서 초등학교 교사로 근무하던 딸이 내가 누워 있는 벽에 한글과 주기도문을 써서 붙여 주었다. 나는 석 달을 누워 지내면서 한글을 깨우쳐 읽게 되었다. 감긴 눈을 뜬 듯 세상이 환했다.

   고향에 살던 큰아들이 장을 보러 갔다. 방앗간을 하던 사람이 어머니의 안부를 묻더라는 것이다. 넘어져서 누워 계신다고 했단다. 장터에 뜸을 잘 뜨는 사람이 있는데 어머니도 한 번 치료를 받아보는 것이 어떻겠냐고 묻더라는 것이다.

   나를 데리러 서울에 온 아들을 따라서 고향으로 내려갔다. 아들이 뜸 뜨는 분을 집으로 데려왔다. 허리에 뜸을 뜨기 시작했다. 마른 쑥에 불을 붙여 맨살에 댔다. 쑥뜸 자리에 사향을 발랐다. 허리 전체를 떴는데 항생제는 물론 어떤 약도 먹지 말라고 했다. 하룻밤 자고 나니 뜸 자리가 욱신거리고 아팠다.

뜸 자리가 본격적으로 헐고 고름이 줄줄 흘렀다. 살이 톡톡 쏘고 아파서 잠이 잘 오지 않았다. 고름이 흘러서 짜냈다. 20일이 지나자 걸음을 뗄 수 있었다. 내가 걷는 것을 보고 손녀딸이 춤을 추었다. 그렇게 한 달이 지나갔다. 뜸 자리가 아물기 시작하면서 허리가 많이 좋아졌다. 뜸 자리가 완전히 아물자 신통하게 허리 아픈 것이 나았다. 움푹 파인 흉터가 남기는 했지만, 참으로 신기한 일이었다. 그분에게 큰절이라도 올리고 싶은 심정이었다.

큰사위가 청년 때 오토바이 사고로 무릎을 다쳐 평상시 무릎이 시큰거리고 아프다고 한 것이 생각났다. 여름 휴가 때 불러 그 사람에게 뜸을 뜨게 했다. 사위의 무릎도 헐어 고름이 나오고 한 달이 지나자 상처가 나으면서 다시는 아프지 않았다고 한다. 사위도 참으로 신통한 치료법이라고 감탄했다. 일곱째도 무릎을 다쳐 외과에 다녀도 잘 낫지 않는다고 해서 뜸을 뜨게 했더니 거짓말처럼 나았다.

나중에 장터에 뜸을 뜨는 사람이 돌아가셨다는 소식을 듣고 안타까웠다. 나는 무릎이 아플 때(마다 그때의 기억을 더듬어) 말린 쑥에 불을 붙여 아픈 부위에 작은 화상을 입히고, 독미나리잎을 찧어 밀가루와 섞어 붙여 두면 상처에서 고름이 나오기 시작한다. 고름이 그치고 상처가 나으면 신기하게 무릎 아픈 것이 나았다.

내 나이 지금 94세지만 허리 수술도 안 했고, 무릎 수술도 하지 않았다. 나이 들어 무릎이 쑤시고 아파 병원에 갔더니 수술을 받을 정도는 아니라고 했다. 무릎에 주사를 맞고 집으로 돌아왔다. 요즘 생각해도 내 아픈 허리를 칼 한 번 대지 않고, 재활 훈련을 시킨 것도 아니고 뜸으로 고친 그분이 내게는 명의였다.

의사들이 들으면 소가 웃을 일이라고 할지도 모른다. 하지만 나는 뜸을 뜨고 허리를 고쳤고, 사십 년이 지난 지금도 건강하게 살고 있다. 큰사위도 삼십 년이 넘게 테니스를 쳐도 무릎이 괜찮다니 참으로 다행스러운 일이다.

조카들

큰조카는 형님과 고향에서 살았다. 이웃 면에서 시집온 큰조카며느리는 피부가 가무잡잡하고 매력 있는 여자였다. 반찬 솜씨가 좋았다. 형님은 며느리에게 밖의 일을 시키지 않았다. 큰조카는 자식 여섯 명을 낳았다. 자식들은 농장주, 회사원, 사업가로 성공해 고향에서 부농으로 살고 있다. 그런데 어느 날 날아온 비보에 망연자실했다. 큰조카가 세상을 떠났다는 것이다. 조카 나이 칠십 대 후반이었다. 가슴 아픈 일이었다.

둘째 조카는 서울에서 직장에 다녔다. 여동생들과 처가의 조카들을 데려다 한집에서 살았다. 고향 후배들이 찾아오면 일자리도 주선해 주고 잠자리도 제공해 주었다. 우리 집 둘째 아들이 대학에 다닐 때 조카의 신세를 많이 졌다. 둘째 조카는 자식을 셋 낳았다. 자식들은 대학을 졸업하고 사업가로 성공해 잘들 살고 있다.

큰조카딸과 둘째 조카딸은 학교를 졸업하고 서울에서 취직했다.

명절에 집에 오면 골목이 훤할 정도로 곱고 예뻤다. 결혼 전에 번 돈을 친정으로 보내 형님의 삶에 많은 도움을 주었다. 조카딸들은 사업하는 남편들을 만났다. 조카딸들 결혼식에 남편은 항상 혼주 자리를 지켜줬다. 조카딸들이 결혼해 집을 떠날 때마다 남편은 아까워했다.

큰조카딸은 자녀 셋을 낳았고 시어머니를 평생 모시는 효부로 살았다. 남편이 하는 사업이 번창해 경제적 어려움 없이 잘살고 있다.

둘째 조카딸은 아들 둘을 낳았다. 남편은 칠십이 넘은 지금도 하던 사업을 이어오고 있는 유능한 사람이다. 조카딸은 요즘 친환경 비누공예 강사로 사람들을 가르치고 있다고 들었다.

셋째 조카딸은 얼굴도 예쁘고 공부도 잘했다. 다니던 고등학교에서 모르는 사람이 없을 정도였다. 테니스 선수로 광주에서 열리는 테니스 대회에 출전하곤 했다. 방송국에 근무하는 남자와 결혼해 딸 둘을 낳았다. 시어머니를 평생 모시고 효부로 살았다. 조카딸은 인내와 희생으로 그 일을 감당했다. 누구나 할 수 있는 일이 아니다.

우리 집 둘째가 서울의 대학에 진학하면서 조카딸들이 사는 주변에 자취방을 얻었다. 조카딸들은 아들에게 큰 힘이 되어 주었다. 반찬이 떨어지면 갖다 주고, 주말마다 찾아가는 아들에게 용돈도 주고 따뜻한 밥을 먹여 주었다고 한다. 사촌이지만 친동기처럼 살뜰하게 보살펴 주었다. 아무리 세월이 흘러도 고마움을 잊을 수가 없다.

조카딸들도 나이를 먹었다. 자식들이 자라 사회에서 든든하게 한 몫을 하며 살고 있다. 모두 며느리와 사위들을 봤다. 아득히 지나간 내 삶을 돌아보면 조카딸들은 한 줄기 빛으로 반짝이고 있다. 조카딸들이 항상 건강하기를, 늘 행복하기를 기도한다.

1929년생 오준임
그래도 꽃길이었어요

제4부
토닥토닥 겨울 눈

5·18 광주민주화운동

　광주에서 사건이 터졌다는 소식이 연일 강진군 내가 사는 마을까지 들려왔다. 다섯째가 교육대학에 다니고 있었고, 여섯째는 고등학교 2학년이었다. 광주가 폭도들에게 점령되어 곧 봉쇄된다는 뉴스가 있었다. 광주도청이 봉쇄되고 거리에서 사람들이 쓰러지는 등 흉흉한 소식이 뉴스를 타고 전해졌다. 군인과 시민들이 대치하는 장면도 나왔다. 사건이 잦아드는 것이 아니라 점점 커지고 있었다.

　노지에 딸기가 붉게 익었지만 팔고 싶지 않았다. 이웃에게 필요한 만큼 따가라고 했다. 이웃들이 딸기를 따러 왔다. 오월의 나른한 햇살이 신작로를 비추고 있었다. 간간이 지나가는 트럭에서 구호를 외치는 소리가 딸기밭까지 들려왔다. 딸기를 따서 잼을 한 솥 만들어야겠다고 생각했다. 딸기를 따는데 마음이 심란했다. 광주에 있는 자식 둘의 소식을 알 수 없어 애간장이 탔다.

　큰아들이 낳은 첫 손녀는 바구니에 가득한 딸기를 볼이 미어지게 먹었다. 아이 얼굴을 내 볼에 비비면 가슴 저 밑바닥에서 따뜻한 기운이 솟구쳤다. 시끄러운 시국 소식도 잠시 잊을 수 있었다.

남편이 광주로 아이들을 데리러 가야겠다고 했다. 6·25의 처절한 전쟁을 경험한 남편이라 아이들을 빨리 데려와야 한다고 말했다. 남편은 아침밥을 먹는 둥 마는 둥 집을 나섰다.

남편이 탄 버스가 나주에서 운행을 멈춰 버렸다고 한다. 할 수 없이 걷고 또 걸어 광주시 서구 광천동에서 자취하는 아이들 집에 도착했다. 딸 말에 의하면, 밖에 나간 남동생이 들어오지 않아 마음을 졸이고 있는데 남동생이 옷을 갈아입으러 들어왔다는 것이다. 그리고 몇 분 되지 않아서 아버지가 도착해 놀랐다고 한다.

남편은 아이들을 데리고 택시로 광주를 빠져나와 영암까지 왔다. 나주도 버스가 끊어진 뒤였기 때문이다. 영암에서 운행된 버스를 타고 집에 무사히 도착했다. 남편의 자리가 새삼 크게 느껴지는 날이었다.

다음 날 광주가 완전히 봉쇄되어 사람들이 들어갈 수도 나올 수도 없다는 뉴스가 연신 보도되었다. 두 아이는 광주가 봉쇄되어 가는 와중에 아버지가 광주까지 찾아오셔서 놀랐다며 아버지의 진한 사랑을 항상 잊지 못한다고 했다.

서울에서 대학에 다니는 둘째 아들이 내려와 있었는데 올라갈 길이 막막했다. 우리는 토마토를 싣고 가락동시장으로 가는 차에 아들을 태웠다. 나중에 들으니 탱크 두 대가 호남 터널을 막고 있었고, 고속도로도 이용하지 못했다고 한다. 몇 차례 검문이 있었지만 무사히 서울로 갈 수 있었다고 한다. 아들은 대학을 마치지 않고 그해 군대에 갔고, 군대 생활이 녹록지 않았다고 한다.

1980년 5·18 광주민주화운동이 얼마나 격렬했는지 구 도청 청사에는 지금도 총탄의 흔적이 남아 있다. 무고한 사람들이 목숨을 잃었고, 지금도 행방을 알 수 없는 사람들이 있다. 역사의 소용돌이 속에 이유도 모르고 사람들이 많이 희생됐다. 가해자도 피해자도 대한민국 국민이라는 것이 가슴 아팠다.

고마운 그 사람

　1980년 7월이었다. 둘째가 며칠 후면 군대에 입대하는 날이었다. 나는 닭기름을 내어 아들에게 먹이려고 준비를 했다. 못 먹고 살던 그때 특별한 일이 있으면 닭기름을 내어 먹이곤 했다. 그것이 귀한 음식이었다.

　아들이 군대 가기 전 나흘이나 금식 기도를 했다는데 나는 몰랐다. 금식한 뱃속에 닭기름을 먹은 아들은 설사병이 났다는 것이다. 약국에서 지사제를 사서 먹고 차에 올랐지만 잘 멎지 않았다고 한다. 그런 몸으로 아들은 목포역에서 모여 연무대로 갔고, 거기서 며칠 대기하다가 논산 훈련소에서 4주 동안 훈련을 받았다는 것이다.

　아들은 부산 육군병기학교에서 차량수리병 교육을 받았다. 부대 현장에서는 사람이 부족하다고 빨리 보내 달라고 하여 시험 결과에 따라 4주 훈련과 8주 훈련으로 나뉘어졌다고 한다. 아들은 시험에 통과해 4주 훈련으로 졸업을 하게 되었는데, 졸업 때 부모들을 초청했으나 아들만 부모가 오지 않아 홀로 슬픔을 삭였다고 한다. 그런데 병기학교에서 부대로 가는 날, 아들과 같이 교회에 다니던 위 기수 선배가 편지 한 장을 손에 쥐어 주더라는 것이다.

"내가 보니까 너는 부모가 오지 않아 내가 주는 것이여. 부산진역에 도착하면 뜯어 봐."

아들이 부산진역에 도착해 편지를 뜯어 보니 돈 만 원과 함께 이런 메모지가 들어 있었다고 한다.

'자대 배치받고 선배들이 물건을 사 오라고 할 때 돈이 없으면 얼마나 곤란하겠어. 이 돈을 유용하게 사용해.'

아들이 훈련받고 자대 배치를 받을 때 왜 못 갔는지 도무지 생각이 나지 않는다. 아마 남편이 간디스토마에 감염되었는데 암으로 잘못 진단을 받고 망연자실하던 때였던 것 같다. 아들에게 부모처럼 마음을 써준 그 사람을 생각하니 가슴이 뭉클했다. 아들은 그 사람의 이름을 기억할 수 없다고 한다. 이름을 안다면 꼭 한번 찾아보고 은혜를 갚고 싶은 사람이다.

배치받은 부대에서 아들은 일요일이면 믿는 병사들과 같이 교회에 다녔다고 한다. 부대 전입한 첫날 이등병일 때 노래를 시켜 찬송가를 불렀다고 한다. 그때 아들을 눈여겨보던 분이 있었고, 그분의 후임으로 중대 군종 사병 일을 하면서 관리부 서무계에서 일을 보게 된 것이다.

내무반에 들어가면 악질 최 병장이 있었단다. 50일이면 제대해 그 사람이 나갈 날짜를 세면서 50일 작전이라는 이름을 붙여 놓았다고 한다. 아들이 처음으로 배속받은 첫날 취침 점호가 끝난 직후였단다. 옆 내무반 병장과 최 병장이 싸움이 붙었는데, 이등병인 아들의 모포 위에서 싸운 것이다. 아들은 두렵기도 하고 슬퍼서 모포 속에서 기도하며 눈물을 흘렸다고 한다.

악질 최 병장은 사제 팬티와 사제 셔츠, 사제 양말을 신었는데 양말 한 짝이라도 없어지는 날에는 내무반이 초토화되었다고 한다. 근무시간에 가짜로 외출증을 써서 나가고 미귀가를 밥 먹듯 했다는 것이다.

큰딸과 둘째 딸이 아들을 면회 간 적이 있었다. 가족이 면회를 오면 외출증을 끊어 나오는데 최 병장이 따라나와 하루를 같이 있었다는 것이다. 아들은 말도 못 하고 같이 돌아다니면서 얼마나 가슴이 두근거렸을까? 그런 사람이 아무 제재도 받지 않고 제대할 수 있었다니 믿기지 않았다.

아들이 군대를 제대한 한참 후에 이런 일이 있었다고 한다. 교회의 한 청년과 함께 청년회 부회장 언니의 결혼식에 참석하려고 지방에 내려갔다. 아들도 그 청년도 서로 잘 알고 있겠거니 생각하고 내려갔는데, 어디에서 식이 열리는지 정확히 알지 못하는 상황이 된 것이다.

당시에는 전화도 없던 시절이라 연락을 해 볼 길도 없었다고 한다. 그래서 돌아가기로 했는데 두 사람 다 차표 살 돈을 가지고 있지 않았다. 정류장에서 서성거리고 있는데 다른 부대의 선임 병장으로 아들의 부대에 업무차 자주 왔던 분을 우연히 만나게 되었다고 한다.

사정 이야기를 했더니 두말 않고 돈을 주어 차표를 사서 돌아왔다고 한다.

이런 얘기를 아들에게 들은 것은 2022년 불과 몇 달도 되지 않았다. 워낙 말이 없는 자식이라 도란도란 앉아서 얘기를 나누지 못하고 살았다.

세상에는 나와 아무 상관이 없지만, 조건 없이 타인을 사랑하는 사람들이 있다. 태산보다 더 큰 사랑을 품고 사는 사람들이 사방에 살고 있다. 그래서 살만한 세상이다. 할 수만 있다면 그 고마운 사람들을 꼭 찾아 만나보고 싶다.

지금 아들은 외국에서 보육원을 지어 부모 없는 아이들을 돌보고 학교에 보내고 있다. 교회를 세우고 하나님의 말씀을 전하는 선교사가 되었다. 아들이 젊은 시절 받았던 도움들은 그런 일과 무관하지 않을 것이다. 인간의 길은 그렇게 연결되어 있다.

민물새우젓

"안풍 아짐, 계시지라우."

밖에서 나를 찾는 소리가 나서 문을 열었다. 이웃에 사는 신안댁이었다.

"큰골 저수지에 물이 거의 다 빠졌다고 안하요, 새우 잡으러 가요."

"그 큰 저수지 물이 다 빠졌다고 누가 그랍디여?"

"정자 아버지가 큰골산에 나무하러 갔다가 봤는디, 저수지 바닥에 물이 하나도 없더라네요."

"가물기는 했어도 저수지 물이 말랐다는 것은 시집오고 처음 듣는 얘긴디…"

"아짐, 얼른 준비하고 가요."

양동이와 뜰채를 챙겨 신안댁과 함께 큰골 저수지로 갔다. 정말로 저수지 물이 빠져 바닥이 드러나 있고 웅덩이가 여럿 보였다. 웅덩이 풀숲에 뜰채를 넣어 흔들었다. 민물새우가 우수수 쏟아졌다. 어찌나 실하고 좋던지 새우가 양동이에서 파다파닥 뛰었다.

우리 마을 저수지 위에는 집들이 없다. 산등성에는 바위와 나무, 잡풀뿐 어떤 것도 없으니 인위적인 오염이란 있을 수 없었다.

그날 잡은 새우는 양동이를 가득 채웠다. 다음 날도 신안댁과 큰 골 저수지로 갔다. 새우를 양동이 가득 잡아왔다. 깨끗하게 새우를 씻어 새우 50%, 소금 50%를 넣어 간했다. 항아리에 담고 나니 녹초가 되었다. 하지만 마음이 그렇게 뿌듯할 수가 없었다.

농사를 지으면서 농약을 사용하게 되었다. 개울이 오염되면서 어디서나 잡아먹던 민물새우가 사라진 지 몇 년이 되었다. 민물새우도 양식이 아니면 맛을 볼 수 없게 되었다. 그런 민물새우를 두 양동이나 잡았으니 기쁨은 말로 표현할 수가 없었다.

소문을 듣고 새우를 사겠다고 해서 팔았는데 150만 원어치가 팔렸다. 자식들 먹일 새우는 따로 남겨 두었다. 찹쌀로 밥을 했다. 민물새우와 찰밥, 고춧가루, 마늘, 파, 생강, 양파즙, 매실 엑기스, 깨소금, 소주 약간과 참기름을 섞었다. 간이 짜지 않도록 찰밥의 양을 조절했다. 자식들에게 토하젓을 보냈다.

"엄마, 토하젓에 밥을 비볐더니 너무 맛있네. 김 서방도 맛나다고 감탄했당게."

"입맛에 맞드냐?"

"어디서 잡았능가?"

"명동 큰골 저수지가 말라서 잡았당게."

"뭔 일이 당가, 저수지가 마르게…"

"느그들은 서울 산께 비가 오거나 말거나 관심도 없지야."

"오매, 참말로 그러네잉, 미안하당께. 울 엄니 얼마나 신나서 잡었으까잉?"

"얼마나 오지든지 말도 마랑께. 체 안에서 새우가 우수수 떨어지는데 깨 떠는 것 맨쿠러 기분이 좋았당께."

"울 엄마를 누가 말린당가…."

자식들하고 전화로 얘기를 나누니 새우를 잡던 날이 떠올랐다. 내가 살면서 가장 많이 잡은 민물새우였다. 앞으로도 이렇게 많은 새우를 잡을 수는 없을 것이다. 흰쌀밥에 토하젓을 얹어 비볐다. 입안에 넣으니 밥이 술술 넘어갔다.

추어탕

가을이 깊어져 앞산이 울긋불긋했다. 본격적으로 추수철이 다가 오지 않아 한가했다. 미꾸라지를 잡으려고 집을 나섰다. 일꾼을 데 리고 남편이랑 같이 구성거리 논으로 갔다. 벼가 노랗게 익었다. 벼 이삭이 익는 데 물이 더 필요치 않아 고랑을 쳐서 논바닥 물을 빼야 가을걷이가 수월하다. 육백 평 논에 고랑을 치는 것은 간단한 일이 아니었다. 일꾼들이 논 도랑을 쳤다. 논바닥과 고랑의 차이가 생기면 서 논바닥 물이 도랑으로 빠졌다.

도랑에 살이 통통하게 오른 미꾸라지가 꾸물거렸다. 나와 남편은 미꾸라지를 잡기 시작했다. 도랑을 다 더듬지 않았는데 미꾸라지가 양동이에 가득 찼다. 미꾸라지 등은 노르스름하고 살이 올라서 포 동포동했다. 집으로 가져와 항아리에 물을 붓고 미꾸라지를 넣었다. 어찌나 힘이 좋던지 항아리가 들썩들썩했다.

진등 밭에 가서 배추 겉잎을 따고 무청 겉잎도 땄다. 파와 양파도 뽑고 생강도 뽑았다. 약이 찬 고추도 넉넉하게 따 바구니에 담았다. 배추 겉잎과 무청을 삶아서 시래기를 만들어 물에 담갔다.

　미꾸라지를 항아리에 담아 놓은 지 사흘이 지났다. 미꾸라지 흙 해감이 끝났다. 대바구니에 미꾸라지를 부었다. 소금과 호박잎을 넣으니 미꾸라지가 몸부림을 쳤다. 뚜껑을 덮고 한참을 기다렸다. 바구니 속이 잠잠해져 뚜껑을 열었더니 미꾸라지가 허연 거품을 토하고 비늘을 벗어놓고 쭉쭉 뻗어 있었다. 깨끗하게 씻었다.

　커다란 가마솥에 미꾸라지를 넣고 장작불을 땠다. 뽀얀 국물이 우러나면서 미꾸라지들이 잘 익었다. 미꾸라지를 건져 식혔다. 식은 미꾸라지는 머리를 잡고 아래로 훑으면 몸통의 살과 뼈가 분리되었다. 살은 다시 가마솥에 넣었다. 미꾸라지 머리와 뼈는 으깨 촘촘한 체에 걸러서 뼈를 분리했다. 남편이 미꾸라지 뼈를 극도로 싫어해서 우리 집에서 추어탕을 끓일 때 뼈가 들어가지 않도록 철저하게 걸렀다.

　미꾸라지에 삶아 놓은 시래기, 파, 양파, 생강, 마늘, 된장, 고추장, 고춧가루를 넣고 끓였다. 찹쌀 한 공기를 불려 갈아서 추어탕에 넣었다. 추어탕을 끓이는 날은 동네 남자들이 모여들었다. 툇마루에서 술판이 벌어졌다.

　"어매 맛난 거…."

　"아짐, 추어탕에 뭣을 넣간디 이러쿠럼 고소한게라?"

　동네 남자들은 맛나다고 한마디씩 하고 추어탕을 양푼에 퍼서 먹었다.

　"아짐 집에서 추어탕을 먹어야 진짜 가을이제…."

　가마솥에 가득했던 추어탕은 한나절도 안 가서 바닥을 드러냈다.

아이들은 맵다고 먹지 않았고, 나도 추어탕을 좋아하지 않았다. 남편과 동네 남자들이 맛나게 추어탕을 먹는 것만 봐도 속이 든든해지는 것 같았다.

미꾸라지를 보면 잊을 수 없는 일이 생각난다. 큰아들이 중학교 다닐 때 수학여행을 가야 하는데 돈이 없었다. 큰아들 말이, 선생님이 미꾸라지 한 양동이만 잡으면 수학여행을 갈 수 있다고 했다는 것이다. 나는 미꾸라지 한 양동이를 잡아서 학교로 선생님을 찾아갔다. 결국, 잡아간 미꾸라지를 이고 다시 집으로 돌아왔고, 아들은 수학여행을 가지 못했다. 나는 그렇게 어수룩한 여자였다.

서울에 살면서 남편이 시골에서 먹던 추어탕 생각이 난다며 먹고 싶어 했다. 미꾸라지를 사러 경동시장에 갔다. 시장을 다 둘러보아도 시골 논에서 잡았던 노르스름하고 살이 통통한 미꾸라지는 구할 수가 없었다. 그런대로 비슷한 미꾸라지를 골라와 추어탕을 끓였다. 시골 미꾸라지 맛이 안 난다고 했다.

어떤 음식이나 원재료가 좋아야 맛이 좋다. 벼가 자라는 동안 논바닥에서 온갖 것을 먹고 자란 자연산 미꾸라지… 어디서도 그런 미꾸라지를 구할 수는 없었다. 고추장, 된장 맛도 그렇고, 음식이 흔한 요즘이지만 옛 맛이 그리운 것은 어쩔 수가 없다.

혼불

정월 대보름이면 마을 여자들이 한집에 모여 윷놀이를 하고 놀았
다. 처녀들이 우리가 노는 집 마당에 모였다. 손에 손을 잡고 강강술
래 노래를 부르며 둥글게 돌면서 노래를 불렀다. 보름달이 유난히 밝
은 날이었다.

"저기 좀 보랑께."

"오매, 저것이 뭣이랑가?"

강강술래 노래를 부르고 놀던 처녀들이 소리를 질렀다. 밖이 소란
스럽자 방에서 윷놀이를 하던 여자들이 밖으로 나왔다.

"어머나 세상에!"

하늘을 쳐다보던 우리는 입을 다물지 못했다. 꼬리가 달린 둥근 덩
어리가 동네 중앙을 가로질러 천천히 당살매를 향해 떠가고 있었다.

"저것이 어디서 나왓으까잉."

"마을 동쪽에서 날아왔는디라우."

"저것이 혼불이랑게."

한동댁이 말했다.

"혼불이 나가면 어떻게 된당가?"

"사람이 죽는 것이제."

"동쪽 누구 집에서 나왔으까잉?"

"꼬리가 달렸응께 남자 혼불이여, 여자 혼불은 꼬리가 없다고 하 등마."

"그라면 남자가 죽는다는 것이여?"

강강술래를 하던 처녀들과 여자들이 어느 사이에 각자의 집으로 돌아갔다. 나도 서둘러 집으로 돌아왔다.

다음 날 동쪽에 사는 춘동 할아버지가 돌아가셨다. 한동댁 말이 맞았다. 사람에게는 각자의 혼불이 있고 혼불이 몸을 떠나면 사람이 죽는다는 것을 그때 처음 알았다. 눈으로 여럿이 본 사실이지만 그 불이 혼불인지, 정말 사람에게서 나온 것인지, 믿어지지 않았다. 혼불을 보고 나서 무서워 마실도 갈 수 없었다.

어린 시절 눈을 아래로 내리깔고 위 눈꺼풀을 누르면 푸른색 둥근 원이 눈 아래쪽에 보였다. 그것이 혼불이라고들 했다. 친구들과 모여 눈을 눌러보고 푸른색 원이 보이는지 아닌지 서로 확인해 보고 보인 다며 안심하곤 했었다.

보름달이 훤하게 뜬 밤에 본 꼬리 달린 둥근 덩어리가 진짜 혼불 이고 사람들 속에 그런 혼불이 들어 있다면 어디에 들어 있는 것일 까? 아주 많은 세월이 흘렀지만, 혼불이 꼬리를 흔들며 지나가던 때가 아직도 선명하다.

　남편에게서도 그런 혼불이 있다가 빠져나갔을까? 나의 혼불은
내 몸 어디에 있을까? 나이가 들고 죽음을 생각하면 그때 본 혼불이
떠오르곤 한다.

영림시장

둘째 아들이 봉천동에서 점포를 분양한다는 광고를 봤다며 부모님이 서울에 오셔서 장사를 한번 해 보면 어떻겠냐고 물었다. 그렇게 해서 영림시장에 점포 하나를 삼백만 원에 분양받았다. 문만 열면 시장과 연결된 곳에 전세를 얻었다. 영림시장 개원 날은 탤런트 사미자 씨가 왔다. 오백 원어치만 사도 플라스틱 바가지 하나를 선물로 주었다.

사람들이 인산인해를 이루었다. 채소는 용산시장에서 받아왔다. 새벽 2시면 일어나 용산시장에 갔다. 차가 없어서 장사하는 사람들과 함께 차를 이용했다. 가끔은 택시로 물건을 실어 날랐다. 처음에는 잘 되는 것 같았는데 채소는 그날 팔지 않으면 시들고 물러서 팔수가 없었다. 앞으로 남고 뒤로 밑지는 장사였다.

시골에서 마늘을 가져와 팔았다. 마늘은 썩지는 않았지만 이윤이 남지 않았다. 이런저런 장사 궁리를 하며 시장을 돌아보다가 손두부를 만들어 팔면 좋겠다는 생각이 들었다. 두부 만들 때 필요한 기구들을 샀다. 맷돌과 큰 솥을 사서 걸었다. 콩은 아들이 고향 강진에서 조달해 주기로 했다. 남편은 천일염을 생산하는 영광 바닷가에 가서 간수를 사 왔다.

첫 두부 만드는 날, 콩 두 되를 24시간 불렸다. 새벽 4시에 일어나 맷돌에 콩을 갈았다. 갈린 콩물을 가마솥에 붓고 끓였다. 면포에 끓인 콩물을 담아 짰다. 그리고 간수를 넣었다. 하얀 구름처럼 몽글몽글한 두부가 뭉쳐졌다. 틀에 붓고 굳혔다. 모든 과정이 끝나고 나니 오전 11시가 되었다. 첫 두부라 영림시장에서 같이 장사하는 가게마다 한 모씩 돌렸다. 먹어 본 사람들의 반응이 너무 좋았다.

"이렇게 맛있는 두부는 처음 먹어 봐요. 내일도 만드실 거죠? 식구들 먹이고 싶어요."

손두부는 장사 시작하고 한 달이 가기 전에 소문이 나서 두부가 나올 시간이 되면 사람들이 줄을 서기 시작했다. 오전에 콩 두 되, 오후에 콩 두 되, 두부를 만들었다. 명절 때는 아이들까지 돕고 밤을 꼬박 새며 두부를 만들었다.

여름에는 콩물이 잘 팔렸다. 콩물이 진해 우리 콩물을 한번 먹어 본 사람은 거리에 상관없이 찾아왔다. 방배동에서 봉천동까지 두부와 콩물을 사러 오는 단골이 생겼다. 두부를 못 사고 돌아가는 사람들도 여럿이었다. 더 많이 만들라고 손님들이 말했지만, 우리는 손으로 만들 수 있는 양만 만들었다. 셋째 아들이 대학을 졸업할 때까지 영림시장에서 손두부 장사를 했다. 만드는 것은 어렵지만 잘 팔려 힘든 줄도 몰랐다.

여름에는 붉은 물고추를 갈아서 열무김치를 담그면 맛이 좋다. 우리 가게 바로 앞집에 고추를 가는 기계가 있었다. 열무김치를 담그려고 물고추를 갈다가, 그러니까 마지막 한 조각도 아까워 밀어넣었다. 순간 눈앞에 불이 번쩍하고 스쳐 지나갔다. 오른손 가운뎃손가락이 기계에 스친 것이다. 나는 시장 옆에 있는 외과로 갔다.

"잘라 버리세요."

의사가 단호하게 말했다. 나는 의사의 말대로 손가락 한 마디를 잘랐다.

둘째 딸이 잠깐 잠이 들었는데 꿈속에서 엄마의 손이 잘리는 꿈을 꾸었다고 한다. 깜짝 놀라서 가게로 나갔더니 엄마가 손가락을 다쳐서 병원에 갔다는 것을 알았단다. 병원으로 달려갔더니 벌써 엄마가 손가락을 잘라 버린 뒤였다고 한다. 딸아이는 지금도 그 꿈이 어제처럼 선명하다고 했다. 손가락 흉터가 다 낫고 나서 조금만 더 생각해 볼걸, 후회하게 되었다. 손가락 한 마디가 없어지자 물건 잡기부터 어려웠다. 사람에게 왜 열 개의 손가락이 다 필요한지 새삼 실감했다.

지금 생각하면 참 바보 같았다. 기계를 이용해 두부를 많이 만들고 확장시켰으면 우리 삶이 더 윤택했을지도 모른다. 나보다도 더 고지식한 사람은 남편이었다. 절대 기계로 만들면 이 맛이 안 난다는 것이었다. 어디에서 살든 삶의 정석을 지키려고 노력했다. 큰 부자가 되려고 생각한 적은 없었다. 내게 주어진 것에 최선을 다하고 살았다. 그래서 후회는 안 한다. 장사 시작하고 5년, 삼백만 원에 산 가게를 백오십만 원에 팔고 장사를 접었다.

쓸개와 간디스토마

영림시장에서 두부 장사를 하던 때였다. 셋째 딸이 방학해 서울에 올라와 있었다. 남편이 배가 아프다고 난리가 났다. 둘째 딸과 셋째 딸이 남편을 모시고 집 근처 병원으로 갔다.

의사 말이 큰 병원으로 가야 한다면서 구급차까지 불러주었다고 한다. 구급차를 타고 큰 병원으로 왔는데, 남편은 아파서 앉아 있을 수도 없어 몸부림을 치더라는 것이다. 집에서 급하게 나오느라 돈을 챙겨오지 못한 딸이 부탁을 했다고 한다.

"아버지가 너무 아파하시니 검사부터 해 주세요."

"돈부터 가져오세요."

병원 관계자는 매몰차게 말을 했다는 것이다. 둘째 딸은 택시를 타고 집에 와서 돈을 가져가 접수를 마치고 나서야 남편은 검사에 들어갈 수 있었다고 한다. 검사 결과가 나왔는데 담석으로 판명이 났다. 담석이 너무 커서 레이저로 깰 수 없으니 수술을 해야 한다는 것이었다. 그렇게 남편은 배를 열고 수술을 하게 되었다.

의사가 가족을 불러 딸아이가 수술실에 들어갔는데, 쓸개에서 간으로 연결된 관을 디스토마 벌레가 막아서 그걸 담석으로 판단한 것이었다. 쓸개가 부풀어 올라 두 손을 모은 것만큼 컸고 풍선처럼 부풀어 있었다고 한다. 쓸개를 떼어내고 보니 그 밑에 간디스토마 벌레가 촘촘하게 박혀 있었다고 한다.

의사가 산촌에서 사느냐고 묻더라는 것이다. 민물고기를 많이 드신 것 같다면서 남편의 복부를 누르자 파리만 한 벌레가 우글우글 올라오더라는 것이다. 남편은 간도 상해 있어서 상당 부분 잘라낼 수밖에 없었다. 시골에 살던 사람들과 남편은 민물고기를 잡아오면 살아서 펄펄 뛰는 피리를 초고추장에 찍어 먹곤 했다. 아마도 그런 식습관이 원인이었던 것 같다.

남편이 오십 초반일 때였다. 남편은 배가 아프기 시작하면 통증이 심해서 방을 굴렀다. 그러다 몇 시간 지나면 괜찮아지곤 했다. 아무래도 큰 병에 걸린 것만 같아서 불안했다. 가을걷이가 끝나고 겨울로 접어들었다. 남편을 설득하여 큰딸과 셋이 광주에 있는 종합병원으로 갔다. 입원을 해 종합검진을 받았다.

담당 의사가 나와 큰딸을 불러서 진료실로 들어갔다. 엑스레이 사진을 걸어놓고 간의 검은 부분을 가리키며 암덩어리가 너무 커버렸다는 것이다. 우리가 수술을 원하면 할 수도 있지만, 말기 암은 수술하는 것보다 집에서 남은 날을 지내는 것이 환자에게 더 좋다는 것이었다. 앞으로 살 날이 몇 개월뿐이라고 했다.

남편에게 말도 못 하고 처방해 준 약만 15일치를 가지고 집으로 돌아왔다. 딸이랑 서로 얼굴만 보면 눈물이 나서 부둥켜안고 울었다.

영암읍에 용하다는 점집이 있다고 이웃 사람이 알려 주었다. 큰딸과 점집을 찾아 영암읍에 갔다. 점쟁이는 남편의 병이 나으려면 큰 굿을 하라고 했다. 남편은 굿을 하라고 할 사람이 아니었다. 며칠을 설득해서 남편에게 허락을 받아냈다. 동네 사람들을 모아놓고 초저녁부터 날이 밝기 전까지 큰 굿판이 벌어졌다. 피리를 부는 사람, 장구, 북을 치는 사람, 무당이 작두까지 탔다. 정확히 기억나지는 않지만, 큰돈이 들어간 굿이었다. 이상하게도 굿을 하고 나서 남편은 배가 아프다고 하지 않았다. 의사가 몇 달밖에 살지 못한다던 남편은 죽지 않았다.

수술을 받고 나서야 남편이 배가 아픈 이유가 간디스토마였다는 것을 알게 되었다. 남편이 말기 암이라는 말에 지푸라기라도 잡는 심정으로 굿을 했던 우리의 어리석음이 생각나서 한바탕 웃었다.

남편이 수술을 마치고 병실로 옮겨질 때 간과 연결된 관 하나를 달고 나왔다. 관 끝에 빈 링거병이 연결되어 있었다. 그런데 참으로 어처구니없는 일은 첫날 디스토마 벌레가 관을 타고 병 하나를 가득 채웠다. 며칠 동안 링거병 세 개를 벌레가 채웠다. 우리 가족은 모두 간디스토마 약을 사 먹었다. 옆 동네에 사는 남편의 진외가 남동생에게도 전화해서 가족들 모두 디스토마 약을 사 먹으라고 권했다.

의사가 회진을 돌 때면 디스토마 벌레를 손으로 잡아낸 얘기를 하면서 몸서리치는 시늉을 했다. 남편의 노랗던 눈동자가 병이 회복되면서 정상으로 돌아왔다. 민물고기는 잘 익혀 먹어야 한다는 각오를 다지는 큰 사건이었다.

신장암 판정

봉천동 영림시장에서 장사를 시작하고 난 뒤 내 몸에 이상이 생겼다. 생리가 끊어진 지 몇 년이 지났는데 느닷없이 피가 비쳤다. 얼굴이 퉁퉁 붓는 날이 많았다. 아침에 일어나면 손이 부어서 잘 쥐어지지 않았다. 일이 고되어 그런 것이겠지 생각했다. 여의도 성모병원에서 삼 년이나 약을 타다 매일 먹었다. 어느 날 새벽, 요가 흥건할 정도로 피가 쏟아졌다.

둘째 딸은 엄마의 상태를 보고 원자력병원이 떠올랐다고 한다. 택시를 타고 종로 원자력병원으로 갔다. 때마침 종로 원자력병원이 이사하고 없었다. 둘째 딸은 태릉 원자력병원으로 나를 데리고 갔다. 내 상태를 진찰한 의사는 당장 수술을 해야 한다고 말했다.

둘째 딸이 수술 동의서에 사인하고 나는 수술실로 들어갔다. 수술이 끝나고 회복실에서 나와 병실로 옮기는데 내 몸에 줄이 여섯 개나 달려 있었다.

나는 무슨 병에 걸린 줄도 몰랐다. 의사도 아이들도 말을 해 주지 않았다. 수술을 받고 병실에 누워 있어도 마음이 편치 않았다. 가게 일도 걸리고 성격이 불같은 남편은 어찌 지내는지 걱정되었다. 수술 다음 날, 남편이 병원에 찾아와 가게 걱정은 말고 몸조리 잘하라고 따뜻하게 말하는 것이었다. 평상시에 들어보지 못한 다정한 말에 나도 모르게 눈물이 핑 돌았다.

둘째 딸은 나를 간호하기 위해 다니던 직장에 사표를 냈다. 퇴원하고 들었는데, 내가 하혈을 하는 것을 보고 딸아이는 암이라고 직감했다는 것이다. 그 당시 원자력병원이 암 전문 병원이라는 생각이 들어서 엄마를 이 병원으로 데려온 것이었다. 딸은 수술 동의서에 사인하는데 머리가 텅 비고 주소도 전화번호도 생각이 나지 않았다고 한다. 수술하다가 엄마가 죽어도 의사들에게 책임을 묻지 않겠다는 문구를 보자 눈물이 앞을 가렸다고 한다. 여섯 시간 걸린다던 수술 시간이 여덟 시를 넘기자 가슴이 덜컹 내려앉았다고 한다. 학교 졸업하고 쭉 다니던 직장에 사표를 낼 만큼 내 상태가 위중했던 것이다.

소식을 들은 사촌들도 병원을 찾아오고 영림시장 사람들도 문병을 왔다. 나는 입원해 있던 보름간 가족들의 사랑과 관심을 넘치게 받았다. 그리고 퇴원 후에야 알았다. 내가 신장암에 걸렸고 신장 하나를 떼어 냈다는 것도….

의사들이 서둘러 수술을 한 것과는 다르게 나는 항암 치료를 받지 않았다. 같은 병실에 있는 다른 사람들은 모두 항암 치료를 받았다. 매달 정기 검진을 받으며 내가 신장암에 정말 걸린 것이냐고 물었지만 의사들의 대답은 한결같이 신장암이었다고 말했다.

신장은 다른 장기와 달리 또 하나의 신장이 있어서 그 역할을 대신해 준다는 것도 알았다. 신장 하나로 삼십 년 넘게 잘 살고 있다. 신장 수술 후에는 반찬은 싱겁게 육류도 가려가면서 먹었다.

　그렇게 오랫동안 아팠는데도 암이 다른 장기로 퍼지지 않은 것은 하나님이 나를 살펴주셨지 싶었다. 내 병간호를 위해 직장에 사표까지 낸 둘째 딸의 마음씀에 가슴이 뭉클했다. 고맙고 고마운 딸이었다.

서울에서 집 장만

영림시장에서 장사할 때 살던 집은 문 하나만 열면 시장과 연결되어 편했다. 갑자기 그 집이 팔리면서 이사를 하게 되었다. 성격 급한 남편은 길거리에 나앉는다며 부동산을 들락거리더니 공장에 딸린 빈집을 덜컥 계약했다. 수도 하나에 화장실도 공동으로 써야 했다. 넉 달을 살았는데 도저히 불편해서 살 수가 없었다.

둘째 딸이 남편을 고향에 다녀오라고 보냈다. 남편이 없는 틈을 타 둘째 딸이 직장 다니면서 벌어 놓은 돈을 합해 단독 1층 안채를 계약해서 이사했다. 내가 가지고 싶었던 자개장롱과 문갑도 사 주었다. 태어나 처음으로 가진 내 것 중에 가장 값진 장롱이었다. 아침에 일어나면 자개장을 반짝반짝 닦았다. 자개장을 보고만 있어도 배가 부른 것 같았다.

88올림픽이 열린다고 나라가 들썩였다. 딸과 집을 보러 다녔다. 나와 딸은 주택을 사고 싶어했다. 남편은 돈이 모자란다며 돈에 맞춰

서 빌라를 사자고 했다. 딸년이나 어미나 정신이 나갔다며 화를 냈다. 남편은 간이 작아 빚지고 집을 사는 것은 말이 안 된다고 했다.

완도 당숙님 둘째 딸이 성수동에 살고 있었다. 남편과 당질녀가 사는 성수동으로 갔다. 당질녀 집에서 서너 집 건너에 집을 팔고 싶어하는 사람이 있었다. 가격이 칠천칠백만 원이었다. 평수가 넓지는 않았지만 2층으로 지어진 집이었다. 전세 끼고 내 돈 사천사백만 원이면 살 수 있었다.

당질녀의 권유로 덜컥 집을 계약했다. 집으로 돌아온 남편은 이마에 흰 머리띠를 두르고, 잔금을 어떻게 치르냐며 우리는 망했다고 자리에 누워 버렸다. 큰아들이 보내 준 돈과 둘째 딸이 저축해 놓은 돈, 셋째 딸이 선생님으로 발령받으면서 첫 달부터 든 적금을 타서 보태고, 우리가 살던 전세금을 보탰다. 그래도 돈이 모자라서 둘째 딸의 친구에게서 돈을 빌려 잔금을 치렀다.

그해 88올림픽이 열렸고 아이들은 옥상에 돗자리를 깔고 누워서 폭죽을 구경했다. 그때만 해도 이층집은 우리 집뿐이었다. 아침마다 베란다를 청소하고 거실문을 열어놓고 앉아 있으면 얼마나 행복하던지…. 집을 사면서 빌린 돈을 갚으려고 가리지 않고 부업을 했다. 큰 사위가 서울로 발령을 받아 같은 구에서 살고 있었다. 시골에서 올라와 큰딸도 넉넉할 리 없는데, 2년 넘게 매달 용돈을 챙겨 주었다. 가족이었기에 내 돈 네 돈이 따로 없었다. 온 가족이 힘을 모아 마련한 집이었다.

골목을 조금만 걸어 올라가면 신양중학교가 있었다. 초등학교도 큰길 하나만 건너면 있었다. 시골에 사는 손주들을 데려왔다. 시장도 가깝고 영동대교도 코앞이었다. 강남으로 넘어가는 것도 수월했다. 중학교 앞 도로를 지나 길을 건너면 한강이었다. 마음만 먹으면 언제든지 한강으로 나갈 수 있었다. 한강을 끼고 걸으면 가슴이 뻥 뚫렸다.

옥상에 텃밭을 만들었다. 흑염소 즙을 파는 가게에 가서 찌꺼기를 얻어 밑에 깔고 흙으로 덮어서 텃밭을 만들었다. 상추, 고추, 가지, 오이 모종을 사다 심었다. 열무 씨앗도 뿌렸다. 얼마나 잘 자라는지 옥상에서 채소들을 자급자족하고 이웃과도 나누어 먹었다.

새벽에 일어나 강화초등학교로 출근하는 딸아이와 학교에 다니는 손주들의 도시락을 쌌다. 도시락을 몇 개씩 싸면서도 즐거웠다. 시골에서 농사짓는 것, 비닐하우스에 채소의 싹을 틔우고 옮겨 심고 가꾸고 출하하는 것에 비하면 이것은 신선놀음이었다. 몇 년이 꿈결같이 흘러갔다.

시골에서 고생하는 아들 내외가 안타까워 서울로 올라오면 어떻겠냐고 의논했다. 아들 내외가 흔쾌히 승낙했고, 성수동 집으로 올라왔다. 우리 부부는 고향 집으로 내려가 살았다.

큰아들과 같이 살던 막내딸이 이사 나오면서 우리 부부도 다시 서울로 올라오게 되었다. 은평구에 있는 빌라를 사서 이사했다. 우리 집은 주말마다 자식들이 찾아와 북적거렸다. 남편과 내가 나이 들고 엘리베이터가 없는 빌라 생활이 힘들어졌다. 빌라를 팔고 전세로 얻은 아파트로 이사했다.

나는 아파트의 편리함도 좋지만, 아파트 정자에서 만난 이웃들과 함께하는 시간이 좋았다. 할머니들이 화투를 치고 노는 것을 보고만 있어도 즐거웠다. 나는 정자에 갈 때마다 먹을 것을 챙겨서 갔다. 내 생일 때면 자식들이 해 준 음식들을 나누어 먹었다. 여름에는 과일들을 나누어 먹었다. 자식들이 알아서 다 해 주었다. 먹을 것이 없는 날은 물병이라도 들고 갔다. 아파트 정자에서 사귄 여러 사람과 오고 가고 친하게 살았다.

성수동 그 집에서 아들 내외는 자식들을 대학 공부시키고 결혼도 시켰다. 아직도 아들 내외가 그 집에서 살고 있다. 그 집은 우리 온 가족의 노력과 정성이 모여 마련한 사랑이 깃든 서울의 첫 집이다.

남편의 취미

　남편의 취미는 낚시다. 시간만 나면 담 하나를 사이에 두고 사는 이웃의 차를 얻어 타고 다른 군의 저수지 낚시터를 찾아다녔다.

　남편은 집에서 낚시 떡밥을 만드는데 된장하고 돼지고기를 섞어 만들었다. 재료들을 둥글게 뭉쳐서 떡처럼 만들었다. 낚시터에 도착하면 포인트를 잡고 주변에 떡밥을 던져 놓고 한참 기다렸다가 낚시를 시작한다는 것이었다. 그러면 잉어와 붕어가 잘 잡힌다고 했다.

　"솔치 저수지로 낚시 갈랑마."

　남편이 어스름 새벽 툇마루를 내려서면서 말했다.

　"날이나 더 밝으면 가제 그라요."

　내 말을 못 들었나… 마당을 가로지르는 남편의 발소리가 들리고 대문을 여는 소리가 났다. 누렁이가 남편을 따라나서는지,

　"새끼 젖 주지 뭐하러 나오냐."

　열흘 전 누렁이가 새끼 일곱 마리를 낳았다. 나도 자리에서 일어났

다. 고등어 토막을 넣고 개밥을 끓였다. 어미를 따라 나온 고물고물한 새끼들은 깨물어 주고 싶을 만큼 이쁘다.

"사람 말도 잘 듣고, 새끼도 잘 키우고, 누렁이가 최고다잉."

누렁이는 꼬리를 살랑살랑 흔들며 맛나게 밥을 먹었다.

동쪽에서 해가 떠오르는지 발갛게 빛이 번지고 있었다. 살아오는 동안 맑은 날씨처럼 좋은 것이 없다. 남편의 아침밥을 챙겨 집을 나섰다. 아직 사람들이 깨지 않은 골목길은 조용했다. 이 집 저 집에서 닭 우는 소리와 개 짖는 소리가 간간이 들려왔다. 마을을 벗어나자 가을걷이가 끝난 빈 들에 물안개가 깔려 있었다. 윗마을을 지나쳐 샛길로 접어들었다. 왼쪽 산자락에 까치밥이 붉게 익어 타는 촛불 같았다.

공동묘지를 밀어내고 농지정리를 한 곳에 밭들이 생기고 그곳이 인삼을 재배하는 밭이 되었다. 세월이 지난 만큼 땅의 지형도 몰라보게 달라졌다. 강진읍에서 우리 마을로 차가 다니는 길이 뚫렸다. 아마 고향을 떠나 살던 사람들이 불쑥 찾아오면 헷갈릴 상황이다. 산속에 묻혀 있던 저수지도 사람이 다니는 길가와 가까워져 길에서도 잘 보였다. 억새가 저수지 둑을 뒤덮었다. 바람 한 점 없이 고요한 물 위로 안개가 피어올랐다.

저수지 둑이 끝나는 지점에서 아래로 내려가는 물가에 낚싯대가 보이고 사람이 앉아 있는 것이 보였다. 나는 살금살금 걸어서 남편이 있는 곁으로 다가갔다. 물 위에 드리워진 찌를 응시하고 있는 남편의 눈빛은 물만큼 잔잔하고 고요했다. 내게 아무 말도 안 하고 물만 바라보고 있었다. 동쪽에서 붉은 해가 완전히 떠 주위의 사물들이 뚜렷해졌다. 신선한 공기를 들이마셨다. 저수지를 덮고 있던 물안개가 한쪽으로 밀려가는 것이 보였다.

건너편 둑 아래 물오리 한 쌍이 새끼 세 마리를 데리고 물 위를 떠다니고 있었다. 저수지의 반듯한 수면 위에서 시작된 하루의 시간이 너무나 평화로웠다. 남편은 그 평화를 깨는 낯선 사람이다. 물고기가 한 마리도 잡히지 않았으면 좋겠다.

나는 산등성이를 타고 올라갔다. 떨어진 알밤을 주워 주머니에 넣었다. 산 아래로 보이는 마을 앞으로 자동차들이 지나가는 것이 보였다. 성전에서 작천으로 넘어가는 길이다. 사방으로 길이 뚫려 살기는 편하지만, 옛것이 자꾸 사라지는 것이 아쉽다. 남편이 낚시하는 저수지로 발길을 돌렸다.

감칠맛 나는 고사리

마을 동쪽 진등 산으로 가는 길목에 상여막이 있었다. 밭에 가거나 산에 갈 때 항상 지나치는 곳이다. 상여막을 지나가려면 대낮에도 몸이 오싹했다. 냇물 위에 놓은 징검다리를 빠른 걸음으로 건너 건너편 둑에 올라서야 마음이 평정심으로 돌아왔다.

산의 가파른 오르막길, 오른쪽 산에 절개지가 보이고 유난히 붉은 황토가 드러나 있다. 동네 사람들은 아이가 태어나거나 소나 돼지가 새끼를 낳으면 이곳으로 황토를 가지러 왔다. 아이를 낳으면 대문 밖에 금줄을 치기도 하지만, 대문 밖 오른쪽 왼쪽에 황토를 일곱 곳에 놓고 외부 사람들의 출입을 막았다. 황토 표시는 공동생활을 하는 사람들의 무언중 약속이었다. 붉은 황토는 눈에 잘 띄어 사람들도 그런 집에는 들어가지 않았다.

동네 앞산은 봄이면 진달래가 피어 분홍색 파노라마가 펼쳐졌다. 풀이 돋기 시작하는 4월이면 고사리가 자랐다. 비가 오고 나면 사람들이 너나없이 고사리를 꺾으러 산으로 갔다. 새벽에 올라가 아침이 오기 전에 내려와도 바구니 가득 고사리를 꺾을 수 있었다. 고사리뿐 아니라 곰취, 딱지(잔대), 도라지랑 산나물도 지천이었다. 부지런하면 누구든 산에 가서 채취해 먹을 수 있었다.

큰아들 내외가 서울로 이사하고 우리 부부가 강진 집으로 내려왔다. 봄이면 고사리를 꺾어 잘 말려서 서울 아이들에게 보냈다. 고사리를 먹어 본 이웃 사람들이 서로 사겠다고 연락을 해 왔다. 내 자식들 먹을 고사리뿐 아니라 서울로 보낼 고사리까지 꺾게 되었다.

우리 동네 고사리는 아주 통통하지는 않지만, 나물을 해 놓으면 다른 고장 고사리와 다르게 미끈거리지 않고 감칠맛이 났다. 산 흙이 황토라 토질이 좋아서 그런 것이 아닌가 생각되었다.

야트막한 산자락은 사람이 오르내리기 좋은 경사를 이루고 있었다. 드문드문 아름드리 소나무가 자랐다. 작년 가을 갈퀴나무를 하느라 사람들이 훤하게 긁어 낸 바닥은 새 풀이 돋고 고사리도 돋아나 눈에 잘 보였다.

고사리는 먹는 것보다 꺾는 재미가 더 좋다. 해마다 끊어도 어디서 그렇게 많은 고사리가 솟는지 참 신기한 노릇이었다. 고사리를 소금물에 데쳐 말리면 양이 팍 줄었다. 고사리를 잘 말려 서울 며느리에게도 넉넉하게 보냈다. 며느리가 이웃들과 나눠 먹었는데 사람들이 주었다며 용돈까지 보내 주었다.

요즘 고향 집 앞산은 나무를 하지 않아 숲이 깊어져 아무도 들어가지 못한다고 한다. 그래서 고사리도 꺾을 수 없게 되었다고 들었다. 연료가 석유와 가스로 바뀌면서 시골도 나무를 해 연료를 사용하는 사람이 없다.

요즘은 제주도에 사는 넷째 아들이 고사리를 보내 준다. 고사리는 통통한데 우리 고향 앞산 고사리와는 맛이 다르다. 고사리도 크는 땅에 따라 맛이 다르다는 것을 알게 되었다.

감나무

우리 집은 동향집에 동향으로 대문이 나 있다. 마당에 서서 보면 집 왼쪽 모퉁이에 큰 감나무가 한 그루 있었다. 내가 집을 샀을 때 동네 어른들 말이, 감나무는 심은 지 50년은 넘었을 거라고 했다.

여름이면 감나무의 그늘이 깊어졌다. 한쪽 그늘에서 소를 키웠다. 다른 한쪽에는 평상을 내다 놓았다. 감꽃이 떨어지는 시기에 아이들은 평상에서 감꽃으로 소꿉놀이를 했다. 학교 숙제도 하고 책을 읽기도 했다. 이웃들이 놀러와 잡담을 나누거나 품앗이 날짜를 정하기도 했다. 감나무 그늘은 사람들이 아무 스스럼 없이 소통할 수 있는 최적의 장소였다

우리 집 감을 사람들이 사모감이라고 해서 나도 그렇게 알고 있었다. 마을에 집집마다 감나무가 있었다. 하지만 우리 집 감과 같은 종류는 한 그루도 없었다. 쭉쭉 뻗은 가지가 휘어질 정도로 감이 달렸다. 사모감은 모양은 약간 길쭉하고 날씬하며 단맛이 강했다. 가을

에 접어들면 감 꼭지가 붉어지기 시작했다.

논으로 밭으로 일하러 갈 때면 꼭지가 붉어진 감을 몇 개 따서 바구니에 담아갔다. 일하다 출출해지면 감을 돌 위에 올려놓고 주먹으로 내리치면 금이 갔다. 약간 떫지만 입안에 느껴지는 단맛이 일품이었다. 새참으로 감을 먹으면 배가 든든했다.

감잎에 단풍이 들고 서리가 내렸다. 어느 사이에 감잎이 다 떨어지고 감만 남았다. 큰 감나무에 등불을 걸어 놓은 듯 집 안이 환했다. 감을 따는 날은 온 가족이 감나무 아래 모였다. 남편은 망태기를 들고 감나무에 올라가 감을 따 내리고 나는 전지로 땄다. 아이들은 따 놓은 감 꼭지를 정리해 광으로 날랐다. 감나무에서 홍시가 된 감은 따면서 바로 먹었다. 까치밥을 남기고 나면 가을의 감 수확이 끝났다.

겨울이 깊어지면 감나무 나뭇가지를 지나가는 바람이 휘~이, 휘~이 휘파람 소리를 내곤 했다. 흰 눈이 사락사락 내리는 겨울밤 광에서 말랑한 홍시의 단맛이 깊어졌다.

"오야, 속이 출출하네, 홍시나 꺼내 오소."

"엄니, 나도 먹을라네."

나는 광으로 가 바가지에 감을 담아왔다. 남편과 아이들은 겨울밤 빨간 홍시를 맛나게 먹었다. 아이들이 크는 동안 감나무는 해마다 주렁주렁 열매를 키워 냈다. 여름이면 근사한 그늘을 제공해 주었다.

어느 해 구월 중순이 지나고 있었다. 느닷없이 강풍이 불어 서 있을 수가 없어서 집 안으로 들어갔다. 밤새 강풍이 불고 비가 내렸다. 남편도 출타하고 없어 가슴이 벌렁거렸다. 밖에서 우지끈 소리가 났다. 문이 들썩여 금방이라도 날아가 버릴 것만 같았다. 하지만 나가

볼 수가 없었다. 아침에 바람이 잦아들어 마당으로 나갔다. 감나무 한쪽 가지가 찢어져 지붕을 덮고 있었다. 푸른 감과 감잎들이 마당에 수북했다. 사라호 태풍이 지나간 것이었다.

감나무는 그 사건을 겪고 점점 기력을 잃어 갔다. 남편이 감나무 뿌리 곁에 커다란 구덩이를 파고 온갖 거름을 넣어 주었지만 예전처럼 열매가 달리지 않았고 모습도 볼품이 없어졌다.

새로 집을 지으면서 집 방향을 남쪽으로 안대를 틀어 감나무를 어찌해야 할지 의견이 분분했다. 하지만 감나무를 살리는 쪽으로 가닥을 잡고 감나무 주변에 석축을 쌓았다.

이제는 가족들이 서울로 다 이사해서 집에는 아무도 살지 않는다. 강진에 일이 있을 때나, 여름 휴가를 보내기 위해 자식들이 들르는 것이 전부다. 감나무가 혼자 집을 지키고 있다. 요사이는 스무 개도 열매를 맺지 못하는 늙은이가 되어 버렸다. 나도 그렇고 아이들도 감나무를 절대 베지 말라고 해서 그냥 두었다. 그런데 2년 전 감나무 순이 올라오는 것을 발견했다. 감나무는 새끼를 남기고 고사해 버렸다. 새끼를 남기고 간 감나무가 가슴 뜨겁게 고마웠다.

특별한 만남과 이별을 겪는 것은 사람 사이에만 있는 게 아니었다. 감나무는 비록 언어로 우리 가족과 소통할 수는 없었지만, 내 살붙이나 다름없었다. 내가 힘들었을 때, 내 자녀들이 커가는 모습을 나랑 똑같이 감나무는 보고 있었다. 마음이 힘들 때 집 모퉁이로 돌아가 감나무 그루터기에 몸을 기대곤 했었다. 마음의 푸념을 늘어놓던 곳, 만날 수 없는 엄마의 품이 되고 친구가 되어 주었다. 감나무는 내 삶을 오롯이 기억하는 기억 창고였다.

새로 집을 지으며

아이들이 줄줄이 여덟이 되었다. 친정아버지까지 모시고 살아 항상 방이 부족했다. 내가 23년 전에 장만한 집을 헐고 그 자리에 새집을 지을 생각이었다.

남편의 진외갓집에 남동생이 있었다. 남편과 취미가 같아서 자주만나 낚시를 했다. 건축업에 손을 대고 있기도 했다. 남편은 집을 짓기로 하고 외사촌 동생과 모든 것을 의논했다.

1970년 중반이라 건축 자재가 뭐가 좋은지 남편도 그렇고 나도 몰랐다. 직접 벽돌을 찍어 집을 짓는 것이 좋겠다고 제안했다. 강에서 모래를 실어오고 시멘트를 사 왔다. 모래와 시멘트를 섞어 집에서 벽돌을 찍었다. 시멘트가 단단하게 마르라고 수시로 물을 주고 정성을 다했다. 몇 개월이 걸려서 벽돌이 준비되었다.

담 하나를 사이에 두고 사는 이웃에 사랑방을 하나 얻어 살림살이를 옮겼다. 아래채에 취사도구를 옮기고 밥을 해서 먹을 수 있는 장소를 만들었다.

본채를 헐어내니 집터의 땅이 솟아 있었다. 나는 그대로 집을 짓는 것이 좋겠다고 제안했다. 남편은 흙을 깎고 터를 닦아야 한다며 고집을 부렸다. 여러 날 마찰이 있었다. 하지만 난 남편을 이기지 못했다. 집터의 흙을 집 밖으로 실어 내는데 내 속이 문들어졌다.

집터에 벽돌이 올라가고 여러 번의 설계 변경을 거치는 동안 비가 와서 중단하고 자재 도착이 늦어서 쉬는 날도 많았다. 집이 모양을 갖추어 가자 집터의 흙을 너무 많이 실어 내어 집 자리가 낮은 것을 남편도 알았다. 하지만 이미 때가 늦어 버렸다. 집 벽의 높이도 내가 원하는 것이 관철되지 않았다. 집이 지어지는 동안 속이 터져 새집을 짓는 즐거움을 맛보지 못했다.

집 상량식[10]에는 돼지머리도 삶고 떡도 한 시루 했다. 공사에 참여한 사람들과 마을 사람들이 모여 축하해 주었다. 하지만 내 맘은 마냥 기쁘지 않았다. 기와를 올리고 집이 완성되었다. 집을 지으면서 들어간 돈도 예산을 넘어 버렸다. 집을 짓는 동안 하루에 다섯 끼 인부들 밥을 해 먹였다. 얼마나 힘이 들었는지 다시는 내 손으로 집을 짓지 않으리라 생각했다.

새집을 짓고 가장 많이 바뀐 것은 집 방향이 남쪽이 되었다는 것이다. 감나무를 툇마루에 앉아 마주 보게 되었다. 남쪽 집이라 햇볕이 잘 들었다. 집 곁 대숲에서 싱그러운 바람이 집 안으로 스며들었

10) 기둥에 보를 얹고 그 위에 처마 도리와 중도리를 걸고 마지막으로 마룻대를 올리는 일을 축하하는 의식.

다. 지붕이 기와로 바뀌면서 가을이면 이엉을 엮어 지붕을 씌우는 불편함도 사라졌다. 무엇보다 딸아이들이 자기들끼리 방을 쓸 수 있게 되었다.

새집을 지으면서 옆집의 땅을 조금 사들였다. 남쪽 귀퉁이에 창고를 새로 지었다. 날씨가 흐리거나 비가 오는 날 밤에 방에서 들으면 창고 쪽에서 쿵! 쿵! 방아를 찧는 소리가 들렸다. 온 가족이 그 소리를 들었다. 아이들은 무섭다고 이불을 뒤집어썼다. 방문을 열고 툇마루로 나가면 그 소리가 멎어 버렸다.

처음에는 귀에 거슬렸는데 시간이 지나다 보니 그 소리도 무섭지 않았다. 큰며느리 말이, 집에서 방아 찧는 소리가 나면 그 집은 부자가 된다고 했다는 것이다. 과학이 발달한 시대에 살지만, 자연의 신비한 현상을 설명할 길이 없었다.

아이들 여덟이 건강하게 자라 학교에 다니고 직장에 들어갔다. 아이들 일곱이 결혼을 했다. 온 가족이 서울로 이사를 오게 되었다. 아이들이 잘 자라 복 있는 집이라고 집을 사겠다는 사람이 많았다. 하지만 집을 팔지 않았다. 집을 지탱하고 있는 벽돌 한 장 한 장 속에는 우리 가족의 혼과 땀방울이 스며 있다. 돈의 가치로 따질 수 없는 추억이 깃든 소중한 보금자리다.

금혼식

남편과 결혼하고 50년이 되었다. 동네 사람들과 가까운 친척들을 모시고 잔치를 하고 싶었다. 자식들도 좋다고 했다. 갖가지 음식을 준비했다. 잔칫날이 밝았다. 간밤에 길이 막힐 정도로 큰눈이 내렸다. 아침이 되자 밝은 햇살이 비쳤다.

마당에 두껍게 짚을 깔고 덕석을 폈다. 천막을 치고 병풍을 둘렀다. 동네 사람들이 모여들었고, 친척들도 도착했다. 음식이 차려지고 금세 잔치 분위기가 살아났다. 타 동네 사는 사람들이 못 오면 어쩌나 걱정했다. 점심때가 되면서 왔으면 싶은 사람들이 거의 다 왔다. 남편의 갑계원들도 도착했다.

금혼식을 치를 상에 음식이 준비되었다. 자식들이 마련해 준 전통 혼례복을 입고 남편과 마주 보고 섰다. 절을 하고 식을 치렀다. 내 입에 대추를 물리고 남편더러 받아먹으라고 아이들이 짓궂은 장난을 쳤다. 친정어머니가 돌아가시고 초라하게 치른 결혼식 생각이 나면서 만감이 교차했다. 여동생, 오빠의 모습이 어른거렸다. 남편과 50년을 사는 동안 한 번도 만나지 못한 얼굴들이다.

오늘따라 어머니와 가족들이 눈물 나게 보고 싶었다. 사진사가 연신 눌러대는 셔터 소리가 화들짝 나를 현실로 돌아오게 했다. 사진을 별로 찍어 본 적이 없는 남편과 나의 몸짓은 꾸어다 세워 놓은 보릿자루 같았다.

쭈글쭈글한 내 얼굴에 분을 바르면서 연신 예쁘다고 말하는 딸들의 말 서비스가 싫지 않았다. 딸들이 준비한 하얀 웨딩드레스로 갈아입었다. 거울 속에 늙은 여자의 드러난 목선과 주름, 어깨가 너무 어색했다. 노란 프리지어 꽃다발로 만든 부케까지 손에 들었다. 나는 내가 꿈꾸고 바라던 신부가 되었다. 하지만 기분이 좋다고 할 수 없었다. 두툼한 내 입술에 립스틱을 바르면 둘러선 딸들이 손뼉을 쳤다.

"울 엄니, 미녀네."

"못생긴 엄니가 뭐가 이쁘냐."

"엄마는! 뭐가 못생겼어, 세상에서 제일 예쁘네!"

어미와 자식이라는 것은 어떤 기준을 놓고 생각할 수 없다. 그냥 어미여서 자식이어서 최고인 것이다. 오늘 나는 그런 시간을 보내고 있었다.

우리 부부는 자식들과 여러 장소에서 사진을 찍었다. 사진 촬영이 끝나고 남편과 나는 아이들의 손에 이끌려 웨딩드레스 차림으로 자가용에 올라탔다. 드라이브를 시켜 주려고 마련한 선물이었다. 차는 성전면을 거쳐 해남과 강진읍을 지나고 작천으로 넘어가는 길을 돌았다.

내가 시집올 때 가마 언제 오냐며 아버지와 말 문답을 주고받던 고갯길이었다. 산과 들에 하얀 눈이 소복하게 쌓여 모든 세상이 눈의 나라가 되어 있었다. 열여덟에 이 길을 걸어 시집온 처녀는 이제 늙은 여자가 되었다. 내가 살아낸 세월은 시대의 길목마다 요구하는 것들이 많았다. 나는 한 번도 마다하지 않았다. 내 방식대로 최선을 다해 그 길을 건너왔다. 그래서 후회는 안 한다.

　내가 살아낸 결과물은 여덟 아이다. 아이들은 자기 자리에서 꽃피고 열매를 맺을 것이다. 나의 금혼식은 남편과 나와 아이들이 차린 최고로 뜻깊은 잔칫날이었다.

캐나다에서

막내아들이 캐나다 토론토에 살고 있었고, 우리 부부를 초대해 막내딸과 함께 캐나다에 갔다. 시차 적응을 하던 때 아들이 남편에게 녹용 한 재를 지어 주었다. 그것을 먹고 남편은 머리가 아파 며칠 동안 고생을 했다. 토론토 한인 거리의 한의사는 고령에 녹용 복용을 해도 괜찮다며, 자신만이 가진 효과적인 복용법이 있다며 권해서 아들이 약을 지어 온 것이었다고 한다.

아들은 우리에게 지구상의 가장 아름다운 비경인 록키산맥을 구경시켜 주겠다며 여행을 가자고 했다. 한국에서 먼저 들어와 있는 며느리의 어머니와 우리 가족은 비행기를 4시간 타고 캘거리에 도착했다. 아들은 밴프에 숙박을 정해 우리가 쉴 수 있도록 하고 자신은 설산 앞에 텐트를 쳤다. 아들은 며칠 전부터 내게 말했다.

"어머니, 혹시 아프거나 불편한 곳이 있으면 참지 마시고 꼭 미리 말씀해 주세요."

아버지가 한약 복용 후 두통으로 고생하게 되자, 우리 부부의 건강에 더 신경을 쓴 것이다. 그런데 며칠 전부터 소변에서 피가 보였다. 나는 아들이 걱정할까 봐 말하지 않았다. 밤중에 배가 아프기 시작했다. 옆구리가 쑤시더니 숨이 곧 넘어갈 것만 같았다. 아이를 낳을 때 통증과 비슷했다. 나는 화장실에 갔다가 그만 쓰러지고 말았다. 아들은 숙소와 떨어진 텐트에서 잤기 때문에 연락할 수 없었다.

막내딸이 구급차를 불러 한밤중에 병원에 입원했다. 아침이 되어서야 아들은 남편과 함께 내가 입원해 있는 밴프제너럴병원으로 왔다. 아들과 막내딸은 엄마 병이 신장에서 난 것일 수 있으니 점검해 보라며 내 병력을 의사에게 알려 주었다고 한다. 그런데 의사는,

"내가 의사다. 네가 뭘 안다고…."

의사는 동양사람인 아들과 딸을 무시하면서 퇴근해 버렸다. 그때부터 아들이 내 오줌량을 체크했다. 종일 링거 수액을 맞는 중인데도 하루 반이 지나도록 오줌은 두 방울 정도밖에 나오지 않았다.

나는 통증 때문에 말하기도 힘들었다. 그 와중에 성질 급한 남편은 아들을 볶아쳤다. 우리가 죽을 자리가 없어서 이곳에 데려왔냐며 소리를 질렀다. 그날 밤이었다. 친절한 중년의 간호사가 출근했고, 아들은 종일 자기가 체크한 오줌량을 내밀며 다시 내 병력을 설명했다. 그러자 간호사가 다급히 퇴근한 의사에게 전화를 걸었다. 이곳에서 지체한 시간 때문에 상황이 심각해진 것을 깨달은 의사가 한밤중에 캘거리에 있는 종합병원의 전문의에게 연락했다.

다음 날이 휴일임에도 응급 상황이라 부탁하여 수술시간을 잡았다며 의사가 아들에게 이렇게 말했다는 것이다.

"너의 어머니 하나뿐인 신장 기능이 불능 상태로 긴급히 신장이식 수술을 받아야 할 상황으로 보인다. 생사를 담보할 수 없다. 모든 상황을 받아들일 준비를 하라. 혹시 행운이면 신장과 방광 사이 요관이 담석으로 막힌 것일 수 있다."

그날 밤 아들과 딸은 남편에게는 비밀로 한 채 한숨도 못 자고 나를 위해 기도하며 울었다고 한다. 다음 날 새벽 5시에 나는 구급차를 타고 80km 거리에 있는 캘거리 록키뷰제너럴병원으로 이송되었다.

검사를 받았는데 신장과 방광 사이의 소변줄을 돌 두 개가 빗장으로 막고 있어서 그렇게 배가 아팠던 것이었다. 소변줄로 기계를 넣어 돌을 부수어 제거하고 나니 살 것 같았다.

록키산맥은 석회암 지역으로 이곳 주민들이 신장 결석 환자가 많다고 한다. 내가 간 병원은 신장 담석 치료 의료기술이 세계 최고 수준이라고 했다.

그 상태로 하루만 더 지났어도 나는 죽을 수밖에 없는 상황이었다고 한다. 나는 일주일간 입원해 있었고, 막내딸과 아들이 교대로 병실에 함께 있었다. 이곳은 우리나라와 달리 가족들이 병을 간호하는 문화가 없고 간호사가 모든 것을 다 돌봐 주었다. 그래서 내 곁에 가족이 머물러 있는 것이 그들에게는 불편을 끼치는 일이기도 했다. 하지만 그들은 한없이 친절했고, 날 교대로 돌보는 아들과 딸이 쉴 수 있는 응접실도 안내해 주며 배려해 주었다.

아들은 사돈이랑 남편을 데리고 잠시 레이크루이스 호수로 구경을 다녀왔다. 생각지도 못한 일이 벌어져 구경도 못하고 집으로 돌아가야 할 처지가 되었다. 나로 인해 벌어진 사태가 미안해서 말도 나오지 않았다.

　때마침 밴프가 축제 기간이어서 방을 얻을 수도, 우리가 원하는 시간에 비행기를 탈 수도 없었다. 난감한 상황이 벌어진 것이다, 우리끼리 그런 얘기를 나누고 있었다. 어떻게 얘기를 알아들었는지… 같은 병실 옆자리에 입원했던 여자가 자기 집으로 가면 어떻겠냐고 물었다. 그분은 감리교 여자 목사님이었다.

　그분의 집에 우리 가족 일곱이 들어갔다. 새로 집을 지었고 목사님의 가족은 그 집에 살고 있지 않았다. 황소만 한 개가 온 집을 헤집고 다녀 무섭고 냄새가 많이 났다. 그곳에서 사흘을 지냈다. 목사님이 공항까지 우리 가족을 태워다 주었다. 낯선 이국에서 그런 친절을 받았다는 것이, 평생 감사함으로 남아 있다. 그 빚을 그분에게 직접 갚을 수는 없지만 나도 다른 사람에게 그런 사람이 되어야겠다고 마음먹게 되었다. 캐나다 병원은 환자의 치료를 먼저 하고 나중에 치료비를 받지만, 그것도 유연하게 처리해 주어서 치료비의 부담을 느끼지 않고 퇴원할 수 있었다.

　록키산맥을 구경하지는 못했지만 하나도 아쉽지 않았다. 아무 조건 없이 타인을 자기 피붙이처럼 살펴준 목사님, 나이든 간호사, 캐나다 병원의 살가운 친절이 두고두고 마음에 남아 있다. 그분들은 나의 생명의 은인이다. 인간은 인간에게 기대어 살게 되어 있다. 그래서 지구에 사는 모든 이들은 한 가족이다.

나의 하나님

젊은 시절엔 추운 겨울에도 새벽에 목욕하고 부엌에 정화수를 올려놓고 남편을 위해 기도했다. 새해가 되면 가족들의 신수를 보곤 했다. 그런 내가 오십 중반에 자식들 공부를 위해 서울로 이사 왔다.

우리 자녀들이 하나둘 교회를 다니게 되면서 나도 하나님을 믿고 싶었다. 마침 남서울교회에 다니시던 구역장님의 인도로 남편과 함께 교회에 다니게 되었다. 남서울교회(현재 꿈꾸는교회)에서 세례를 받고 예수님을 믿게 되면서 참 평안과 기쁨을 찾게 되었다. 영림시장에서 장사하던 사람들을 여럿 전도하여 함께 신앙생활을 했다. 구역 예배 드리는 날은 집에서 밥을 해 성도들을 대접했다.

성수동으로 이사를 하면서 신양교회에 다니게 되었다. 구역장 권사님이 참으로 친절하고 열심히 교회에 봉사하는 분이었다. 구역 식구들과 함께 예배를 드리며 즐겁게 신앙생활을 했다. 새벽 일찍 일어나 아들, 딸과 함께 새벽기도를 했다. 신양교회 문윤순 목사님과 뒤에 오신 이만규 목사님의 꿀처럼 단 하나님 말씀을 들었다. 우리 집에서 밥을 해 목사님을 대접해 드린 적도 있었다.

글씨를 잘 읽지 못해 안타까웠는데, 허리를 다쳐 몇 달 누워 있는 동안 딸이 붙여 준 주기도문을 읽으며 한글을 깨우치게 되었다. 하나님께서 걸음을 못 걷게 하시더니 글을 깨우치게 하셨다. 시간만 나면 찬송가를 읽고 또 읽었다.

내가 제일 좋아하는 찬송은 '주 예수보다 더 귀한 것은 없네'였다. 어느 날 딸 방에 가니 '날마다 죽노라'라는 글씨가 벽에 붙어 있었다. 너무 놀라서 "이게 무슨 말이냐?" 물었더니 셋째딸이 하는 말이 진짜 죽겠다는 뜻이 아니고 주님을 위해 날마다 죽겠다는 마음으로 사는 것이라고 말해 주었다. 글을 읽게 되니 참 좋은 것이 많았다.

성경을 읽을 수 있게 되어 신앙생활이 더 즐겁고 행복했다. 예수님이 좋아서 우리 집에 세 들어 사는 분들을 전도했다. 그분들이 나의 전도로 하나님을 만나게 되어 기뻤다. 자녀들의 결혼과 직장을 위해 마음을 다 바쳐 기도했다. 빨리 응답이 되지 않아 절망할 때도 있었지만 하나님께서는 나의 기도를 다 들어주셨다.

자녀들이 안정되어 다시 고향으로 내려갔다. 고향에는 셋째딸이 눈물로 개척한 '성전동부교회'가 있어서 열심히 신앙생활을 했다. 동네의 구름양반, 구름댁, 덕쟁이댁, 밤몰댁을 전도하여 함께 신앙생활을 하니 신나고 재미있었다. 도시에서 배운 대로 구역장이 되어 구역 식구들을 섬겼다. 맛난 음식을 장만하여 목사님 부부와 성도들을 대접했다.

시골에서 서울에 올라와 막내딸과 은평구에서 살게 되었다. 동네의 은평교회를 다니게 되었다. 은평교회 구역장님이 큰 손주를 중매해 신실한 손주며느리를 보게 되었다. 큰손주 가정이 신앙생활을 잘하고 행복하게 살고 있어서 하나님께 참 감사하다.

셋째 사위가 '자라는 교회'를 개척했다. 우리 부부와 둘째 딸, 큰손주 가정이 함께 '자라는 교회'에서 신앙생활을 했다. 주일 날이면 예배를 드리고 증손주까지 덤으로 볼 수 있어서 행복했다. 나이가 들면서 남편이 아파서 움직이지 못하게 되었다. 셋째 사위는 목회를 그만두고 대학교 교수가 되었다. 거의 매주 주일에 집에 와서 움직이지 못하는 남편과 나를 위해 예배를 함께 드렸다. 남편이 기억력도 없어지고 말도 잘 못하게 되었지만, 사위의 설교를 들으며 "아멘, 아멘" 하는 것이 신기하고 고마웠다.

내가 교회에 갔다 오다 넘어져 다쳤다. 코로나가 온 나라에 번지면서 교회를 못 나가게 되었다. 매주 주일이면 셋째 사위는 오전에 집에 와서 예배를 드려주고, 다니는 교회로 예배를 드리러 간다. 사위가 참 고맙다. 나는 천국의 소망이 있어 모든 것이 감사하다.

나이 들어 생각하니 하나님은 내게 복을 넘치게 주셨다. 나의 마지막 기도는 자녀들 모두가 하나님을 믿고 천국에서 다시 만나는 것이다. 하나님은 그 기도도 들어주실 줄 믿는다. 나의 소망, 나의 모든 것인 하나님, 감사합니다. 샬롬!

며느리 넷

　큰아들이 스물일곱이 되었다. 새해가 되어 해남에 신수를 잘 보는 사람이 있다고 해서 신수를 보러 갔다. 신수를 보는 집에 한동네 산다며 아줌마 한 분이 아기를 업고 놀러왔다. 신수 보는 사람이 자식들 사주가 좋아 앞길이 훤하다고 말했다. 신수 보는 여자에게 아들 중매를 부탁했다. 놀러온 아줌마가 자기 조카가 있다며 선을 보는 것이 어떻겠냐고 말했다.

　그렇게 얘기가 오고갔는데, 말만 오고가고 선뜻 만남이 이루어지지 않았다. 내가 해남을 일곱 번이나 찾아갔고 한 해가 지나갔다. 아가씨의 고모부와 신수 보는 사람이 우리 집을 찾아와서 아들을 만나보고 갔다. 아가씨 확답을 꼭 받아오겠다며, 아가씨의 고모부가 내게 약속을 했다.

　아가씨와 아들이 선을 봤다. 아가씨 부모들이 우리 사는 형편과 신랑감에 대해 알아보고 간 뒤로 일이 착착 진행되었다. 아들의 키가 작아 항상 키가 큰 며느리를 얻고 싶었다. 며느릿감은 키가 커서 내 맘에 쏙 들었다. 나머지 며느리 셋은 아들들이 만나서 데려왔다.

둘째 며느리는 아들이 섬기던 장애인 단체에서 만났다고 들었다. 마음이 넓고 정이 많았다. 반찬 솜씨도 좋다. 어렵고 힘든 사람들을 보면 발 벗고 나서는 사람이다. 둘째 아들이 선교사로 일하는 것을 이해하고 따라주었다고 들었다. 고마운 사람이다.

셋째 며느리는 아들이 대학 다닐 때 동아리에서 만났다고 한다. 서울에서 중학교 선생님이었다. 외모가 아름다워 어디에 있어도 훤하게 빛났다. 성격도 꼼꼼하다.

넷째 며느리도 대학 선후배 사이였다고 한다. 얼굴도 예쁘고 성격이 사근사근해 나를 만나면 어머니 하고 달려와 팔짱을 끼며 애교를 부리곤 했다.

둘째, 셋째, 넷째는 가까이 살 기회가 없어서 며느리의 정을 느껴볼 사이도 없었다. 각자 가정을 꾸리고 하는 일들이 있어 명절이나 특별한 날만 얼굴을 볼 수 있었다. 며느리 각자의 개성을 존중했다. 이런 사람은 이런대로 저런 사람은 저런대로 인정하고 있다.

큰며느리는 이십 대 초반에 시집와 나랑 동고동락하면서 살았다. 내게 첫사랑이며 언제나 나랑 가장 가까이 있었다. 큰며느리는 말수가 적었다. 며느리가 나이 먹고 성격도 많이 변해서 다정다감해졌다. 해마다 김장을 넉넉하게 해서 가족들에게 나누어 주고 있다. 명절 때도 넉넉하게 음식을 만들어 먹고 남은 것들은 싸서 주기까지 한다. 큰며느리는 장점이 많은 사람이다.

요즘도 주말마다 음식을 만들어 우리 집에 찾아온다. 큰며느리의 마음씀이 고맙다. 나는 옛날 사람이라 마음을 잘 표현하지 못한다. 며느리에게 대놓고 칭찬도 하지 못한다. 하지만 항상 내 마음 깊이 고맙다.

손주와 손녀딸들, 내게 무슨 일이 생기면 달려오는 아이들이다. 냉장고 문을 열고 부족한 것을 채워 넣는다. 보이지는 않지만 항상 명주실처럼 부드럽고 살가운 끈으로 연결되어 있다.

내가 그토록 애간장을 녹이며 사랑했던 큰아들을 살뜰하게 잘 살펴주고, 형제간의 우애를 위해 애쓰는 큰며느리의 마음이 고맙다. 나는 자식들의 복은 물론 며느리들의 복을 넘치게 받았다. 하나님이 내 젊은 날의 힘든 시기를 넉넉하게 보상해 주는 것만 같다.

사위들

　큰사위는 아는 분의 중매로 만나 딸과 결혼해 남매를 낳았다. 사위는 사십 중반에 사무관이 되었다. 큰사위가 대학원에서 석사학위를 받을 때가 생각난다. 안사돈하고 손을 잡고 인사를 나누었던 때가 엊그제 같다. 안사돈은 68세에 소천하셨다. 너무 빨리 저세상으로 가셨다. 몇 번 만나보지도 못하고 헤어져 항상 아쉬웠다.

　큰사위가 경북 청송으로 발령받았을 때 딸이 한번 다녀가라고 해서 큰맘 먹고 남편과 청송에 갔다. 딸이 운전하는 차를 타고 끝없이 펼쳐진 사과밭도 구경하고 얼음골에서 흑염소고기도 먹었다. 영덕에서 대게도 먹고, 백암온천에서 온천욕도 즐겼다. 큰사위는 술 담배를 하지 않고 항상 바른 모습이 보기 좋다. 남편은 특별나게 큰사위를 좋아했다.

　둘째 사위는 같은 고향에서 둘째 딸과 중학교 선후배 사이다. 둘째 아들과 동창이기도 하다. 같은 면에 살고 있어서 여러모로 서로의 집안을 훤히 알고 있는 사이다. 공부도 잘해 서울 명문대를 나왔다. 딸 둘을 낳았다. 사위는 세무공무원이었고, 지금은 퇴직하고 세무사 사무실을 운영하고 있다. 술 한잔 들어가야 기분이 좋다고 하는 둘째 사위는 참으로 정이 많다. 만나는 사람들을 기분 좋게 하는 사람이다.

셋째 사위는 딸이 대학 다닐 때 같은 교회에 다녔다고 한다. 아주 많은 세월이 흐르고 딸이 강화도 초등학교에 발령받아 근무할 때 서울에서 다시 만나게 되었다. 첫아들을 낳고 사위가 남아프리카공화국으로 박사 공부를 하러 가게 되었다. 딸도 남편을 따라갔었다. 남아공에서 둘째 아들을 낳았다. 박사 공부를 마치고 한국으로 돌아왔다. 셋째 사위는 교수로 재직하며 목회를 하기도 했다. 어찌나 바른 사람인지! 타인에게도 그렇지만, 아내에게도 살뜰한 사람이다. 요사이는 주말마다 나를 찾아와 드라이브도 시켜 주고 맛난 음식도 같이 먹는다. 내가 나이 먹고 코로나로 인해 교회에 나가지 못하자 매주 찾아와 예배를 같이 보고 하나님 말씀을 전해 준다. 사위의 한결같은 마음이 고맙다.

나는 만남의 복이 많은 사람이다. 특히 사위들을 보면 더 그렇다. 인간으로서의 예의를 지키며 살아가는 모습이 대견하다. 사위와 딸들이 만든 가정은 늘 평화롭고 가족끼리 우애하며 살고 있다. 어려운 이웃들을 보살피는 것도 마다하지 않는다.

사위들을 마음 깊이 사랑하고 사랑한다.

하늘에서 뚝 떨어진 여동생

제주도에 산다는 여동생이 찾아왔다. 친정 피붙이 없이 살아온 내게는 참으로 뜻밖의 일이었다.

"언니! 드디어 찾았네! 찾았어…"

동생은 키가 훤칠하고 성격도 밝았다.

"우리 어머니가 돌아가시면서 강진에 가면 아버지가 살아 계실지도 모른다고 했어요."

나를 찾아온 동생은 어머니가 임종하면서 들려준 얘기를 바탕으로 나를 찾아낸 것이었다. 우리는 그날 밤새 얘기를 나누었다. 나를 시집보내 준 새엄마가 낳은 배다른 동생이었다. 아버지의 딸을 임신해 집을 나가 다른 집에서 내 동생을 낳은 것이다. 그러니까 새어머니가 우리 집에서 낳아 아버지가 애지중지 기른 딸은 다른 사람의 자식이었다.

새어머니가 임종하면서 그동안 숨겨온 출생의 비밀을 딸에게 털어

놓으면서 동생과 나는 만날 수 있었다. 몇 년만 일찍 고백했더라면 아버지의 얼굴을 볼 수도 있었을 것을, 동생을 보니 아버지의 얼굴과 몸매를 많이도 닮았다. 아버지가 보았으면 얼마나 좋아하셨을까? 너무나 아쉬웠다. 남편은 처제를 찾은 기념으로 동생의 남편에게 양복 한 벌을 선물했다.

동생네 가족을 만나려고 남편과 큰딸을 앞세우고 제주도에 갔다. 서귀포의 너른 귤밭 가운데 집이 있었다. 아들 하나에 딸 셋을 두고 다복하게 살고 있었다. 동생의 남편은 관광지에서 근무했다.

우리는 동생네 가족하고 제주도 관광지를 돌았다. 천지연 폭포에서 동생네 부부와 우리 부부가 나란히 서서 기념사진을 찍었다. 성산 일출봉, 용두암, 만장굴, 제주 민속촌과 식물원, 서귀포에서 제주 북쪽 바닷가로 연결된 길을 따라 차로 달렸다.

3박4일 제주도를 여행하면서 동생 부부로부터 융숭한 대접을 받았다. 집으로 돌아와 동생 부부를 우리 집으로 초대했다. 우리는 자식들의 대소사에 참석하고 돈독한 자매의 정을 나누며 살고 있다.

아이들이 결혼해 제주도로 신혼여행을 가면, 동생은 호텔로 꽃바구니를 들고 찾아와 축하해 주었다. 참으로 화통한 사람이었다. 아이들도 연락하며 정을 나누며 지냈다.

고향에 사촌이 우리 집 농사를 짓고 있다. 제주도에 사는 동생에게 해마다 쌀 한 가마를 보내 준다. 제주도 동생은 가을이면 어김없이 조카들에게까지 귤을 선물했다. 언니 먹으라고 옥돔, 고등어, 갈치도 수시로 보내 준다. 우리가 어린 날 함께 살지는 못했지만 요즘 진한 정을 주고받고 있다.

내가 보고 싶으면 언제나 달려오는 내 동생, 아버지로 인해 세상에 태어난 동생이 생겨 너무 좋다. 세상에 아무리 많은 사람이 살아도 나와 특별하게 연결된 사람은 한정되어 있다. 하나님이 인간에게 가족이라는 이름으로 묶어 준 인연은 귀하고 소중하다.

내 인생이 얼마 남았을지 모른다. 내 곁에 동생이 함께 있어 내 삶의 지평은 더 넓어졌고 풍요로워졌다. 동생을 진심으로 사랑한다.

중국 북경 여행

 남편의 나이 85세 되던 오월경이었다. 큰딸, 막내딸과 같이 중국 북경으로 여행을 가기로 했다. 막내딸은 중국어를 잘해 중국 사람과 어렵지 않게 소통할 수 있었다. 7박8일의 중국 여행 프로그램을 막내딸이 짰다. 화창한 오월 두 딸과 북경으로 가는 비행기에 올랐다.

 중국 공항에 도착하여 우리를 안내할 사람을 만났다. 막내딸이 중국에 일이 있어 올 때마다 이 사람 차를 이용해 인연이 된 사람이라고 한다. 자가용 영업을 하는 사람이라는데 인상도 좋고 예의도 반듯했다.

 별 다섯 개 호텔 스위트룸에 묵었다. 방이 얼마나 큰지, 목욕탕이 얼마나 호화스러운지 입이 딱 벌어졌다. 중국이 얼마나 넓은 땅인지 호텔 15층에서 창밖을 내다봤는데 끝이 보이지 않고 아스라한 공간만 보였다.

 조식을 먹으러 식당으로 갔다. 한식, 중식, 일식, 유럽식의 다양한 음식이 있었다. 거의 서양 사람이고 동양인은 눈에 띄지 않았다. 음식을 먹는 것도 딸들이 곁에 있으니 어색함을 면할 수 있었다.

아침을 먹고 호텔 밖으로 나가니 공항으로 마중 나온 분이 대기하고 있었다. 차가 호텔을 벗어나자 길가의 은행나무, 길에 걸어 다니는 사람이 우리와 너무 닮았다. 서울의 어느 동네에 놀러온 것 같았다.

천안문 광장을 돌아보고 자금성 앞에 도착했다. 깃발을 든 사람 앞에 길게 줄을 선 사람들이 많기도 했다. 막내딸의 설명을 들으니 중국의 시골에 사는 사람들은 평생에 한 번 자금성 구경을 하는 것이 꿈이고 그런 사람들이라는 것이다. 자금성에 들어갔는데 사람의 손으로 옮겼다고 믿을 수 없을 만큼 크고 네모반듯한 돌판이 깔려 있었다. 칸을 셀 수도 없는 많은 방과 자금성을 빙 두르고 있는 수로의 크기와 넓이를 보고 입이 딱 벌어졌다.

하루 구경을 마치고 호텔로 돌아와 목욕탕에서 따뜻한 물로 목욕하고 딸아이가 불러온 마사지사들로부터 전신 마사지를 받았다. 잠이 저절로 쏟아졌다.

만리장성으로 가는 길에 분홍꽃의 군락을 지나갔다. 무슨 꽃이냐고 물었더니 아카시아라고 했다. 평생 분홍색 아카시아는 처음 보았다. 만리장성에 도착해 입구에 들어서는데 지린내가 진동했다. 만리장성은 산등성을 따라 끝없이 이어져 있었다. 이것을 쌓느라 사람들은 얼마나 힘이 들었을까? 그 사람들은 이미 이 세상 사람들이 아닐 것이다. 세월의 무상함이 느껴졌다. 낙타를 타고 걷는 체험장이 있었고 남편은 낙타를 타고 한참 길을 걸었다.

이화원에 도착했다. 잘 닦여진 길가에 가로수와 꽃들이 끝없이 이어져 있었다. 전각과 탑, 정자, 누각을 구경했다. 이화원은 서태후라는 여왕의 별장이었다니 얼마나 배포가 큰 여자였을까? 전각에서 본 서태후라는 여왕의 얼굴이 요즘 말하는 절세 미안과는 정반대의 얼굴이었다. 이화원을 만들면서 국고를 탕진하고 결국 나라가 망하게 되었다고 한다. 국가나 개인이나 지나친 낭비의 끝은 좋을 리가 없다.

용경협을 구경하려고 에스컬레이터를 타고 산으로 올라가 배를 탔다. 왕복 두 시간이 걸렸다. 물과 어우러진 협곡과 산봉우리들이 산수화 같았다. 산과 산 사이에 줄이 걸려 있었다. 줄 위에서 자전거를 타는 묘기를 보면서 가슴이 쫄깃쫄깃했다.

북경 서커스를 구경했다. 공중그네를 타면서 이마에 접시 돌리기, 여러 사람이 자전거를 5단으로 타는데 아슬아슬했다. 공중에서 사람을 던지고 받고, 얼마나 훈련을 했으면 이런 묘기가 가능한지 사람이 만들어 내는 묘기라고는 믿기지 않았다. 이런 구경은 처음이었다.

북경의 옛 모습을 보존해 놓은 동네를 구경했다. 사람 하나가 끼어 다닐 수 있을 만큼 좁은 골목도 있고, 우리나라 인사동처럼 옛 물건을 파는 곳도 있었다. 사람을 손수레에 태우고 한 시간 골목을 탐방해 주는 곳에서 손수레를 탔다. 손수레 끄는 사람이 땀을 많이 흘려 안쓰럽다고 남편은 중간에서 내려 버렸다. 난감해하는 사람에게 딸이 설명하고 나서 오해가 풀리고 마무리되었다.

중국의 유명한 음식점에서 이가 빠진 접시에 음식이 담겨 나와 놀랐다. 그것이 중국 문화라고 했다. 중국 음식은 기름기가 많고 느끼했다. 딸아이는 하루에 한 끼는 한국 음식을 먹을 수 있도록 배려해 주었다. 밤에는 호텔로 돌아와 목욕하고 마사지를 받고, 낮에는 딸들과 구경을 하면서 평생에 누릴 호사를 다 누렸다.

나중에 들었는데 딸이 예약한 호텔방은 일반 호텔방이었다고 한다. 직원의 실수로 딸이 예약한 방을 다른 사람이 사용하게 되었고, 호텔에 남은 방이 스위트룸뿐이어서 따로 돈을 더 내지 않았다는 것이다. 누군가 우리의 여행에 커다란 선물을 대신 마련해 준 것 같았다. 딸들과의 8일간의 북경 여행은 내 삶의 향기로운 봄날이었다.

오토바이와 교통사고

　남편은 80세에 오토바이 면허증을 취득했다. 강진군에서 가장 나이가 많은 사람이라고 면허증 발급받는 날 박수를 받았다고 한다. 낚시하러 갈 때도 오토바이를 탔다. 동네를 벗어나 일을 보러 갈 때면 차를 기다릴 필요가 없어 오토바이는 참으로 편리했다. 남편의 등 뒤에 앉아 오토바이가 달리면 나무와 들판이 핑핑 지나갔다. 가끔은 가슴이 뻥 뚫렸다. 오일장이 열리면 남편이 운전하는 오토바이를 타고 가서 함께 장을 봤다.

　성전 장날이었다. 오토바이를 타고 마을 모퉁이를 돌고 있었다. 소리도 없이 나타난 트럭에 받혀 남편과 나는 길에 나동그라졌다. 속도를 내지 않은 상황이라고는 하지만 큰일이 났다. 서울의 자식들에게 소식이 전해졌고, 서울의 외과 병원에 남편과 나란히 입원하게 되었다. 나보다 상태가 나은 남편은 하루에도 몇 번씩 내가 입원한 병실을 들락거렸다. 한 달이 넘게 입원하면서 자식들과 손주들의 사랑을 넘치게 받았다. 자식들이나 손주들은 나를 먹이고 씻기고 마사지하고 같은 병실에 입원한 사람들의 부러운 시선을 받으며 지냈다.

하루는 간호사가 물었다.

"할머니! 할아버지가 다시 태어나도 할머니랑 결혼한대요. 그런데 할머니는 절대 하지 않을 거라고 하던데 물어봐도 돼요?"

"뭐라고 대답할 수가 없지라잉."

"할머니, 나만 들리게 말해 봐요."

간호사는 짓궂게 웃으며 내게 다가왔다.

"다시 결혼해야지라우."

"할아버지에게 말하고 한턱내라고 해야지."

병실에 웃음소리가 번지고 옆에 있던 손주가 손뼉을 쳤다. 늙어서 주름이 가득한 내 얼굴을 쓰다듬으며,

"우리 할머니는 미녀여."

객관적인 시선으로 보면 절대 미녀일 수 없는 내 얼굴, 손녀가 내게 전해 주는 사랑이 얼마나 깊고 큰지 알 것 같았다. 참으로 고마웠다.

우리 부부가 퇴원할 즈음 큰아들이 고향으로 내려가 오토바이를 처분해 버렸다. 우리 부부는 서울에 아예 정착하게 되었다.

나는 농촌에서 태어나 늙을 때까지 농촌에서 살았지만 서울이 좋았다. 서울에는 무엇보다 내 자식들이 살고 있어 보고 싶을 때 언제나 볼 수 있었다. 몇 발자국만 걸으면 온갖 물건들을 살 수 있는 시장이 있다. 나는 떡을 좋아했다. 집에서 떡을 만들어 먹으려면 큰맘 먹어야 하는데, 서울에서는 먹고 싶은 양과 종류별로 살 수 있었다. 아파트에 살면서 베란다에 꽃을 키우고 고추 모종도 몇 개씩 심었다.

아파트 정자에서 노는 사람들과도 친하게 지냈다. 동지 때 며느리가 해 온 새알 팥죽도 정자로 가져가 나누어 먹었다. 늙은호박으로 죽을 끓여 정자로 가져가면 맛나다고 잘 먹었다. 경비실 아저씨도 늘 챙겼다.

나이 많은 남편 가져다주라고 챙겨 주는 친구들도 여럿 생겼다. 나보다 나이가 더 어린데 무릎 주사 맞는 병원을 찾지 못한다고 해서 내가 동행해 준 적이 있었다. 다음 날 포도 한 상자가 집으로 배달되었다. 병원에 동행해 주어 고맙다며 보내 준 것이었다. 내가 하루라도 정자에 나가지 않으면 전화하고 안부를 물었다.

서울에 살아도 하나도 외롭지 않았다. 남편이 소천했을 때 정자에서 같이 놀던 친구들이 열 명 넘게 부조금을 보냈다. 사람 사는 곳은 농촌이나 서울이나 다 마찬가지다. 사람은 사람에게서 위로받고 서로를 보듬고 사는 것이다. 사람으로 인해 슬픔은 반으로 줄고 기쁜 일은 배가되었다.

자식들

　큰아들은 이십 대부터 생활전선에 뛰어들었다. 아픈 아버지 대신 농사를 지으면서 특수작물들을 재배한 농촌의 선구자다. 동생들이 학업을 마칠 수 있게 도와준 고마운 아들이다. 서울로 삶의 터전을 옮겼다. 여러 직업을 가졌다가 주택관리사 시험에 합격했다. 칠십이 넘은 지금도 아파트 관리소장으로 근무하고 있다.

　둘째인 큰딸은 배우는 것을 좋아했다. 밤을 새워 독서에 빠져 지냈다. 이십 대부터 신문에 글이 실렸다. 전국마로니에여성백일장에서 장원을 했고, 국민일보 신춘문예에 당선되기도 했다. 대학에서 문예창작, 사회복지를 전공했다. 글 쓰고 책 읽는 것이 취미다. 시인으로 등단했고, 세 권의 시집과 한 권의 수필집을 출간했다.

　셋째는 공과대학을 나와 공사에서 20년을 근무했다. 신학과 사회복지를 공부했고, 중간에 직장을 나와 목사가 되었다. 선교사가 되어 선교지에서 살고 있다. 자신의 안위보다 가난한 사람들을 더 소중하게 여기는 일, 아들이 하는 일에 손뼉을 칠 수도 없고 말릴 수도 없다.

넷째는 돼지 새끼와 같은 날 태어난 딸이다. 마음이 넓고 깊어서 친척들 사이에서도 칭찬이 자자하다. 딸 중에 키가 제일 크고 예쁘다. 나랑 가까이 살아 자주 찾아오기도 하고 어려운 문제들을 해결해 주기도 한다. 요즘은 세무사 사무실에서 존재감을 뽐내고 있다.

다섯째는 초등학교 교사다. 자신이 다니던 초등학교에서 선생님을 했다. 부모가 사는 서울과 가까운 강화도로 와 교사를 한 적이 있었다. 결혼하고 남편을 따라 남아공에 갔다가 돌아와서 교사 임용고시에 합격해 서울에서 다시 선생님이 되었다. 진취적이며 도전정신이 강하다. 가르치는 아이들을 참으로 사랑하는 선생님이다.

여섯째는 우리나라에서 가장 좋은 대학을 졸업했다. 부모의 생각은 고시를 봐서 사회에서 출세하는 것을 보고 싶었다. 하지만 아들의 생각은 달랐다. 사람이 사람을 판단하는 일은 하기 싫다고 했다. 통신공사에 들어갔고, 지금껏 통신과 관련된 일을 했다. 사람의 걸어가는 길은 아무도 단정 지을 수 없다. 무엇이 성공이고 실패인지 쉽게 판단할 일이 아니다.

일곱째는 대학생 때부터 가난한 사람들과 함께 살겠다며 집을 떠나, 구로동 쪽방 지역에서 오랫동안 어린이 무료공부방을 열었다. 그리고 중국 교포 사기 피해자 문제, 한국의 외국인 노동자와 북한 탈북민을 돕고, 그들에 대한 문제를 세상에 알리는 일을 했다. 그 일이 원인이 되어 캐나다로 가게 되었다. 지금은 평범한 가장으로 살고 있다.

여덟째는 결혼의 좋은 점을 알 수 없다며 결혼하지 않았다. 대학 졸업 후 일곱째와 함께 일했다. 지금은 네팔 아이들이 학교 가는 것을 돕고 있으며, 책을 만들어 전달하고 있다.

나는 맨땅에서 삶을 일구었고 몸을 아끼지 않고 정직하고 부지런하게 살았다. 병약한 남편과 친정아버지께 최선을 다했다. 아이들에게 좋은 옷을 입혀 보지 못했고, 좋은 음식도 먹이지 못했다. 자식들에게 말로 뭔가를 가르쳐 본 적이 없다. 자식들이 바르게 살면서 이웃의 어려움을 외면하지 않고 발로 뛰는 모습이 대견하다. 내가 세상에 태어나 한 일 중에 가장 잘한 것은 자식을 낳아 기른 것이다.

김장

　가을걷이가 끝나고 서리가 내리기 전 김장하는 날을 받아 배추, 무, 갓, 파, 당근을 뽑았다. 말린 고추는 방앗간에서 가루로 빻았다.

　동네 사람들은 김장할 때 서로 품앗이를 했다. 소금물을 푼 물에 배추를 적시고 배춧잎 사이에 굵은 소금을 넣었다. 중간에 한 번 뒤집어서 간이 고루 배게 했다. 여덟 시간 정도 지나면 물에 서너 번 씻어 대소쿠리에 건졌다. 배추에서 물이 빠지는 동안 양념을 만들었다. 봄에 담근 멸치젓과 황석어젓을 섞어 갈았다. 젓갈에서는 비린 맛보다는 고소한 냄새가 났다. 찹쌀로 묽은 죽을 끓였다. 마늘, 생강도 절구통에 찧었다.

　무, 당근, 파, 갓, 파를 채 썰었다. 청각도 준비했다. 젓갈, 찹쌀풀, 마늘, 생강, 고춧가루를 골고루 섞었다. 백김치는 당근, 배. 마늘, 생강, 실고추를 채 썰어 작은 항아리 하나만 담았다. 속배기김치도 작은 항아리에 담았다. 백김치와 속배기김치는 명절과 손님이 올 때만 꺼내 상에 올렸다.

　나머지 배추김치에는 젓갈을 더 넣고 기본 양념과 버무려 항아리마다 채웠다. 무청김치는 무와 무청이 달린 대로 절였다. 약이 찬 풋고추와 붉은 고추, 생강, 마늘, 밥을 돌확에 갈아서 절인 무와 섞고 간 맞춘 소금물을 부어 커다란 항아리에 넣었다.

　김장하는 날은 아이들까지 엄마들을 따라왔다. 가마솥 가득 밥을 하고 돼지고기에 두부 넣고 국을 끓였다. 막 버무린 배추김치를 하얀 쌀밥에 얹어 먹었다. 아이들은 입가에 붉은 물이 들도록 밥을 먹었다. 김장하는 날은 잔칫날이었다.

　집마다 김장하는 방식은 비슷해도 맛은 달랐다. 첫째는 배추가 맛이 좋아야 했다. 간이 얼마나 적당하게 잘 되었는지도 김장 맛을 좌우했다. 무슨 젓갈을 쓰느냐에 따라 맛이 달랐다. 마늘과 생강이 들어가는 양, 고춧가루가 얼마나 매운가에 따라서도 김장 맛에 차이가 났다.

　남편은 매운 것을 싫어해서 맵지 않은 고추씨를 받아 재배하고 수확했다. 우리 김치는 그래서 짜지 않고 매운 것이 덜했다. 아이들 먹기에 좋은 김치였다. 남편이 단맛을 좋아해 설탕도 넣었다.

　농한기인 겨울에는 배추김치, 열무김치, 동치미, 갓김치, 파김치, 깍두기가 반찬이었다. 한겨울 고구마를 쪄 먹는 날은 무청김치가 담긴 항아리 뚜껑을 열면 살얼음이 덮여 있었다. 얼음을 한쪽으로 걷어내고 무청김치를 꺼내서 고구마랑 먹었다. 젓갈을 넉넉하게 넣어 담근 갓김치에 중간중간 무를 썰어 넣어 두었다가 이른 봄에 먹으면 무가 보라색으로 물이 들고 잘 익은 갓김치의 감칠맛이 일품이었다.

나의 젊은 시절 배추는 속이 노랗게 들지 않았다. 배추의 푸른 겉잎이 더 많았다. 땅에 묻기도 했지만 대부분 장독대에 그냥 두고 먹었다. 젓갈이 넉넉하게 들어간 김치는 익을수록 깊은 맛이 났다.

　설이 다가오면 마을에서 돼지를 잡았다. 비계가 통통한 돼지고기에 익은 배추김치와 두부를 넣고 국을 한솥 끓여 놓으면 어느 사이 솥이 바닥을 드러내곤 했다. 그 시절 김장은 곡식만큼이나 귀한 먹거리였다.

손주들

큰손자가 대학을 졸업하고 직장에 들어갔다. 손자가 결혼해 증손주를 보는 것이 꿈이었다. 우리 집에서 구역 예배를 보는 날이었다. 구역장님께 손주 중매를 부탁했다. 구역장님이 손주 선을 주선했다. 아가씨가 집으로 인사를 왔는데 어찌나 예쁜지 보고만 있어도 절로 웃음이 나왔다. 손주며느리는 얼굴도 예쁜 것이 마음씨는 더 좋았다. 우리 집은 가족이 모이면 스무 명이 넘는데 모임에 한 번도 빠지지 않고 참석했다.

증손주를 낳을 때 산후조리원에 그냥 들어가라고 했는데, 우리 집에 들러 증손주를 보여 주고 산후조리원으로 갔다. 누가 시키지도 강요한 적도 없는데 손주며느리는 그렇게 속이 깊고 어른들을 배려했다.

남편은 증손들의 사진을 크게 확대해서 침대 머리맡에 붙여 놓고 아침저녁으로 쓰다듬고 기도했다. 증손주 남매가 자라 학교에 들어갔다. 우리 집에 올 때도 책을 한 보따리 가져와 어른들의 떠드는 소리와 상관없이 책을 펼치고 읽었다.

큰손자 부부가 아파트를 사서 이사를 하면서 가족들을 초대했다. 정갈한 집안과 정성스럽게 차려 놓은 음식을 보면서 내 손주가 큰 복을 받았다는 것을 새삼 느끼는 날이었다. 먹은 음식보다 사람을 배려하고 예의 바른 사람으로 사는 손주 부부가 기특하고 고마웠다.

큰손녀는 대학에 다닐 때 학생회장을 할 정도로 성격이 활발했다. 우리 구에서 가장 나이가 어린 26세에 구의원에 출마했었다. 손녀딸은 대학 선배로 학생회장을 한 남자와 13년을 사귀다가 결혼했다. 손자사위도 진국으로 보고만 있어도 배가 부르다. 그리고 예쁜 증손녀 둘을 낳았다.

나는 손주가 열여덟 명이다. 명문대학을 나온 손주들도 여럿 있다. 외국에서 대학을 졸업한 손주들도 있다. 우리가 그렇게 키우려고 한 것은 아니지만, 손주들은 예의가 바르고 어른을 공경할 줄 안다. 자신들에게 주어진 일에 최선을 다하는 모습들이 보기 좋다. 학교에서 사회에서 자기들의 몫을 잘 감당하고 있다. 앞으로 손주들이 좋은 짝을 만나 아름다운 가정을 이루길 기도한다.

내 자식들과 며느리들, 손주, 손주며느리, 손주사위, 증손주까지 모두 사랑스럽다. 나와 남편의 인연으로 세상과 연결된 사람이 마흔 명이다. 자식들이 치고 박고 싸우는 것을 본 적이 없으니 큰 축복이다. 맨땅에서 시작한 내게 이토록 넘치게 사람의 복을 주신 하나님께 매 순간 감사했다. 돌아보니 자손들의 효도를 넘치게 받고 있다. 어디에서 뿌리내리고 살든지 건강하고 지금처럼 서로를 살피고 이웃을 배려하며 살기를 기도한다.

욕창

 큰딸이 친정에 다니러 왔다. 딸은 친정에 올 때 한번도 빈손으로 오지 않았다. 다른 자식들도 빈손으로 오는 법이 없다. 고기, 과일, 반찬 등을 수시로 가져와 냉장고가 든든하게 차 있었다. 우리 부부의 옷도 자식들이 수시로 사 왔다.

 딸아이가 안방으로 들어가 남편의 얼굴에 입을 쪽 맞추고 자신의 얼굴을 비볐다.

 "미남자 울 아부지, 식사는 잘 드셨나요?"

 남편의 얼굴에 희미한 미소가 번졌다.

 "느그 아버지 자꾸 침대 아래로 내려온다. 위로 좀 올려야 쓰것다."

 큰딸은 대학 공부를 마치고 다시 사회복지학을 공부해 사회복지사가 되었다. 요양보호사자격증도 취득했다. 방문요양센터를 설립해 운영하고 있었다. 큰딸은 요양보호사자격을 취득할 때 실기 시간에 배운 것이라며 침대에 누워 있는 아버지를 편하게 다루었다.

아버지 목욕을 시킬 때도 환자나 씻기는 사람이 다치지 않고 편하게 씻는 방법을 알려 주곤 했다. 딸이 남편을 다루는 것을 보면 힘이 하나도 들지 않는 것처럼 능숙했다. 혼자 아버지를 침대 위쪽으로 올리려던 딸이 깜짝 놀랐다.

"엄마, 아버지 머리 뒷꼭지에 욕창이 생겼네. 어디 다른 곳은 괜찮을까?"

남편의 등을 살피던 딸아이가 엉덩이 꼬리뼈 부분도 붉어졌다는 것이다. 이틀 전 목욕을 할 때 보이지 않던 욕창이 생겼다니 믿어지지 않았다. 딸아이 말이 누워 있는 사람에게 욕창은 시간을 다투는 것이라 빨리 치료해야 한다는 것이었다. 딸이 119에 전화를 걸었다. 119 구급차가 도착했다. 남편과 딸이 구급차를 타고 병원으로 가는 것을 보니 가슴이 두근거리고 눈앞이 아득했다. 남편은 보훈병원에 입원했다.

남편이 입원하고 자식들이 돌아가면서 남편을 돌봤다. 손주들도 동참했다. 나까지 병나면 안 된다고 자식들이 한사코 나를 병원에 오지 못하게 했다. 아무리 자식들이 말려도 입원한 남편을 봐야겠다 싶어 병원으로 갔다. 나를 본 남편은 다짜고짜 내게 침을 뱉었다.

"아버지, 그렇게 엄마가 보고 싶었어? 그래도 침은 안 돼요."

딸이 아버지의 얼굴을 만지며 말했다. 남편은 간단한 단어만 몇 마디 말할 수 있었다. 남편의 답답함이 오직 할까마는 남편의 표현 방법이 나를 무시하는 것 같아서 마음에 들지 않았다. 남편이 내게 말했다

"집에 가자, 집에 가자."

얼마나 집에 가고 싶었으면…. 남편이 입원한 병실은 네 사람이 같이 있었다. 자식들이 얼마나 아버지를 살뜰히 살폈는지 칭찬이 자자했다.

"할아버지는 복 받으셨어요. 자식들을 어찌 키웠길래 저런 효자들을 두셨을까요? 밤에 잠도 안 자고 체위를 변경하고 틈만 나면 다리 주무르고, 얼굴에 뽀뽀하고…."

남편의 욕창은 한 달 만에 거의 치료되었다. 병원에서 퇴원하라고 했다. 병원 의사들이 말하길, 구십 넘은 분이 이렇게 빠르게 욕창이 치료된 경우가 드물다고 했다.

남편이 퇴원해 집으로 돌아왔다. 막내딸은 능숙한 솜씨로 아버지의 욕창을 매일 관리했다. 욕창이 깨끗이 나았다. 막내딸은 잠을 잘 때도 방문을 열어놓고 잤다. 밤중에 작은 소리만 나도 깨어 우리가 자는 방으로 건너와 살펴주었다. 그 마음씀이 한결같고 비단같이 부드러웠다. 남편과 나의 고생했던 옛날이 눈 녹듯 사라졌다. 막내딸이 부모에게 베풀어 준 사랑의 무게와 깊이를 숫자로 환산할 수 없다. 고맙고 고맙다!

남편의 소천

2020년 1월 19일 오후 1시 29분 남편이 소천했다. 남편의 나이 99세였다. 한 세기를 살다간 사람이지만 살아온 날들이 하루처럼 짧게 느껴졌다. 삼 년을 침대 위에서 살았다. 씻기고 먹이고 보살피면서도 귀찮다는 생각이 들지 않았다. 사람은 내 마음을 오해할 수도 있지만, 하나님은 내 참 마음을 아실 것이다.

자식과 손주들도 아버지를 한결같이 사랑으로 보살폈다. 증손주가 우리 집에 올 때면 증조할아버지 몸에 코를 대고 킁킁거렸다.

"증조할머니, 증조할아버지 몸에서 좋은 냄새가 나요."

"아이고, 내 강아지 고마워요."

남편은 어느 순간부터 말문이 막혀 말도 하지 못했다. 마지막 반년은 콧줄로 연결된 관을 통해 밥을 먹었다. 가래를 뽑는 일도 내가 직접 했다. 자식들은 겁을 내는데 나는 겁이 나지 않았다. 간호사가 일주일에 두 번씩 들러 체크해 주었다. 내가 가래 뽑는 것을 보고,

"할머니, 대단하세요."

"이까짓 것 암것도 아니지라."

남편의 목에서 가래가 끓으면 숨 쉬는 것이 담박 달랐다. 하루에도 여러 번 가래를 뽑았다. 내 나이가 92세였으니 그런 말을 들어도 이상할 것이 하나도 없었다.

막내딸이 아버지를 보살피는 것이 부모가 자식에게 하듯 꼼꼼했다. 얼굴을 씻기고 면도하고 머리카락이 조금만 자라도 손수 잘라 주었다. 남편의 변을 손으로 닦아 내면서도 얼굴 한 번 구기지 않았다.

피부에서 좋은 냄새가 나도록 화장품도 꼼꼼하게 발라 주었다. 아버지가 귀엽다며 수시로 볼에 입을 맞추었다. 집으로 오는 간호사가 말하길, 환자가 있는 집이라고 믿기지 않을 만큼 정갈하다고 했다. 막내딸이 없었으면 나 혼자 남편을 보살피지 못했을 것이다. 말로 표현할 수 없을 만큼 고마운 딸이다.

막내딸은 가난해서 학교에 다니지 못하는 네팔 아이들을 학교에 보내고 있다. 막내딸이 네팔에 출장 갈 일이 생겼다. 대신 큰딸이 날마다 우리 집에 와서 남편과 나의 곁을 지켰다. 오전 10시경 간호사가 왔다.

"산소 포화도가 65네요. 다른 사람 같았으면 숨이 멎었을 것 같은데, 이상하네요…"

고개를 갸웃하며 가족들을 부르는 것이 좋겠다고 말했다. 큰딸이 큰아들에게 전화를 걸었다. 큰아들이 도착했다. 하지만 의식은 여느 때랑 같았다.

나는 남편에게 먹이려고 소고기를 끓여 체에 걸러 영양죽과 섞었다. 12시 남편의 콧줄로 연결된 관을 통해 점심을 먹었다. 그리고 한 시간이 지난 뒤 아주 편안하게 숨을 거두었다. 얼굴이 살아 있는 것처럼 평온했다. 119로 전화를 걸었고, 경찰들이 왔다. 국과수에서도 사람이 나왔다. 두 시간이 지나 남편의 사망증명서가 발부되었다. 소식을 들은 자식들과 손자, 증손들이 달려왔다. 초등학교에 다니는 증손이 와서 너무나 서럽게 울어 울음바다가 되었다.

남편은 누워 지내던 침대를 벗어나 보훈병원 장례식장으로 갔다. 외국에 나가 있는 자식들 도착을 기다려 4일장을 했다. 장례식장 입구에 남편의 일대기를 영상으로 만들어 틀어 두고, 글로도 써서 조문객에게 나누어 주었다. 세울 수 없을 정도로 많은 근조 화환이 도착했다. 그리고 천 명이 넘는 조문객이 다녀갔다. 남편은 마지막 세상을 떠나면서 태극기 휘장을 두르고 자식들의 애통한 울음을 뒤로하고 떠날 준비를 마쳤다.

발인 날은 날씨가 흐리고 보슬비가 내렸다. 대전 국립묘지에 도착해, 나라에서 해 주는 행사를 치르고 마지막 안식처로 들어가 누웠다. 돌아보니 남편과 만나 74년을 살면서 힘든 날보다 행복한 날이 더 많았다. 남편과 결혼하고 사는 동안 몸을 쓰는 일이든 마음을 쓰는 일이든 내가 아는 범위에서 최선을 다하며 살았다.

발인을 마치고 집으로 돌아오니 커다란 구멍 하나가 뚫려 있었다. 자식들은 마지막까지 효도했다. 남편이 남긴 모든 것은 큰아들에게 물려주기로 했다. 부조금도 내 손에 놓았다. 내가 낳은 자식들이지만 내 마음으로 표현할 수 없을 정도로 고마웠다. 이만하면 세상에 태어나서 우리 부부는 잘 산 것 같다.

그림을 그리면서

몇 년 전이었다. 시장에서 돌아오는 길이었다. 아파트에 들어섰는데 갑자기 어지럽고 눈앞이 캄캄했다. 집을 찾아가야 하는데 생각이 나지 않았다. 그렇게 한참을 서 있었다. 다시 생각이 나 집으로 들어갈 수 있었다. 내가 낮에 겪은 일을 퇴근한 딸에게 말했다. 며칠 후 대학병원에서 치매 검사를 받았다. 의사와 마주 앉았다.

"혈관성 치매네요."

"네…."

"약을 잘 챙겨 드셔야 합니다."

내 나이가 아흔이 넘긴 했지만, 치매라는 말을 들으니 기가 막혔다. 약을 처방받아 집으로 돌아왔다. 약을 잘 챙겨 먹어서 그런지 생활하는 데 아무런 불편을 느끼지 않았다. 그래서 나라에서 등급에 따라 보살펴 준다는데 등급을 받지 않고 지냈다. 그러다가 일 년 전 등급을 신청했는데 5등급이 나왔다. 인지기능을 향상시켜 준다는 책을 받고 딸아이와 같이 공부했다. 그러다 그림을 그리기 시작했다. 몇 장을 그리다 보니 재미가 붙었다.

자식들이 그림 도구를 사 오고 관심들이 대단했다. 내 나이 아흔셋에 날마다 그림을 그리다 보니 시간 가는 줄을 몰랐다. 처음에는 간단한 꽃 그림을 그려 색칠했다. 점점 솜씨가 늘었다. 서로 마주 보고 뽀뽀하는 새와 꽃 그림을 액자에 넣어 딸아이가 벽에 걸어두었다.

종이를 가득 채운 꽃을 그려 색칠했다. 피카소가 누군지 모르는데 자식들이 피카소 그림 같다고 손뼉을 치며 좋아했다.

"울 엄니가 진즉 그림을 배웠으면 어찌댔으까잉…."

"한국의 피카소가 되고도 남았을 것인디."

딸아이가 출근하고 나면 아파트 베란다에 꽃들을 살피러 갔다. 내기 기르고 보살피는 화분이 스무 개가 넘는다. 난, 제라늄, 사랑 초, 국화, 채송화, 고무나무 등이 있다. 베란다는 사철 꽃밭이다. 올해는 고추, 토마토, 가지 모종을 사다 심었다. 화분에서 자라는 꽃을 보살피고 가꾸는 것, 서울에서 살면서 쭉 해 온 일이다. 쓰레기를 버리러 갔다가 죽어가는 화분이 버려져 있으면 집으로 가져와 살려 꽃을 피웠다. 꽃에 영양을 줄 때는 설탕물을 희석해 주기도 하고 쌀뜨물을 받아서 준다. 그래서 그런지 화분의 꽃과 잎이 윤기가 반지르르하다.

투박한 항아리 뚜껑에 물을 받아 수초를 띄우고 작은 물고기를 키운다. 어느 사이 알을 낳아 물속이 물고기 떼로 술렁거렸다. 보고만 있어도 마음이 부자가 된 것 같다.

집 안 구석구석을 걸레질해서 먼지를 닦아 낸다. 요즘은 이틀에 한 번 청소한다. 허리도 아프고 다리도 아프지만, 몸을 움직이고 나면 기분이 좋고 상쾌하다.

소파에 앉아 미스 트롯, 미스터 트롯 등 노래하는 것을 듣고 있으면 절로 흥이 난다. 노래는 다른 사람을 헐뜯지 않아서 좋다. 연속극은 서로 배반하고 싸우고 속여서 보기가 싫다. 뉴스도 나쁜 소식들이 많아 되도록 안 보려고 한다.

노래를 한참 듣다가 상위에 하얀 종이를 펼치고 오늘은 뭐를 그리지? 잠깐 생각하다 베란다에 빨갛게 핀 제라늄 화분이 눈에 들어왔다. 오늘은 저 꽃을 그려야지…. 화분을 그리는데 생각처럼 반듯하지 않다. 화분 위에 꽃가지를 그리고 꽃송이를 그렸다. 맨 마중에 이파리를 그려 넣었다. 밑그림을 그리는 데 한 시간이 훌쩍 지나갔다.

색을 펼쳐 놓고 들여다본다. 이렇게 예쁜 색을 어떻게 만들었을까? 사람들은 참 재주가 좋다. 색을 칠해 나갔다. 종이 위에 제라늄이 꽃을 활짝 피웠다.

"종이 속에 꽃이 물을 주라고 하면 어쩌지?"

하루가 지루할 틈이 없이 지나갔다. 나이 들어 그림에 푹 빠졌다. 그림을 그리는 것은 내게 즐거운 낙이며 놀이가 되었다. 몇 달도 되지 않는데 50장이 넘게 그림을 그렸다.

인천살이

　남편과 같이 살던 아파트를 떠나야 했다. 주인이 집을 팔겠다고 연락을 해 왔다. 막내딸이 집을 보러 다녔다. 집값이 너무 올라 서울에서 집을 살 수 없다는 것이었다. 몇 달을 돌아다닌 딸이 인천에 아파트를 샀다. 서울이 아니어서 서운하긴 했지만, 독신인 막내딸이 집을 갖는다는 것만으로도 마음이 흐뭇했다.

　코로나가 창궐하여 아파트에서 정들어 살던 사람들과 만나지 못한 지 2년이 되었다. 가끔 전화로 안부를 묻고, 그동안 이사 간 사람도 서너 명이 되었다. 새 아파트 리몰딩은 완도 당숙님 막내아들이 맡아서 해 주었다.

　코로나가 뭔지, 떠나오면서 사람들과 인사도 나누지 못했다. 깨끗하게 리몰딩 된 30평대 아파트는 넓고 마음에 들었다. 뒤 베란다에 냉장고와 세탁기를 놓고도 공간이 넉넉했다. 아파트 앞뒤로 바람길이 툭 터져 시원했다. 자식들이 이사 비용도 대주고 새 가전제품과

커튼도 맞춰 주었다. 큰아들 집에서 시루떡 두 말을 해 와 아파트 이웃에 돌렸다. 나이 먹고 넓고 깨끗한 공간에서 노후를 보내게 되어 감사했다.

가을이 되었다. 집 근처에 운동 갔다가 산에서 밤을 주웠다. 크기는 작아도 달고 맛있는 밤이었다. 자식들에게 나누어 주려고 아껴 두었다. 봄이 되었다. 아파트를 조금만 벗어나면 논둑에 봄나물이 지천이었다. 쑥, 사랑부리, 미나리, 망초를 캐 왔다. 막내딸은 퇴근하고 오다가 나물을 캐 오기도 했다. 막내딸도 나물 캐는 재미에 빠졌다.

큰딸을 불러 논둑에서 한나절 쑥과 미나리를 캤다. 시간 내서 멀리 나가지 않아도 봄나물을 밥상에 올릴 수 있어서 좋았다. 아라뱃길이 가까이 있고, 산이 가까워서 공기가 맑았다. 방바닥을 걸레로 훔쳐도 먼지가 그리 많지 않았다.

코로나 규제가 풀려 아파트 정자에 놀러갔다. 그곳에서 친구들을 사귀었다. 나보다 한참 나이가 어린 사람들이었지만 만나는 횟수가 늘어나면서 친해졌다. 농사지었다며 상추도 가져다주고, 호박, 오이, 고추랑 먹을 것을 수시로 나누어 주었다. 넉넉한 인심들이 고마웠다.

바다와 가까워서 그런지 신선한 게를 싣고 와 팔았다. 감자, 양파, 마늘도 현지 사람들이 트럭에 싣고 아파트로 팔러 왔다. 마늘도 한 접 사고, 감자도 한 상자 샀다. 외부 사람들과 소통하면서 사람 사는 맛이 났다.

요즘은 아파트 친구들과 근처 식당에서 점심을 먹는다. 내가 나가지 않으면 어김없이 전화를 걸어 나오라고 부른다. 사람들과 놀면서 그림을 그릴 시간이 줄어 버렸다. 아무것도 아닌 날 찾아주고 불러 주는 사람들이 고맙다. 나이를 먹었지만 자기들과 말이 통해서 좋다 고 말해 줘 감사했다. 나는 서울에서 그랬던 것처럼 인천에서 정 많 은 이들을 친구로 만났고 심심할 틈이 없어졌다. 친구들과 어울리다 보니 그림 그리는 것에 소홀해졌다. 그래도 사람들과 얘기를 나누는 것이 좋다.

1929년생 오준임
그래도 꽃길이었어요

제5부
가족들의 한마디

병약하게 태어난 나는 어머니의 끝없는 희생과 사랑 속에서 자랐다. 동네분들이 너의 머리칼을 뽑아 어머니 신을 만들어 드려도 공을 못 갚을 거라고 했다는데, 내가 농장을 시작하면서 어머니의 고단함은 배가 되고 말았다. 장날이면 십 리, 이십 리, 사십 리 길, 손수레를 끌고 다니셨던 어머니의 인내와 희생을 잊을 수가 없다. 내 삶을 항상 받치고 있었던 주춧돌인 어머니! 사랑합니다. 오래 건강하세요. **- 큰아들**

어머니와 나는 애증의 관계다. 어렸을 때 몸에 손바닥만 한 두드러기가 자주 솟았었다. 어머니는 그런 나를 헛간 앞에 세워 놓고 볏짚으로 몸을 쓸며, 지붕에 물을 바가지로 부어 처마로 흘러내리는 물을 받아 마시게 했다. 어머니의 그런 비합리성이 나를 철학적인 인간으로 만들었다. 어머니의 부지런함, 이웃에게 무엇이든 베푸는 것, 말을 함부로 하지 않은 것, 내가 인생을 살아가는 데 나침반이 되었다.

- 큰딸

어머니는 손바닥으로 자식들의 궁둥이조차도 때리지 않고 키우셨다고 합니다. 어머니의 삶은 온전한 사랑과 헌신의 삶이셨습니다. 어머니의 사랑, 근면, 인내, 헌신, 겸손, 순종 등을 본받아 저희도 그렇게 살겠습니다. 사랑합니다. 감사합니다. 존경합니다. **- 둘째 아들**

내 나이 일곱 살로 기억된다. 마당에는 모깃불을 피우고 평상에 누워서 볼거리로 아파 울었다. 어머니는 나를 업고 이십 리 길 산 넘고

들을 지나 병원에 도착하셨다. 수술하고 돌아오는 길에 아프다고 칭얼대는 내게 방아깨비를 잡아 주시며 "우리 딸 아프지, 고름 다 짜냈으니 나을 것잉께" 하고 엄마도 울고 있었다. 지금도 내 턱밑에는 그때의 흉터가 남아 있다.

닷새마다 돌아오는 시골 장날이면 논밭에서 길러낸 채소를 손수레에 가득 싣고 장으로 가셨다. 엄마는 끌고 동생하고 난 손수레를 밀었다. 신기 잔등이 생각난다. 어찌 그리도 높았을까! 땀으로 범벅이 되었던 교복, 시장 좌판에서 자리를 잡고 앉아 채소를 파셨던 어머니. 지금은 아련한 추억으로 남아 있다. 자식을 위해서는 아무것도 겁내지 않으셨던 엄마의 진한 사랑을 항상 마음에 간직하고 있다. 어머니, 존경하고 사랑해요. - 둘째 딸

어머님을 생각하면 잊을 수 없는 많은 추억이 있지만, 밭에서 일하면서 들려주셨던 춘향전, 옥단춘전, 심청전 등의 이야기다. 내게 이야기를 들려주며 항상 남을 해롭게 하는 삶을 살아서는 안 된다고 말씀하였다. 어머니의 헌신은 참으로 눈물겨웠다. 젊은 날엔 늘 떨어진 속옷을 입으시고, 겉옷도 낡을 때까지 입으셨다. 좋은 것은 남편과 우리들에게 주고, 생선을 먹을 때면 머리와 꼬리만 잡수셨다. 자녀들은 검소했던 어머니께서 연세가 드신 후에야 예쁜 옷, 예쁘게 화장하는 것을 좋아하는 천생 여자였던 것을 알게 되었다.

어머니는 자녀들을 통해 예수님을 만났다. 자녀와 손주들 도시락을 일곱 개씩 싸시면서도 새벽기도를 하셨다. 어머니의 일생을 다 알지 못하지만 내가 아는 것만 돌아보아도 어머니는 참으로 많은 고통

과 수고와 눈물의 삶을 사셨다. 그러나 어머니는 "나는 복이 참 많은 행복한 사람이다"라고 말씀하셨다. 어머니를 존경하고 사랑해요.

- 셋째 딸

　이 땅의 자식들이, 누가 뭐래도 우리 엄마가 최고야 한다지만, 우리 엄마는 최고!
　평생 잔소리 한 번 안 하시고, 꾸지람 한 번도 없이 못난 아들을 늘 믿어 주셨던 어머니. 내 어릴 적에도 그러셨듯이, 아들 입에 밥한 숟갈, 맛있는 찬 한 입이라도 더 먹이시려고, "아야 더 먹어라, 이것이 맛있어야. 난 다 먹었어야." 지금도 그저, 너하고 너의 식구들 행복하기만 바라시는 어머니. "엄마 사랑해, 더 오래오래 건강하게 우리 곁에 계셔 주세요." - 셋째 아들

　모든 사람이 그렇듯 엄마는 완벽한 부모는 아니었다. 그러나 자기가 할 수 있는 한 최선을 다해 자식들을 돌보려 한 사람이었다.
　나는 초등학교 시절 내내 피부병에 시달렸다. 밤마다 잠을 이루지 못한 고통은 피부병에 걸려 본 사람만이 이해할 듯하다. 밤마다 죽고 싶다고 생각했다. 가려움의 고통은 서울로 이사 온 중학교 2학년이 되어서야 멈추었다. 고통스러운 긴 밤 내내 엄마는 내 등 뒤에서 잠을 자지 않고 소금물을 바르기도 하고, 술을 바르기도 하면서 가려움이 가라앉기를 기다렸다. 그리고 내가 잠든 후에야 엄마도 잠이 들었다. 밤마다 나의 슬픔과 함께하던 엄마의 마음은 내가 이 세계를 이해하고 사랑하고자 하는 데 커다란 자양분이 되었다. - 막내딸

직장 동료의 소개로 아내를 만났다. 양가 어머님들의 상견례장에서 처음 마주한 장모님은 온화하고 말을 신중하게 하셨다. 장인 어르신이 삼 년이나 병석에 누워 계셨을 때 어찌나 살뜰하게 아버님을 보살피시는지, 장모님의 진한 사랑이 자식인 우리 모두를 감동하게 했다. 똥오줌 받아내면서도 얼굴 한 번 찡그리지 않았고, 싫다는 내색 한 번 하지 않으셨다. 장모님은 삶 전체로 참사랑을 실천하셨다. 인간이 인간을 어떻게 대접하고 살아가야 하는지, 말 한마디 하지 않으셨어도 자식들은 그대로 보고 느꼈다. 장모님의 희생은 이 시대의 진정한 효부의 표상이시다. 아버님, 어머님을 존경하고 사랑합니다.

- 큰사위

한 가정을 일으키시고 팔 남매를 훌륭하게 키워 낸 오준임 여사님! 더구나 그 뒤에 숨겨진 파란만장한 삶은 한 편의 드라마와 같다. 한마디로 여장부시다.

중학교 동창인 친구 집에 자주 놀러갔다. 우애 깊은 가족들 모습에 반해 둘째 딸과 결혼했다. 장모님의 사위 사랑은 또 얼마나 크시던지…. 그중 한 가지, 술 좋아하는 둘째 사위가 가는 날은 항상 맛난 안주랑 복분자, 과일주, 막걸리를 사다 놓으셨다. 장모님도 한 잔 드시면서 분위기를 반전시키셨다. 처가 얘기가 방송에 나왔으면 좋겠다 싶을 만큼 늘 감동을 자아내는 가족들, 장모님의 희생과 인내, 참사랑이 만든 당연한 일이다. 늘 지금처럼 행복하세요. 사랑합니다.

- 둘째 사위

장모님은 투박한 질그릇이시다. 다정다감하거나 화려한 미사여구가 없으시다. 정직하게 사시다 보니 꾸밀 필요가 없고, 당당하다 보니 다정다감하여질 이유가 없으신 것 같다. 깊이가 있는 질그릇이시다. 깊은 곳에서 한없이 퍼주시는 분이시다. 장모님은 된장, 고추장, 곡물, 반찬 등을 사랑의 포장지에 담아 자녀와 손자녀들에게 아낌없이 나누신다. 장모님은 장독대를 지키신 질그릇이시다. 장독은 비와 서리와 눈을 바람과 함께 맞으며 장독대에 당당히 서 있다. 질곡이 많은 시절 장모님은 가정에 필요한 일은 뭐든지 감당하신 분이다. 심지어 남편이 6·25 전쟁 동안 군인으로 나라를 위해 싸울 적에도 말이다. 이제는 연로하시니 아내의 부탁으로 주일 아침이면 장모님을 찾아가 가정에서 함께 예배한다. 장독대를 지킨 장모님처럼 나도 이 자리를 지키고 싶다. **- 셋째 사위**

　어머니를 생각하면 무엇보다 사랑이 많으시고 지혜로우시다. 어떤 삶의 어려움에도 인내와 헌신으로 강인한 여성의 삶을 사신 분이다. 존경하고 사랑합니다. **- 둘째 며느리**

　할아버지, 할머니를 따라 고모, 삼촌이 살던 집 이사를 위해 사당동에 따라갔던 기억이 떠오른다. 이삿짐 정리 중 10원짜리 동전을 주워서 집 밖 구멍가게에 갔다가 집을 잃어버리고 얼마나 울고 돌아다녔는지 모르겠다. 그런데 어디선가 "호국아! 호국아" 하는 할머니 목소리가 들렸다. 나를 애타게 부르시던 할머니 덕분에 다시 집에 돌아올 수 있었다. 가끔 거리에서 실종 가족 찾는 포스터를 보면서, 그때 할머니 목소리를 듣지 못했으면….

아이를 낳아 키우다 보니 가끔 아이들이 연락도 안 되고 안 보이면 걱정이 태산인데, 나는 두 번이나 길을 잃었었다. 우리 할머니는 얼마나 마음을 졸이셨을까? 생각하면 정말 죄송한 마음이다. 자주 찾아뵙지 못하지만, 항상 건강하게 오래오래 저희 곁에 계셔 주세요. 할머니, 사랑합니다. - 큰손주 호국

할머니는 정말 부지런하시고 사랑과 인정이 많으신 분이다. 찾아뵐 때마다 언제나 반갑게 맞아 주시고 좋아하는 음식을 기억하셨다가 만들어 주신다. 뭐라도 더 챙겨 주시려고 해서 항상 감사하다. 팔남매를 키우려면 어머니의 마음이 이 정도로 넓어야 할까? 할머니의 마음은 바다보다 넓다. 할머니, 항상 건강하시고 오래오래 사세요. 사랑해요. - 큰손주며느리 희선

4학년 때 서울로 전학을 왔다. 부모님과 헤어지는 두려움도 느끼지 못할 만큼 할아버지, 할머니, 고모, 삼촌들이 있어 외롭지 않았다. 중학교 올라가서 처음 본 시험에서 나쁜 성적을 받았다. 할아버지가 부모는 농사짓고 고생하는데 성적이 이 모양이냐며 무섭게 혼내시고 시험지를 조각조각 찢어 쓰레기통에 버리셨다. 할머니가 그것을 주워서 다 붙여 도장을 찍어서 학교에 제출할 수 있었다.

대학 다닐 때 어느 해 추석, 내가 신고 간 젤리슈즈를 할머니가 예쁘고 편한 신발이라고 하셔서 할머니도 천생 여자시구나 생각했다.

그 신발을 할머니 신으시라고 두고 왔다. 할머니는 나와 헤어지는 순간이 오면 항상 눈물을 훔치실 정도로 정이 많으셨다. 할머니는 언제나 길러 올려도 마르지 않은 사랑의 샘물이다. 사랑해! 사랑해, 할머니! – **손녀 은희**

   할머니의 깊은 사랑 가운데 제가 어릴 때 할머니 집에 놀러갔다가 집으로 돌아올 때면 할머니도 저도 헤어지는 것이 아쉬워서 눈물을 흘렸던 기억이 있습니다. 올라가면서 먹으라고 싸 주신 김밥 맛이 지금도 생각납니다. 할머니, 사랑해요. – **손녀 하영**

   손주가 좋아하는 치킨을 사 주시겠다고 아픈 무릎을 이끌고 시장으로 걸어가시던 할머니의 모습이 떠오릅니다. 아낌없이 챙겨 주셨던 할머니, 부족한 손자지만 가늠할 수도 없는 사랑을 주셨습니다. 할머니, 사랑합니다. 항상 건강하세요. – **손주 주영**

   전화를 드리면 "아가! 고맙다"라고 항상 말씀해 주셨습니다. 할머니! 오랜 가족처럼 편하게 대해 주셔서 제가 더 감사했습니다. 항상 건강하시고 앞으로 행복한 날만 가득하시길 마음 깊이 기도합니다.

                                      – **손부며느리 혜정**

   어렸을 때 어머니가 나를 외할머니 집에 맡기고 친가로 보리타작하러 가신 적이 있었다. 바쁜 와중에도 외할머니는 맛있는 반찬을 만들어 내 앞에 쭉 늘어놓으시고 밥까지 떠먹여 주셨다. 변비에 걸렸는데 손가락으로 똥을 파내주셨던 외할머니. 지금도 그때 일이 종종 생각난다. 할머니, 사랑합니다. - 외손자 정훈

초등학교 다닐 때 방학을 하면 사촌들하고 외할머니 집에 놀러갔다. 도착할 시간에 맞춰 할머니가 정성껏 요리해 놓으신 맛있는 갈치조림이 항상 생각난다. 서울로 올라가기 전 손자들을 쭉 세워 놓고 용돈을 주시곤 했다. 바쁜 부모님 없이 혼자 시골에 놀러온 나를 할머니는 따로 불러 돈 만 원을 더 주시면서 꼭 안아 주셨다. 그런 할머니의 배려와 사랑을 지금도 잊을 수가 없다. 할머니, 많이 사랑해요. 늘 건강하세요. - 외손녀 은혜

할머니는 사랑이 넘치시는 분이다. 어렸을 때 고기를 앞에 놓고 "밥 말고 라면 먹고 싶어요" 하고 떼를 쓴 적이 있다. 야단을 치지 않고 웃으시며 라면을 사다가 직접 끓여 주셨다. 맛있게 라면을 먹은 기억이 난다. 사랑하는 할머니, 오래오래 건강하세요. - 손자 성진

어렸을 때는 할머니가 오빠만 사랑하는 것 같아 조금 미웠다. 할머니 집에 가면 먹을 것을 항상 챙겨 주셔서 배고픈 상태로 가야지 생각하곤 했다. 하나라도 더 먹이려고 애쓰시던 할머니, 집에 돌아가려고 하면 부모님 눈을 피해 내 손을 꼭 잡고 용돈을 챙겨 주셨다. 이제는 내가 할머니께 맛있는 음식을 대접해 드리고 싶다. 할머니, 사랑해요. - 손녀 희진

어머니가 93세에 처음 그린 그림들

첫번째 작품 꽃

고흐의 매화꽃을 보고

오준임의 해바라기

고흐의 해바라기를 보고 1

고흐의 해바라기를 보고 2

고흐의 해바라기를 보고 3

고흐의 해바라기를 보고 4

고흐의 수선화 정물을 보고

그리기 연습 1

그리기 연습 2

그리기 연습 3

그리기 연습 4

그리기 연습 5

꽃 속에 노는 나

꽃 2

꽃 3

매화꽃 1

매화꽃 2

붓꽃

나무

물고기 수조 안의 수초 1

물고기 수조 안의 수초 2

물고기 수조 안의 수초 3

카네이션

상상속의 꽃

꽃과 달과 별

꽃꽂

꽃이 열리는 나무

꽃창포

꽃창포가 핀 정원

모네의 정물을 보고 1

모네의 정물을 보고 2

선인장 1

선인장 2

아이들의 선물

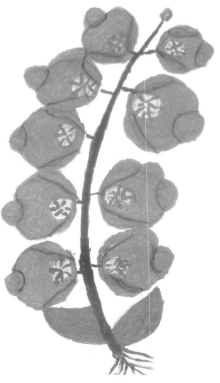

우리 집 난

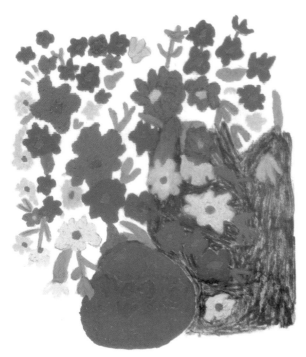

책 속의 꽃을 보고

카네이션

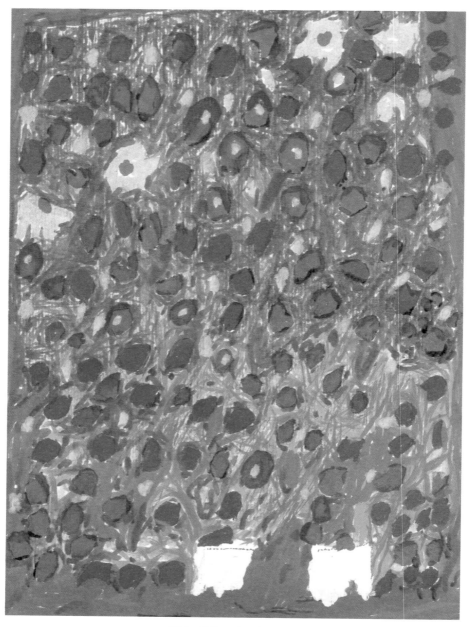

클림트처럼 그려보기 찔레꽃